Frankenwein und blaue Zipfel

Frankenwein und blaue Zipfel

Fränkische Geschichten
von Bauer, Becker, Bröger, Conrad, Dauthendey,
Frank, Jean Paul, Penzoldt, Raithel, F. Schnack,
Skasa-Weiß, Tremel-Eggert, Weismantel u. a.
mit vielen alten Bildern

Ausgewählt und herausgegeben von
Diethard H. Klein

STIEGLITZ VERLAG, E. HÄNDLE
D-7130 Mühlacker
A-8952 Irdning/Steiermark

Konzeption und Produktion: Bücher-GmbH., Bayreuth
Text- und Bildauswahl, Bearbeitung, Erläuterungen, Autorenstichworte,
Layout: Diethard H. Klein
Schutzumschlag: HF Ottmann
Satz und Bildreproduktionen: Satz + Repro Kreisl, Hof

ISBN 3-7987-0226-8

Alle Rechte, auch die des auszugsweisen Nachdrucks, der foto-
mechanischen Wiedergabe und der Übersetzung, vorbehalten.

© Stieglitz Verlag, E. Händle
D-7130 Mühlacker
A-8952 Irdning/Steiermark,
1985
Druck- und Bindearbeiten: Wiener Verlag, Himberg bei Wien

Inhalt

Vorwort 7

Franz Bauer, Es Kinkerlitzla 9
Julius Maria Becker, Seine Gemeinde 13
Karl Bröger, Nicht viel, aber von Herzen .. 27
Michael Georg Conrad,
   Eine Geschichte in Szenen (Auszüge aus
   „Der Herrgott am Grenzstein") 33
Max Dauthendey, Jugend in Würzburg 67
Franz Dittmar,
   Mit dem Frachtwagen gen Nürnberg 91
Leonhard Frank, Der Streber 101
Gusti Galster,
   Warum mein Urgroßvater meine Urgroß-
   mutter nicht zur Frau nahm! 123
August Gemming, Die gefährliche Probe .. 133
Hermann Gerstner, Die Meekuh 137
Gustav Goes, Die Torte von Eltmann 147
Alfred Graf, Die letzte Soiree 155
Gustav von Heeringen,
   Aus Coburgs Geschichte............... 169
Jean Paul, Die Testamentseröffnung....... 183
Friedrich Panzer,
   Serpentina und Heinrich, oder
   Der Ursprung des Kinderfestes
   in Dinkelsbühl 193

Ernst Penzoldt, Väterliches Bildnis 201
Wilhelm Pültz,
   Zwei Geschichten aus dem Steigerwald .. 215
Hans Raithel, Die Baumschule 223
Alois Josef Ruckert, Die Schnorrechristina . 251
Friedrich Rückert, Der Besuch in der Stadt . 253
Benno Rüttenauer, Das Schwedenspiel 259
Friedrich Schnack, Eine Heimkehr 267
Eugen Skasa-Weiß,
   Die Rothenburger Katze im
   Konditorfenster 285
Karl Stöber, Die Frau Ring 303
Kuni Tremel-Eggert, Der Nikl vo' Böhra .. 317
Leo Weismantel,
   Fürstbischof Hermanns Zug in die Rhön . 323
Ludwig Zapf, Untreu 335

Worterklärungen 353
Zu den Autoren 361

Vorwort

Frankenwein wird immer wieder mal getrunken in den Geschichten dieses Bandes — blaue Zipfel (Bratwürste, in Essig- und -Zwiebel-Sud gekocht) sind so ganz ausdrücklich allerdings nirgends erwähnt. Aber der Titel sollte ja auch nicht Kochrezepte und Trinkempfehlungen ankündigen, sondern auf Franken in seiner Gesamtheit von Ober-, Mittel- und Unterfranken als Rahmen für die hier zusammengetragenen Geschichten verweisen.
Diesen drei Regierungsbezirken dabei möglichst gleichmäßig Raum zu gewähren, war unsere Auswahl bemüht. So spielen in Nürnberg die Geschichten von F. Bauer, K. Bröger und F. Dittmar. G. Galster aus Fürth erzählt von ihrem Urgroßvater, A. Gemming aus dem mittelfränkischen Schnaittach von einem kauzigen Oberst. An ihre Jugend in Würzburg erinnern sich M. Dauthendey und H. Gerstner, während ihr Landsmann L. Frank seinem „Streber" keinen bestimmten Heimatort zuweist. A. Graf läßt in Bamberg E.T.A. Hoffmann seine „Letzte Soiree" erleben, der Aschaffenburger J.M. Becker seinen Helden in Mainfranken Höhen und Tiefen eines Poetenschicksals.
Der Streit zweier unterfränkischer Dörfer wird beim Gnodstädter M.G. Conrad lebendig, die Sturheit oberfränkischer Bauern dagegen bei H. Raithel aus Benk bei Bayreuth. Einen Bubenstreich aus Eltmann am Main schildert G. Goes, einen aus Rothenburg E. Skasa-Weiß, einen aus seiner Heimat im badischen Frankenland B. Rüttenauer.

Aus Coburgs Geschichte berichtet G. von Heeringen, aus der des Klosters Ebrach und des Weinortes Iphofen W. Pültz, und vom Ursprung des Dinkelsbühler Kinderfestes F. Panzer. Bayreuths Dichtergröße Jean Paul läßt uns schmunzeln über eine merkwürdige Testamentsklausel, die Burgkunstädterin K. Tremel-Eggert über die Nöte eines alten Säufers, A.J. Ruckert über die „Schnorrechristina", die von Dettelbach nach Neuses wandert.

Ein Bildnis seines Vaters im Erlangen der Jahrhundertwende überliefert uns E. Penzoldt, einen Besuch in seiner Vaterstadt Schweinfurt F. Rückert. Eine Heimkehr nach Hammelburg läßt uns F. Schnack miterleben, die Rhönfahrt eines Bischofs L. Weismantel; eine dramatische Geschichte aus dem Altmühltal erzählt K. Stöber, und eine andere aus dem Raum um Hof schließlich L. Zapf.

Bewußt sollte auch die Atmosphäre im Franken des 19. Jahrhunderts zur Geltung kommen. Daher ließen wir neben Verfassern aus unserer Zeit auch Autoren aus jener Epoche zu Wort kommen, die für manchen Leser sicher eine angenehme Überraschung sein werden. Auch die Auswahl der über 60 eingestreuten Illustrationen haben wir hierauf abgestellt.

Heute nicht mehr jedem geläufige Wendungen, Fremdwörter und auch Dialektausdrücke in den beiden kurzen Mundartgeschichten werden im Anhang erläutert, wo sich auch Stichworte zu den Verfassern finden.

Der Herausgeber

Franz Bauer

Es Kinkerlitzla

Des is a alta Gschicht: Es gitt groußi und es gitt klanni Kinder, — setti mit siebzg Jahr und setti mit siebn Jahr.
Und de Großn wern grod su vo der Neigier plougt wii die Klann, bsonders vur Weihnachtn: gar z'gern möchertn s' wissn, wos eingtli von Christkindla kröing. Und si rouha net, bis daß sie's rauskröigt habn.
Wöi i nu a klans Böibla war, hab i zu dera Sortn ghört. „Is schwarz, is rout, is braun oder gelb?" hab i Großvater gfrougt.
„Nu sag'n mer halt, es is gelbli!" hout er gsagt.
„Und is eckert oder rund?"
„Eckert is gwieß net. Und kuglrund is a net, — halt su derzwischn drin..."
„Und wöi vill Stück sen s': ahns, zwa oder drei — he?"
„Zwa sen's. Grodaus zwa!"
„Is a Vöich?"
„Wöi?"
„I mahn, ob's a Vöich is: A Hund, a Katz, a Vugl oder sunst wos?"
„A Vugl is, — vielleicht..."
„Und ringsrum lauter Eisn?"
„Freili, — ringsrum lauter Eisn, — damitst endli a Rouh gibst."

O, ich höit nu vill Frougn af'n Herzn ghabt, — aber der Großvater hout zon Döinst af die Bahn gmöißt und dou is ka Zeit mehr für mi bliebn. I bin aber glei zu meiner Großmutter niebergloffn und haberas patscht:

„Du, — i waß, wos is!" hab i gsagt.

„Wos is'n nou?"

„Zwaerla! A Vugl is mit Eisn ringsrum."

Glei hout's don meiner Großmutter die Augn ganz rausdreht. „Dou härt si alles af!" hout s' gsagt und hout af'n Budn gstampft. „Su a alter Buwitzer! Aber der soll mer ner hammkumma!"

Dou is mir fei ball a weng Angst wurn.

Und wöl mei Großvater wieder hamkumma is vo sein Döinst, nou is glei lousganga. „Horch amal!" hout s' zon ihn gsagt: „Des koh i dir sogn: Unterstöih der's ja net und kaf an Kanarienvogl! Mir langa scho döi Vögl, döi du allahns in dein Kupf drinna houst! Des waßt doch selber, daß mir jedn Pfenni zammnehma möin bo dein Lehrboumghalt! I mahn mir braug nützlierer War und kanni Kinkerlitzla!"

„Wer sagt'n, daß i a Kinkerlitzla kaf?"

„Verstell di ner net, du scheinheilier Lausbaucher!" hout dou mei Großmutter lousbälfert. „I was ganz gnau: A Vugl is, — rund und gelb, und ringsrum lauter Eisn. Wos koh des anderscht sei als wöi a Kanarienvugl ineran Käfig drinna? Mir kohst du nix vurmachn, — mir net; dou bist z'spöt afgstandn!"

„Aha!" hout der Großvater gsagt; „öitz waß i's scho, woust dei Gscheitigkeit her houst."

Nürnberg, am Hauptmarkt

Sie is gar net dou draf eiganga. „Halt ner dei Maul", hout s' gsagt; „du willst di immer nausriedn, du Schlawiner, dich kennt mer scho. Aber dou därfts Gift draf nehma: Des gitt an Krach am Weihnachtsheilingabnd, daß die Wänd wackelt, — des koh i dir sogn!"

Und nou is nausganga und hout die Tür zoupfeffert, daß es ganz Häusla gwacklt hout.

„Des sen schöini Aussichtn!" hout mei Großvater gsagt. Aber er hout si gar net as der Rouh bringa loun. Und des war a gar net nöiti. Des haßt: Des mit sein Gschenk, des war scho richti: Es war a Vugl und ringsrum Eisn, — aber es war ka Kanarienvugl in an Käfig drinna, — na!

Es war a gouts Gschenk, a prima Gschenk war's, — ka Kinkerlitzla! — schöi und gout für uns alli: A Gänsbauch is gwesn, innera eiserna Bratpfanna drinna.

Julius Maria Becker

Seine Gemeinde

Ein Dichter, dem es nicht ohne weiteres gelingen will, den schwierigen, neidumrankten Weg zu seinem Volke zu finden, fängt in Deutschland mit einer Gemeinde an. Die wenigen Leser seiner Bücher, ihm in einzelnen Fällen sogar persönlich bekannt, pflanzen das kärgliche Bäumchen seines Ruhms, binden das Schild eines Namens daran, der heute noch nichts von Klang, von Feierlichkeit, von Würde einer Überschrift in wählerisch gedrucktem Konventikel, noch nichts von Sinnbild, noch nichts von trumpfender Unsterblichkeit besitzt. Freilich, die Annahme käme einem groben Irrtume gleich, als sei die Gemeinde an irgendeinem Ort versammelt, als sei sie gebunden an diese oder jene Stadt oder müsse dies nun in jedem einzelnen Falle sein; meistens im Gegenteil erscheint sie weit über ein Land zerstreut, wie ausgesät aus unsichtbarer Hand von obenher, hat dort einen erweckt und einen hier, und alle, die gleiche Liebe im hellen, begeisterten Herzen tragen, sind einzig durch diese Liebe geeint; sie kennen sich nicht, wissen nicht voneinander, wagen gelegentlich einmal einen Brief an ihn, suchen die Fühlungnahme zum Zentrum; da, wenn auch untereinander nichts wissend von sich, ein jeder den andern erahnt im Stillen voraussetzt, sich solidarisch fühlt mit ihm, mit allen den wenigen, erstlichen, frühen vortastenden Lesern des ankommenden Mannes und so eine Kirche bildend mit ihm, die unsichtbare Gemeinschaft, den neuen, ungesehenen, weihevollen Tempel eines Ruhms.

Allerdings, der Dichter, der hier gemeint ist, ein Dichter von nicht gewöhnlicher Art, hatte dennoch wohl kaum der Wahrheit die Ehre gegeben, wenn er, was vorkam, auch sich der eigenen Gemeinde pries; denn offenbar: eine Gemeinde war es ja nicht zu nennen, da er, alles in allem, nur einen, einen einzigen Leser hatte, einen Leser, mag sein, der Hunderte, ja Tausende belangloser Buchleser aufwog, dennoch freilich, von welcher Seite man immer die Sache betrachten will, ein einziger, einsamer, gottserbärmlicher, alleinstehender Leser war.

Den Kenner nun wahrlich wunderte die Sachlage nicht. Axel Rodegg, der Dichter, hatte niemals den Massen der Leser irgenwelches Zugeständnis gemacht. Er hatte Gedichte, Erzählungen, Tragödien und Komödien geschrieben. Allein er vergaß es, beim Schreiben den Leser des mittleren Durchschnitts vor Augen zu haben, schrieb auf ein Ziel zu, das irgendwo an imaginärem Horizont lag, dichtete recht eigentlich für ein Forum der Ewigkeit und dachte sich in Stunden, da er in unerhörter Erregung an Szenen eines Dramas schrieb, ein anspruchvolleres, erlauchteres Parkett, als Molière es am Uraufführungstage seines „Menschenfeindes" besaß. Da müßte Shakespeare sitzen, aber auch Schiller und Kleist, Hebbel neben Euripides und

Byron neben Aeschylos, Sophokles neben Goethe, Grillparzer neben Calderon de la Barca. Axel Rodegg war anmaßend genug, namentlich in feierlichen Augenblicken des Schaffens sich solch ein Auditorium zu wünschen; zwar, er wußte, wie wenig er Meistern von solchen Range zu bieten in der Lage war, allein es schmeichelte ihm, stachelte den Ehrgeiz an, hob ihn aus platter Alltäglichkeit, aus aufreibendem, erfolglosem Christenkampf heraus, wenn er sich vorstellte, allein für sie zu schreiben, für diesen erlesensten Zuschauerkreis, dem schwer und allseits zu genügen war, der kopfschüttelnd dortsaß, wenn diese und jene Wendung, ein Einfall, ein szenisches Gefüge deutlich den schlichteren Könner, den fahrlässigen Schreiber verriet. So war denn vorsätzlich und ohne viel Klugheit die Mitwelt, ihr Urteil, ihr maßgeblicher Schiedsspruch versäumt. Mitwelt aber fühlt immer, wo irgendeiner sitzt, ohne Notiz zu nehmen von ihr; einer, der sie jedenfalls im Letzten verachtet, der stolz im Glauben sich wiegt, auch leben zu können ohne sie, ohne ihre Stellungnahme, ohne ihr Urteil, ohne den Schiedsspruch, den sie fällt. Keineswegs bleibt sie die Antwort schuldig, diese aber lautet bündig und kurz: sie liest ihn nicht.

Einer hatte ihn dennoch gelesen. Er hatte ihn ganz gelesen, Buch um Buch. Er hatte das Wachsende gesehen, gesehen, wie hier eine Welt ward, zwar langsam geboren, doch deutlich die Erde vom Wasser scheidend, deutlich das Chaos klärend mit steigender Sonne von Buch zu Buch. Der Eine und Einzige lebte in Rodeggs Werk, und Rodegg seinerseits, der Kunde von dieser Jüngerschaft durch Briefe von seltsamer Glut erhielt, freute sich und fühlte nun neue Wärme in sich; fortan dachte er kaum mehr an jenes, so anmaßend beschworene Parkett, hier lebte ja einer, dem ganz zu vertrauen war, der tiefstes Verständnis bewies, dem ständig und ganz in plastischer Helle Urteil und Übersicht auf all seine Werke zu Händen schien; der dort, in einem früheren Buch, die offene Frage erspürte, die hier, im neuen, Anlaß und Grund einer endgültigen Antwort war; der all seine Motive kannte, ja besser und gründlicher beschlagen war als er, Axel Rodegg selbst; der ihn beschämte, wenn es galt, die Mystik eines seiner Gedichte, den Sinn einer Szene, die letzte Allegorie einer Fabel treffend zu enträtseln. Wahrlich, Rodeggs Gemeinde, bestand sie auch gleichwohl nur aus einem, einem einzigen Mann, war Angelegenheit von größter Instanz; der Leser war Deuter, Kommentar, Anreger, Förderer, Kraftborn, höchstes Gericht, Kritik, Zensur, Auge Gottes zugleich. Geballt, zusammengezogen in ihm war Publikum, Volk, Menschheit wie in mystischer Gleichzeitigkeit da, und Axel Rodegg sah einzig noch diesen Punkt im All, sah jenseits von sich den andern am Himmel stehen, als Sternbild, als Widerpol, als magisches Gegenüber, als andere Schale am Wagebalken der Welt. Er hatte es leicht, auf Anerkennung der strengen Kritik, auf vielfache Nennung in Kunstnachrichten unterm Strich, auf großen Druck an Litfaßsäulen zu verzichten. Es kränkte ihn nicht, er fühlte sich nicht zurückgesetzt, wenn andere statt seiner ins Äthermeer des

Aschaffenburg, die Heimatstadt J. M. Beckers

Rundfunks sprachen, wenn man auch hier wie immer vergaß auf ihn und freveln und frivol am Werke war, den reinen und klaren Raum der Luft, die Heimat der Lohen des Blitzes, die Reisewege des wilden Schwans, die blauen Bereiche des Äolus mit häßlicher Rede, mit dreistem Gewitzel und ohnmächtiger Phrase zu entweihen. Axel Rodegg erreichte ja das Ohr, das einzig empfänglich war für ihn, seine Antenne, seine Station der heiligen Bereitschaft, das offene Herz im All.

Freilich, was hätte an Wünschen wohl näher gelegen, nach endlosen Briefen, gründlichem Gedankenaustausch nun wirklich sich Auge in Auge gegenüberzustehen: der Dichter und seine Gemeinde, der Sprecher des Wortes und der, der es hört, das Ich und das Du? Axel Rodegg, schnell besonnen, nahm die Gelegenheit beim Schopf; er hatte zu diesen Zeiten in jener prächtigen Stadt des Weines und der Sonne zu tun, die blühend und angefüllt mit köstlicher Musik mitten im Kreis von ungezählten Dörfern liegt, die ruht wie im Zentrum und magisch umkreist ist von tanzenden Hügeln, vorbeischwingenden Bergen, umrauscht vom Geist des Mostes und taumelndem Winzerglück. Dort in einem dieser Dörfer nun lebte, der seine Gemeinde war, lebte Halm, der Schulmeister, der sonntags, wenn draußen die Sonne in goldenen Händen die Rebe hielt, vor blinkendem Orgelprospekt ein Meer erbrausen ließ und hier wie täglich im lähmenden Dienste doch nur schweigendes, stilles, verschwiegenes Gefäß seiner, Axel Rodeggs, geschaffenen Welten blieb. Der Dichter begab sich zur Post, ließ sich die Ortschaft geben und sprach durch das Telephon. Halm — wer weiß wo er war — streifte vielleicht ein Ährenfeld entlang, saß irgendwo vielleicht in niederem umschatteten Weinberghaus, hatte die Kinder vor sich und harrte des Stundenschlags: jedenfalls, er war in keinem Sinne allein. Axel Rodegg war bei ihm, seine Stimme war neben ihm, und wenn sie nun plötzlich Wirklichkeit war, ganz nahe und plastisch gesprochen durchs Telephon: dann war sie im Grunde nicht wirklicher als vorher, und Halm, der Lehrer, war keineswegs überrascht, erschrak nur innerlich vor Freude und edlem, feierlichem Stolz.

Dann schritten sie beide, Axel Rodegg und Halm, der Dichter also und seine Gemeinde, im milden

Licht der Sommernacht den Landweg entlang, der weitläufig und im Bogen vom Bahnhofe nach dem Winzerdorfe führte. Prächtig hatten sie ohne weiteres die Rollen vertauscht. Axel Rodegg war Hörer, war Ohr geworden. Erstmals in seinem Leben hörte er Werke, von ihm selber geschrieben, aus anderem Munde. Halm sprach sie ihm vor, und seltsam stiegen sie auf in dieser Nacht, wehten wie großartige, düstere Blumen im Wind, der ihre Farben schaukelte und den Duft aus breiten, gesättigten Kelchen stob. Und wahrlich, der Dichter durfte sich wundern, was jener für ein Gedächtnis hatte, denn atemlos, ohne Pause folgte Gedicht auf Gedicht, und Halm, schmal und wie ein Schatten an Rodeggs Seite, schien keinesfalls schließen zu wollen, fiel, wenn der Zyklus zu Ende war, ohne Besinnen in frühere Melodie zurück, die er anscheinend mit Absicht wiederholte, in neuer Beleuchtung sprach, mit tieferem Sinn, absichtsvollerer Eindringlichkeit. Manchmal blieb er auch stehen und sah den Dichter mit brennenden, tiefdurchbohrenden Augen an, streckte dabei den Vers, zerhackte und skandierte ihn, als wolle er Sinn und Wucht jedes Wortes, jedes Bildes eben in diesem Augenblicke neu ergraben, ja selbst ertrotzen mit Ernst, in unbestechlicher Leidenschaft. Rodegg hatte wirklich nicht Zeit gehabt, ein einziges Wort zu sprechen; er war erschüttert, aufgewühlt im tiefsten Grund; denn hier neben ihm, Seite an Seite mit ihm, schritt einer, den hatte ihm Gott geschenkt. Einer schritt neben ihm, der war gekommen, hergeweht in dieser Nacht der Nächte aus ungemessenem Raume, dicht und fühlbar nahe her zu ihm; der gab ihm in feierlicher Stunde all seinen verschwendeten Reichtum zurück, machte das große Versäumnis der zögernden Menschheit wett, gab alles in diesem Augenblick, der jeden Ruhm, jeden Stolz, jeden freudigen Überschwang selig und ohne Schlacke in seiner Mitte begriff. Nie noch waren Geburt und Wiedergeburt in solche Nähe gerückt. Der Dichter war erfüllt. Im Andern, im Mitmenschen, war die Welt seiner Träume erlebt, und also durfte er glücklich, durfte er ewig sein. Dauer, Unsterblichkeit war angebrochen für ihn; er mußte mit Demut, Frömmigkeit, die holde Gnade und den Stern dieser Nachtstunde preisen.

Mittlerweile war man angekommen im Dorf. Dumpf und wortlos standen die Häuser da und rückten zusammen, so daß man mit Angst im Herzen und, ohne die Hand vor Augen zu sehen, Schritt für Schritt wie tief in einem Hohlwege ging. Die Fenster waren fast durchweg offen geblieben, und Rodegg hörte die Menschen schnarchen, sie lagen in Schächten der Häuser, in niedrigen Hütten mit Dächern, die aufstiegen wie Bergwände und tief hinabreichten, beinahe bis zur Erde. An einem der Häuser jedoch, das höher ragte als alle die andern, blieb Halm, der Lehrer, stehen und riegelte auf, dann stieg man in klapprigem Treppenhause hoch, und Halm, nach vergeblichen Versuchen, zündete erst oben Licht an, schob den Dichter vor sich in ein Zimmer, das bald im Schein einer Öllampe lag und mitten den Eßtisch hatte, an den man sich setzte, fast zu müde, um zuzugreifen, ganz noch schwingend in sich, auch von der Nacht des Dorfes nicht völlig gedämpft, nicht ohne den Aufruhr im Herzen hierher gebracht.

Spät nach Mitternacht war es, als Halm dem Gaste gleich nebenan das Zimmer wies. Man sagte sich „Gute Nacht", und Rodegg, glücklich, erfüllt wie nie zuvor in seinem Leben, warf sich aufs Bett, überdachte, was tief war, kaum zu begreifen tief. Fast alles schien ihm nun gleichgültig zu sein, gleichgültig, daß er hier lag, mit Stiefeln und Sporen auf frischüberzogenem Bett; daß es spät war, beinahe gegen den Morgen zu; daß er frevelte gegen sich, den Leib, das schwache Holz, aus dem er gezimmert war. Alles fiel ja ab; er hatte gelebt und hoch triumphierend das Ziel dieses Lebens erreicht. Sein Werk war angelangt: drüben am andern Ufer, beim Mitmenschen, beim Andern. Auch Maß fiel ab von ihm, noch Neues, noch letztlich Gerafftes zu schaffen; er fühlte sich wohlig befreit, jenseits jeglicher Pflicht, geschaukelt, gesänftigt, eingewiegt vom Wissen der ewigen Rettung, Geborgenheit, Ruhe.

Seltsam freilich hatte dann später ein wirrer, drohlich beengter Traum mit all diesen Dingen gespielt. Halm — wohl trug der Name die Schuld daran — war bald nicht mehr allein geblieben, er mehrte sich, sproßte in großer Fülle auf, die dastand und wogte und endlich ein Meer war, das all die weite Erde umschloß: ein großer und lauter, ein donnernder und berstender Ruhm. Rodegg aber hieß ihn nicht gut; er setzte sich zur Wehr, er griff und tastete umher im tosenden Wogenschwall, als suche er ihn, den Einen, den jählings die Fülle verschlang und der doch die Welt war: als suche er Halm.

Als freilich am andern Tag die Sonne schon hoch auf grünen Stufen und singend im Weinberge lag, da war dann auch Halm bei ihm. Sie schritten den Pfad entlang. Sie blieben stehen.

„Ich will Sie in Herzen der Kinder pflanzen. Und wahrlich, ich bin beträchtlich stolz darauf, daß jeder meiner Schüler Sie kennt. Sie sehen es gleich! Welch prächtiger Zufall! Ich werde die Probe machen!" Da Halm, der Lehrer, dies sprach, bog eben, die scheckige Kuh am Stricke, ein blondes, allerliebstes Mädchen vom Hügel her in den Pfad herein.

„Wie gut sich das trifft", rief Halm den prächtigen Barfuß an. „Denn siehst du, Gretel, das ist nun der Dichter, von dem ihr so vieles hört. Na, und wie heißt er denn?"

Schon hatte ja Gretel die Kuh zum Stehen gebracht. Dann sah sie mit klugen Augen den Dichter an, zögerte erst und sagte dann frei vor sich hin:

„Axel Rodegg!"

„Nicht wahr, Axel Rodegg", sagte der Lehrer. „Doch Axel Rodegg würde sich freuen, wenn er, sagen wir — — aus Schülermunde das schönste seiner Gedichte hörte. Nun also, Gretel — —!"

Das Mädchen, kurz entschlossen, nahm Gebärde und Haltung der Schule an. Dann aber begann es:

„Treibt denn, ach,
dein Schiff des Lebens
ewig unruhvoll auf Wogen,
bis ein Sturm in Ängsten hält,

neigen sich die wilden Wogen
nie zur Ruhe, nie zum Frieden,
wie der See Genezareth?
Annoch treibt mein Schiff auf Wogen,
die ein Sturm in Ängsten hält;
denn der Gott in meiner Seele
schläft auf einem weichen Kissen,
schläft zu unterst in dem Schiffe,
wo kein Ruf der Not ihn schrecket,
seinen Schlaf der Ruhe fort.
Doch so weiß ich:
einmal wird er
aus dem Schlummer sich erheben
und mit einem
donnergleichen
Nachtwort
Sturm und Fluten stillen."

Axel Rodegg fühlte sich im Innersten gerührt. Tücke und Spiel des Zufalls grollte er nicht, wenn eben jetzt, etwa zur Mitte des Gedichts, ohne Verständnis und gänzlich als echte Kreatur nebenan das Tier die Beine spreizte, noch im Weg den Strahl ergoß; farbig, dieweil sich darinnen die Sonne brach, rauschend und voller Dampf.

———————————————

Monate waren inzwischen vergangen. Axel Rodegg und Halm, der Lehrer, standen im regsten Briefverkehr. Immer noch ebbte das große Erlebnis der nächtlichen Wanderung nach: man konnte zehren davon; man wußte, die Erde würde nicht arm sein können; man war herausgetreten aus dumpfstem Kerker der Einsamkeit und war beseligt von heiligem Verlaß, von namenloser Sicherheit. Ganz im Rausch dieser Lebenswoge sollte dem Dichter in schnellem Rhythmus die Schöpfung gelingen, die freilich Gefahr eines Ruhmes in schlechtverhülltem Herzen barg. Das Buch war hinausgegangen und allerdings zunächst wie jedes frühere zum stummen Tod der anderen gelegt. Doch flog an einem der nächsten Tage mit früher Post auf kahlen Tisch ein Brief, der ungeahnt, da Frauenhand ihn schrieb, den Dichter in große Verwirrung stieß.

Was sollte er sagen dazu?

War denn, so fragte er sich, Bewunderung, Schätzung des dichterischen Worts von solcher Seite, war denn — mit einem Ausdruck — Verehrung aus Weibesherzen nicht ohne weiteres Gefahr für ihn, einfache Verlockung und Einbruch zu dem in stillen, ausgewogenen, nur mit ihm, dem Anderen, geteilten Kreis der Daseinsruhe?

Immerhin: schlichte Höflichkeit schien mindestens die einmalige Antwort zu gebieten.

Und Rodegg schrieb.

Befeuert aber und heilig ermutigt schrieb sie zurück. Die Briefe häuften sich, und wiederum stand plötzlich als unausbleibliche Forderung der Wunsch persönlichen Begegnens da; und wiederum hatte man auch diesmal die Stadt des Weins gewählt: mitten im Kreis der Hügel, mitten im Freiklang des Winzerlieds.

Man traf sich. Man sprach sich auf langen Spazierwegen aus. Doch freilich: Axel Rodegg hätte nichts zu befürchten gehabt, nichts für sein Herz, das kühl über alle Reden hinwegschwieg und stumm blieb

Würzburg, „die Stadt des Weins"

beim Händedruck, der freilich auch ihrerseits, so konnte er merken, einzig dem Meister der Sprache, dem Sinner erlesener Träume galt. Rodegg konnte erst abends nach Hause fahren; so kam man überein, sich spät am Nachmittag nochmals zu sehen; er hatte ein Café genannt, das beiden bekannt war; man sagte „Auf Wiedersehen" und ging.

Herrlich beruhigt fühlte sich der Dichter, als er nun frei, sein eigener Herr, die schönen, berückenden Straßen der tausend Sonnen entlangschritt. Welch köstlicher Triumph: der Dom seines Lebens war unversehrt geblieben. Rodegg hielt auch jetzt wie damals die strahlende Doppelkrone seiner Welt in Händen. Er durfte nun sicher sein, daß jegliches abfallen würde von ihm wie jetzt dieses Heute, und daß am Ende nur eines Gewißheit blieb: die Zweiheit in Einem, das Wort und das Ohr, er und der Andere, der seine Gemeinde war.

Er dachte an Halm.

Doch wirklich: nicht, weil Rodegg ihn dachte, wirklich nur, weil gar nicht weit das Dörflein lag, und Halm vor knapp einer Stunde im Bähnlein hereingefahren kam, sandte im rechten Augenblick das Schicksal ihn her, spie ein gedrängter Laden ihn aus, und Halm und Rodegg, unvermutet, beglückt, umhalsten sich fast, jubelten vor Freude.

Rodegg hatte noch mancherlei Besorgungen zu machen. Allein, man könnte sich treffen. Am Abend: das Café wurde genannt —

„Und geben Sie acht, ich stelle Ihnen — Ihre Rivalin vor."

Doch Rodegg hatte Pech. Beim Theater hielt man ihn hin. Beim Verleger mußte er länger als eine Stunde warten, so daß am Ende noch kaum die Zeit verblieb, die Fahrkarte zu lösen. Nun, dachte er sich, er wird sie erkennen — auch ohne mich. Dann — wird man mir schreiben, wohl morgen schon.

Dem allerdings war nicht im entferntesten so. Im Gegenteil: die üblichen und langgewohnten Briefe blieben aus. Auf ängstliche, fordernde Anfragen speiste man ihn von beiden Seiten mit unbeteiligten, nichtssagenden Reden ab, bis endlich, nach fast einem Jahr jene Erklärung kam, die nichts mehr dunkel ließ: Halm und Rodeggs Verehrerin zeigten in aller Form ihre Verlobung an.

Karl Bröger
Nicht viel, aber von Herzen

Schenken ist eine Kunst, auf die sich nicht sehr viele Menschen verstehen.

Da zerbrach sich der Jakob Leichtinger nun schon seit Tagen den Kopf, was er seiner Schwägerin zu ihrem Sechzigsten wohl verehren könnte. Die Wahrheit zu sagen, hätte der Jakob Leichtinger seiner Schwägerin am liebsten gar nichts verehrt. Denn er schätzte sie nur auf zehn Kilometer Enfernung, und die Witwe Ruppel hegte für den Schwager Leichtinger genau die gleichen herzlichen Gefühle. Aber was tut der Mensch nicht des Friedens und der lieben Familie wegen? Zudem war die Grete Leichtinger, geborene Ruppel, Jakobs Schwiegertochter, ein prächtiges Mädel und hatte sich ja schließlich ihre Mutter nicht aussuchen können.

Geschenkt mußte also etwas werden, aber es mußte schon etwas sein, was nicht in jedem Warenhaus gekauft werden konnte. Die Witwe Ruppel besaß gute Augen und hielt nichts von dem Sprichwort: „Einem geschenkten Gaul schaut man nicht ins Maul." Sie schaute im Gegenteil einem geschenkten Gaul erst recht ins Maul und schreckte nicht davor zurück, laut und deutlich auch vor fremden Ohren zu sagen, was für Zähne sie in diesem Maul gefunden hatte. Zu loben fand die Witwe

Ruppel im Leben selten Anlaß, am allerwenigsten, wo der Schwager Leichtinger in Frage kam, den sie auf keinen Fall verwöhnen wollte.

Da soll nun einer hergehen und ein passendes Geschenk machen, mit der Aussicht, daß ihm ein paar bissige Redensarten an den Kopf fliegen. Von Dank wollte der Jakob Leichtinger gar nicht lang reden. Darauf verzichtete er gern.

Schwierig lag der Fall, arg schwierig, und so viel auch Leichtinger auf seiner Stummelpfeife herumbiß, es wollte ihm nichts Rechtes einfallen. Vielleicht kam bei einem Glas Bier der gute Gedanke, und wenn nicht, dann hatte man sich doch ein Glas Bier einverleibt, was niemals zu verachten ist. Sicher traf er auch jetzt im „Hirschen" seinen besten Freund, den Arbeitsinvaliden Gustav Meindl, sonst nur „Aschanti" gerufen, weil er früher wirklich einmal auf Messen und Märkten den wilden Mann vom Kongo gespielt hatte. Mit dem „Aschanti" zusammen war Jakob Leichtinger schon auf manchen guten Einfall gekommen.

Die Witwe Ruppel ahnte nichts von der Sitzung, die sich im „Hirschen" ausgiebig mit ihrem Sechzigsten befaßte und mit der Frage, was für ein Geschenk diesem Ereignis wohl am würdigsten wäre. Wie jedes Jahr um diese Zeit hatte sich die Witwe Ruppel an ein großes Stöbern gemacht, an eine Art Generalreinigung des Haushaltes. Zu ihrem Geburtstag mußte bis auf den letzten Nagel an der Wand alles blitzsauber sein. Dieses Geschenk machte sich die Witwe Ruppel jedes Jahr selbst zum Geburtstag, und es leuchtet ein, daß in der Welt

draußen vorgehen mochte, was den großen und kleinen Staatsmännern nur immer gefiel: Die Witwe Ruppel nahm davon nichts zur Kenntnis. Sie war mit ganzer Seele bei ihrer Stöberei und drosch in diesem Augenblick grimmig auf den Teppich los, der über einer Stange im Hof hing. In ihrem Eifer übersah sie sogar den Schwager Leichtinger, als dieser nach beendeter Sitzung im „Hirschen" draußen vorbeiging und herübergrüßte. Dadurch bemerkte sie auch von dem hintersinnigen Grinsen nichts, das über Leichtingers verwittertem Gesicht lag.

Der Geburtstag kam und verlief in gewohnter Weise.

Von allen Verwandten, Freunden und Bekannten waren Glückwünsche und Geschenke eingegangen und häuften sich auf dem großen Tisch im guten Zimmer, wo die Witwe Ruppel ihre Schätze sichtete und einer strengen Musterung unterwarf. Natürlich war auch in diesem Jahr wieder das bekannte Besteck doppelt vertreten, und der Teller mit dem Goldrand war es gleich dreifach. Daß den Leuten auch schon gar nichts anderes einfiel. Es gab doch so hübsche Sachen in den Auslagen, die praktisch und einer tüchtigen Hausfrau jederzeit willkommen waren. Warum denn immer nur das Besteck und den Teller mit dem Goldrand.

Ein niedliches Kästchen aus blauem Samt kam der Witwe Ruppel unter die Finger und wurde von ihr aufmerksam und wohlwollend betrachtet. Das Kästchen war wirklich sehr hübsch; es trug außen in einem Eichenkranz die Zahl „60" und darunter die Worte: „Nicht viel, aber von Herzen!", beides in Goldschrift. Weniger Eindruck machte auf die Witwe Ruppel der Inhalt des Kästchens, doch war daran vielleicht die sehr hoch gespannte Erwartung auf diesen Inhalt schuld. In ein solches Kästchen gehörte sich doch eine Uhr, wenn sie auch nur Feuergold war, oder ein Ring mit einem Granat, wie er zu dem Granatschmuck paßt, den die Witwe Ruppel noch von ihrem seligen Mann bekommen hat.

Von einer Uhr oder einem Ring ließ sich aber in dem niedlichen Kästchen nichts entdecken. Auf dem blauen Samtgrund lag nur ein Beutelchen aus durchsichtiger Gelatine, und in diesem Beutel war etwas, das aussah wie grober Grieß mit einigen Steinchen von der Größe eines Stecknadelkopfes dazwischen.

In den nächsten Wochen mußte der junge Leichtinger den vollen Zorn seiner Schwiegermutter über sich ergehen lassen, obwohl er an der Geschichte so unschuldig war wie sein vor sieben Wochen geborenes Töchterchen. Doch auf diesen Umstand nahm die Witwe Ruppel keine Rücksicht, sondern redete sich die angetane Schmach lebhaft von der Seele, um so mehr, als die Sache selbst in der Verwandtschaft bleiben und um Himmelswillen nicht über diesen Kreis hinausdringen sollte.

Oder ist es etwa keine Schmach, einer ehrenwerten und allseits geachteten Witwe auch noch an ihrem 60. Geburtstag zugefügt, wenn der Juwelier Hierth der Witwe Ruppel mit nur mühsam gedämpfter Heiterkeit erklären muß, solche Steine, wie sie das blaue Kästchen enthielt, könnten nicht in Gold gefaßt werden. Über ihre Beschaffenheit wäre ein Arzt zu befragen, nicht ein Juwelier. Das an zuständiger Stelle eingeholte Gutachten bestätigte den Verdacht des Juweliers. Nach dem gewissenhaften Urteil des Herrn Sanitätsrats Dr. Siebler handelte es sich bei dem Inhalt des blauen Kästchens nicht um Edelsteine, wohl aber um eine sehenswerte und guterhaltene Kollektion von Gallensteinen. Als der Herr Sanitätsrat den Namen des edlen Spenders erfuhr, schmunzelte er verständnisinnig vor sich hin. Er selbst hatte diese Gallensteine vor einem Jahr dem pensionierten Werkmeister Jakob Leichtinger herausoperiert.

Der heillose Plan war bei jener denkwürdigen Sitzung im „Hirschen" geschmiedet worden und während die nichtsahnende Witwe Ruppel ihren Teppich klopfte.

Jakob Leichtinger hatte seinem Freund „Aschanti" die Schwulität vorgestellt, in die ihn der 60. Geburtstag seiner Schwägerin bringe, wie elend schwer es sei, ein passendes Geschenk zu finden und wie die Witwe Ruppel auch an den teuersten Edelsteinen noch einen Mangel entdecken und feststellen würde.

Der „Aschanti" strich sich auf diese Klage hin nur den struppigen Schnauzbart und meinte beiläufig: „Schenk ihr dann halt die Gallensteine, die sie dir voriges Jahr herausgeholt haben... Die werden ihr doch echt genug sein..."

Von dieser prachtvollen Idee war der Jakob Leichtinger sofort geblendet, und ein spitzbübisches Grinsen bekundete sein Einverständnis. Die Witwe Ruppel hätte es noch auf seinem Gesicht sehen können, dieses Grinsen, wenn sie damals nicht vollkommen mit ihrem Teppich beschäftigt gewesen wäre.

Was er wollte, war dem Jakob Leichtinger gelungen, ein Geschenk zu machen, vor dem die nimmermüde Beredsamkeit der Witwe Ruppel zum Erliegen kam. Wochenlang würdigte die Witwe Ruppel den Schwager keines Wortes, wohl aber doch scharfer Blicke, und als sie endlich die Sprache wieder fand, war ihre erste Bemerkung, so ein spottsüchtiges Mannsbild könnte das Herz ja gar nicht auf dem rechten Fleck haben, sondern dort, wo bei richtigen Menschen die Leber zu sitzen pflegt.

So rächte sich die Witwe Ruppel für die gutgemeinte, aber anatomisch unhaltbare Widmung, über welche sie sich mehr geärgert hatte als über das Geschenk selbst.

Michael Georg Conrad
Eine Geschichte in Szenen

(Auszüge aus „Der Herrgott am Grenzstein")

Als die Katastrophe mit Orkan und Wolkenbruch das traumselige Schläfernest Bullendorf überraschte, siehe, da waren es wieder die Schweren und die Gewaltigen, die im Regimente sitzen, denen kein Haar gekrümmt wurde, während die Geringeren im Dorfe in heiliger Sonntagsfrühe sich den Schaden besehen konnten.

Und damit auch die lustige Note nicht fehlte: Das Armenhaus, das zurzeit ohne Insassen war, schien spurlos vom Erdboden verschwunden, bis man es eines Tages plattgedrückt in Bruchstücken unfern dem Hopferstädter Weg wiederfand.

Es war der älteste Fachwerkbau des Dorfes gewesen, ganz Holz und Lehm.

Und der Karren des Gemeindeschäfers mitsamt dem verschlafenen Jakob war von den Pelzäckern bis mitten hinein ins feindliche Lager, bis zum Pfarrhaus der katholischen Ortschaft Hopferstadt geflogen, zum großen Entsetzen der Rechtgläubigen. Denn Bullendorf und Hopferstadt bildeten sich ein, seit unvordenklicher Zeit sich spinnefeind zu sein um des Glaubens willen.

Jakob war ein Musterlutheraner, er war als Katechismus- und Bibelkenner bekannt und gefürchtet weit und breit. Seine anzüglichsten Einfälle wußte er mit einem treffenden Vers aus der Heiligen Schrift zu belegen.

Aber vor dem Pfarrhaus in Hopferstadt fiel ihm diesmal doch kein Bibelspruch ein. Er kroch aus dem Karren mit einem „Hops, da bin ich" — und machte ein sehr verdutztes Gesicht, als er bemerkte, wo er mit seinem alten roten Holzhaus plötzlich angekommen war. Die Reise war ihm völlig unerklärlich. Auf den stocklutherischen Bullendorfer Pelzäckern einzuschlafen und im stockkatholischen Hopferstadt aufzuwachen, war ihm ein Wunder über alle Wunder.

Eine Stunde später hat er Hund und Herde in ihrer Hürde unversehrt wiedergefunden. Er staunte immer aufs neue: „Mein Pferch, mein Pferch!" — Und mit Humor erklärte er im Wirtshaus: „Ich wollte dem Andreas Panzer und Amerika nachfliegen, aber mein hölzerner Luftballon hat den Weg verfehlt." ...

Am Abend des Tages, welcher dem Besuch der Gattin des Dekans, geborener von Tippelskirch, folgte, war bereits ein Dekanatsschreiben da. In dem üblichen imposanten Format und mit dickem Siegellack zu ausreichendem Verschluß der fürchterlichen Amtsgeheimnisse.

Pfarrer Ostertag ahnte, aber er wollte sich nicht imponieren noch seinen Humor verderben lassen. Was er an der Geborenen von Tippelskirch verübt, galt seinem pastoralen Gewissen als durchaus berechtigte Lektion für die Diplomatin und als Lektion für das Dekanat, wie man Amtsgeschäfte nicht betreiben soll.

Nachdem der Pfarrer gelesen, schmunzelte er ein wenig und war sofort mit sich im reinen, wie verfahren werden solle: Numero eins, die Sache ein paarmal gut beschlafen und erst die Predigt anfertigen, Numero zwei, in aller Heimlichkeit mit dem jungen Lehrer konferieren, der ein nobler und forscher Kopf ist und zur Sache mehr Positives beisteuern kann als irgend einer im Dorfe, Numero drei und schließlich, alles aus hohen Gesichtspunkten nehmen, kurz und knapp, mit scharfer, feiner Feder.

Doch wollte er's zunächst mit seiner Frau bereden. Die Pfarrerin steckte sich nach dem Abendessen noch die Tasche voll Nüsse, dann folgte sie dem Pfarrherrn, auf seine Bitte hin, in die Studierstube.

In dem behaglichen Raum fiel die Pfarrerin gleich auf den breiten Diwan. „Ich bin doch ein wenig müde. Mußte mich zuviel bücken heute, erst auf dem Felde, dann oben im Speicher. Aber Kartoffeln kriegen wir heuer, so groß." Und sie legte beide Fäustchen übereinander.

Endlich flog das Dekanatschreiben auf den Tisch. Zunächst versuchte er, ihr die Sache nochmals kurz auseinanderzusetzen. „Du willst doch hören?"

„System!" rief sie, kicherte wie ein loses Schulmädchen, zog die Beine hoch, schob die Hände unter den Kopf und äugte ihn von der Seite an: „Das Dekanat drückt zunächst seine Verwunderung aus, vom Pfarramt Bullendorf über wichtige Vorgänge ohne Bericht gelassen zu sein. Das Dekanat hat auf

Umwegen Wind bekommen von allerlei Geschichten. Diese Ereignisse betreffen gewisse Erscheinungen an der evangelischen Ortsgrenze gegen den katholischen Nachbarort Hopferstadt. Zum Schlusse, wie verhält sich's mit dem sogenannten Herrgott am Grenzstein?"

Der Pfarrer lauschte mit offenem Mund.

Und die Sprecherin setzte sich auf. „Hab' ich mein Sprüchlein gewußt? Optime. Aber sag' doch, von dem Herrgott am Grenzstein wußte ich seither selber nichts. Was ist denn das wieder für eine Geschichte? Hat sich die die Geborene von Tippelskirch ausgedacht?"

„Das ist zunächst gar keine Geschichte, das ist ein bemaltes Kunstwerk oder so was Ähnliches. Von der Bosheit der katholischen Hopferstadter gegen uns Ketzer aufgebauscht. In ganz Bullendorf hat sich meines Wissens bis heut' kein Mensch darum gekümmert."

„Bin ich kein Mensch? Siehst Du, ich kümmere mich jetzt darum. Ich mache die Sache des Herrgotts am Grenzstein zu meiner eigenen. Gewilligt Euer Hochwürden das?"

Der Pfarrer setzte sich zu ihr auf die Diwankante.

„Ach, Kind! Und wir haben so viel Wichtigeres zu besprechen! Also mit zwei Worten: Hopferstadt und Bullendorf sind Antipoden im religiösen und im wirtschaftspolitischen Leben. Bei den Reichstagswahlen, Landratswahlen und so weiter sind sie zusammengespannt. Zu uralten kommen neue Reibereien. Unserem fränkischen Lande fehlen hohe gemeinsame Ziele, daher verekelt sich's das Dasein

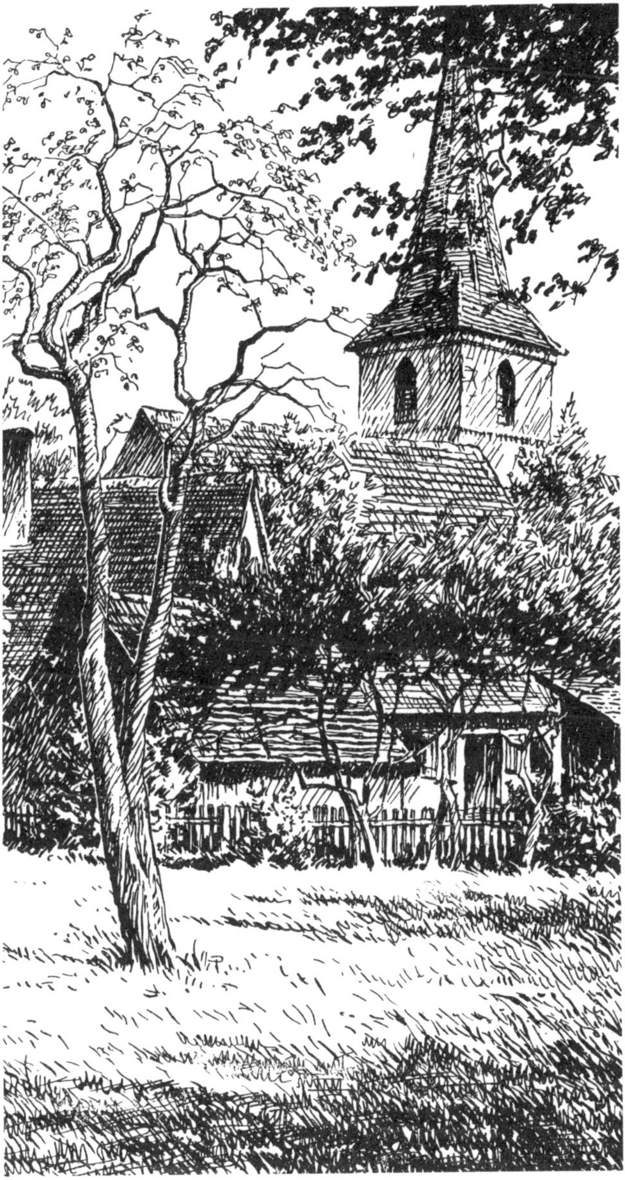

mit Schildbürgereien. Unserm fränkischen Lande fehlt ein durchgreifender sittlicher Ernst, darum verfällt's auf Spott- und Ulksachen, sein lebhaftes Blut auszutoben. Der Herrgott am Grenzstein ist ein mittelalterliches Kunstwerk, auf einem einzigen ungeheueren Sandsteinblock die Kreuzigung und beide Jünger mit der Gottesmutter darstellend. Die Kehrseite, eine glatte Fläche, wurde von Spaßmacherhänden dazu benützt, ein Männlein einzumeißeln, das dem Beschauer einen gewissen Körperteil unter dem Rücken nackt zeigt. Diese Nacktheit ist Bullendorf zugekehrt. Darin will die Empfindlichkeit unserer kirchlichen Obern eine Verhöhnung des evangelischen Bekenntnisses sehen. Ich bitte einen Christenmenschen, das hat doch mit der Religion nichts zu tun. Datiert ja aus den Streitigkeiten bei der letzten Reichstagswahl, wo die Bullendorfer durchaus nicht nachgeben wollten. Die Marktbärbel in Würzburg hat die Spottgeschichte aufgegriffen und unter die Leute gebracht. Und da soll sich das evangelische Bekenntnis gekränkt fühlen, wenn der politisch Verärgerte sich die Hosen abzieht? Tippelskirchliche Auffassung. Bisher hat kein Vernünftiger ein Wort darüber verloren. Ich glaube nicht, daß sich in Bullendorf jemand darüber entrüstet hat."

„Vollkommen richtig. Eine lächerlich gleichgültige Sache. Weil sie das ist, birgt sie aber zugleich die Gefahr, von dem Kleinsinn aufgegriffen und so lange hin und her gewendet zu werden, bis sie zu einem gefährlichen Bestandteil der fränkischen Weltgeschichte wird." ...

Ein anderes Schreiben, und zwar aus Hopferstadt, erreichte Melchior Stang, den Bürgermeister. Der bat den Kantor zu sich und ließ es ihn lesen.

„Na, Herr Kantor, na?" drängte Melchior Stang. „Was hat Ihnen denn die Stimm' verschlagen? Gelt, 's is arg? Soll ich erst einen Krug Wein aus dem Keller holen, daß Sie Mut kriegen und eine gelenkige Zunge?"

Der Kantor schüttelte pfiffig den Kopf. Er mochte keinen Wein heute. Ganz nachdrücklich winkte er mit der Hand ab. Seine Geisteskräfte reichten auch so. Seiner Zunge fehle auch nichts. Den Text habe er jetzt, den Text. Donnerkeil! So etwas geschrieben zu haben, das ist eine Leistung!

„Das langt doch?" schrie der Bürgermeister.

„Meinen Sie?" Und der Kantor strahlte mit seinem feinen vergnügten Lächeln den Hitzkopf an. „Nein, mein Lieber, in diesem Fall langt's nicht. Außer dem Text kommt auch die Musik in Betracht. Das ist ein Schelmenlied und Trutzgesang ganz eigener Art, was uns die Hopferstadter da aufmusizieren. Hätt's ihnen nicht zugetraut, wahrhaftig nicht. Da steckt kein Dummrian dahinter."

Er breitete das Schriftstück mit achtungsvoller Gebärde auf den Tisch.

„Aber ein Grobian," schrie der Bürgermeister, erhob sich und legte beide Hände breit auf das Schriftstück: „Nun will ich Ihnen auf die Sprüng' helfen, Herr Kantor, weil Sie heut so begriffsstutzig sind. Die Frage kann doch nur lauten: Antworten wir den Herrschaften von Hopferstadt oder antworten wir nicht? Ist Bezahlung eine Antwort oder ist sie keine Antwort? Und sollen wir nicht als Extragabe für die Hopferstadter Liebe eine Photographie des Rückseiten-Männleins beilegen? Darauf sollen Sie mir antworten helfen. Zunächst ist ja der Tatbestand noch nicht festgestellt. Die Rechnung noch nicht revidiert von Amts wegen."

„Der Tatbestand!" lachte der Kantor. „O, ihr Bürokraten und Revisoren vom runden Sitzleder, der Bürgermeister von Bullendorf ist ärger als ihr! Nun hören Sie um Gotteswillen doch einmal die Musik, mit der uns die Hopferstadter uzen!"

Der Bürgermeister hielt sich die Ohren zu, der Kantor las aber mit großem Behagen einige Stellen laut vor: „Zweifellos kam das wunderliche Ding über die Bullendorfer Grenze zu uns geflogen. Was es eigentlich war, welchem Zweck es dienen sollte, war schwer zu ergründen. Weit gereiste und erfahrene Leute unserer Gemeinde wurden um Augenschein und Urteil gebeten. Einige meinten, das möchte wohl eine Arme-Sünder-Tonne oder ein Delinquentensarg aus einer mittelalterlichen Folterkammer sein. Andere hielten es für einen nicht näher bestimmbaren Museumsgegenstand, zweifelten aber, ob Bullendorf, unser aufgeklärter Nachbarort, schon darin mit unserer Kreishauptstadt Würzburg wetteifern und ein Museum für altertümliche Raritäten sein eigen nennen könne —"

Der Bürgermeister hat die Stube verlassen und die Tür hinter sich zugeschlagen.

Der Kantor liest mit wachsendem Vergnügen laut weiter: „Andere hielten das wunderliche Ding für einen Zigeuner- oder Komödiantenwagen primitivster Konstruktion, für ein ausrangiertes Vehikel, das die reiche Gemeinde Bullendorf doch unmöglich für Begleichung irgend einer Zeche dem zahlungsunfähigen fahrenden Volk abgepfändet haben könne. Unser hochwürdiger Herr Geistlicher Rat meinte, vielleicht wäre es als ein Appell an die römisch-katholische Mildtätigkeit zu deuten, da das jammervolle Ding, das aus der Bauzeit der Arche Noahs zu stammen schien und für Kenner zweifellos historischen Wert habe, gerade am Pfarrhofe angeflogen sei. Freilich könne man nicht gut annehmen, daß Bullendorf auf so außerordentlich ungewöhnliche Weise zu einem Hopferstadter Almosen kommen und für einen unqualifizierbaren schadhaften Gemeindegegenstand die Kurkosten schinden wolle. Um Klarheit in die Sache zu bringen, entschloß man sich zu einer Reparatur des bis zur Unkenntlichkeit herabgekommenen Gegenstandes auf Gemeindekosten, um die Rechnung zu präsentieren, falls sich ein Eigentümer ausweise. Man beschränkte sich auf das Notwendigste. Den verdächtigen Inhalt, faules Stroh, Ungeziefer, eine leere Wagenschmierbüchse und so weiter, ließ man im ursprünglichen Zustande. Nach vollzogener Reparatur ergab sich eine überraschende Aehnlichkeit des rätselhaften Fahrzeuges mit dem Schäferkarren, den glaubwürdige Leute auf der Bullendorfer Gemeindeflur — allerdings Leute recht hohen Alters — schon in ihrer frühesten Jugend gesehen haben wollten. Die Vermutung steigerte sich schier zur Gewißheit, als das reparierte Fahrzeug, von uns an die Grenze gebracht, dort von dem Bullendorfer Schäfer Jakob, der seiner Kleidung nach für einen Armenhäusler hätte genommen werden können, mit Jubel begrüßt und alsbald von ihm und dem Knecht des Herrn Melchior Stang in Bullendorf entführt wurde. Inzwischen glauben wir unserer Sache so sicher geworden zu sein, daß wir der verehrlichen Gemeindeverwaltung von Bullendorf ohne weiteres die Rechnung für gelieferte Reparaturen hiermit in Vorlage bringen."

Der Kantor fand den Spott großartig, und da der Bürgermeister entwichen war, unbekannt wohin, lief der Kantor mit dem Schriftstück in die Backkammer, um die schönsten Stellen auch der Elisabeth, der Tochter Stangs, zu Gehör zu bringen. Ah, die hatte ganz andere Ohren für die Reize seltener Musik als der Herr Papa, das wußte er von der Schule her.

Und bald schallte ein Lachduett aus der Backstube, daß die Bärbel in die Ställe und Scheunen lief: „Kommt Leut', helft lachen, der Kantor und Elisabeth können nicht mehr, die sind ganz aus dem Häuschen."

Und als der Jochels-Valtin, des Bürgermeisters Schwager, wieder mit einem Auftrag seiner Frau am Hoftor erschien, schrie die Bärbel: „Ungeniert hereinspaziert, in der Backstube wird dem Bürgermeister ein Ständchen gesungen."

So kam der Inhalt des Schriftstücks unter die Leute, bevor es der Bürgermeister der Gemeindeverwaltung in offizieller Sitzung mitteilen konnte. Die Angst des Bürgermeisters, daß er ungebetene Mitregenten im Dorfe habe und seine Herrschaft im eigenen Hause nicht mehr gesichert sei, gewann ja längst eine krankhafte Höhe ...

Einige Tage drauf besucht der Kantor den jungen Lehrer Reinhart:

„Bitte hier, mein Reformsofa eigener Erfindung, bricht nicht, kracht nicht, macht keine Musik —"

„Wissen Sie — ja, was wollt ich nun gleich sagen? Ich glaub', ich bin in meinem Leben zum erstenmal in Ihrem Turm — das ist aber ein reizend lauschiger Winkel." Nimmt Platz auf der Matratze.

„Zum zweitenmal, Herr Kantor. Sie schenkten mir gleich nach meinem Einzug in Bullendorf die Ehre —"

„Wahrhaftig. Aber damals hatten Sie noch nicht diese Einrichtung."

„Einrichtung ist gut! Tisch, Stuhl, Bett, Waschtisch, Schrank, Bücherstelle, Koffer — kann ein lediger Schulmeister weniger haben?"

„Sie vergessen die Wanddekoration, Kollege!" schmunzelt der Kantor.

„Richtig! Die Welt-Verkehrs-Karte der Hamburg-Amerika-Linie, die hat mir Andreas Panzer geschenkt, und meine Gemäldegalerie, die hab' ich mir aus „Jugend" und „Simplizissimus" — Probehefte à fünfzig Pfennige — ausgeschnitten, weiter reicht zurzeit mein Kunstbudget nicht."

„Und dort, unter dem blauen seidenen Fähnchen?" Der Kantor erhebt sich und tritt neugierig an die Wand.

Reinhart legt den Finger an den Mund. „Ein

Geheimnis — Lohn für höchste Schweigsamkeit! Außer Ihnen, Herr Kantor, hat ihn nur Andreas Panzer eingeheimst. Lüpfen Sie in Gottesnamen den Vorhang und seien Sie mit dem hundertsten Spitznamen Tacitus getauft."

Der Kantor nimmt sich ein Herz, lüpft, nachdem ihm Reinhart den Mechanismus gezeigt — schaut, prallt zurück, der Vorhang fällt.

Der Lehrer Reinhart erfaßt seine Rechte, schüttelt sie. „So lieb uns der Name eines ehrlichen Mannes ist, Tacitus, das ist mein Staatsgeheimnis — Sie werden an Ihrem Kollegen nie zum Verräter werden und keiner Seele offenbaren, wo Sie den Originalentwurf zur Kehrseite des Herrgotts am Grenzstein gesehen haben — ipse fecit."

Die Männer blicken sich tief in die Augen — dann bricht der Kantor in ein erschütterndes Gelächter aus und unter krampfhaftem: „Donnerkeil! Donnerkeil! Das Männle von Hopferstadt mit dem frechen Gruß seines nackten Hinterteils hier mitten in Bullendorf!" Damit fällt er auf die Matratze. „Ipse fecit, Donnerkeil!"

„Tja!" macht Reinhart ganz kalt und durchmißt ruhig sein Zimmer, bis der Kantor den Lachanfall überstanden.

Die scharfäugige Kathrina, des Bürgermeisters Schwester, hatte am letzten Karfreitag herausgebracht, daß der Besuch der Ochsenfurter Prozession einen Umschlag in der Stimmung Elisabeths hervorgerufen: eine blitzartige Entzündung ihrer Seele und ihrer Sinne durch ein männliches Wesen.

Auf dem Heimweg stupste Kathrina den angeheiterten, aber mit ungemeiner Würde dahinschreitenden Bruder: „Melchior, es brennt wo, gib acht!"

„Dazu brauch' ich Dich nit, wenn Du nit mehr weißt."

Und sie wußte nicht mehr, als daß der zündende Funke in Elisabeths Herz gefallen. Und sie mochte ihren Baltin hetzen, wie und wohin sie wollte, es half alles nichts, seine Spürnase fand nichts. Und sie mochte mit süßen Worten und Gebärden im Gespräch mit Elisabeth die schlauesten Fallen stellen und die listigsten Schlingen legen, das Vöglein ließ sich nicht erwischen.

Und als sie es einmal mit plumpem Zugreifen versuchte, wurde sie von Elisabeth mit Spott und Hohn heimgeschickt.

Da — der unermüdliche Baltin mit seinem Dachskopf brachte ihr endlich einen sehnlichst erwünschten Fingerzeig. Ein Stückchen Papier, abgerissen von einem Briefumschlag. Der Name fehlte. Aber es war die regelrechte Adresse eines Soldatenbriefes. Leider stand von sämtlichen Bullendorfer Heldenjünglingen, die gegenwärtig den Rock des Königs trugen, kein einziger bei der angegebenen Waffe. Doch der Briefumschlag war zweifellos von Elisabeths Hand und die Tinte fast noch frisch. Ganz deutlich: 2. Feldartillerie-Regiment Würzburg. Ein Kanonenmensch also.

Das war am Johannistag.

Der Papierfetzen wanderte in die geheime Lade im Schreibtisch des Bürgermeisters, und vier Wochen später übergab ihn der Bürgermeister seiner

Tochter mit den Worten: „Ich denk', Du machst mir keine Dummheiten, Elisabeth."

„Das denk' ich auch, Vater", war die ganze Antwort. Und seither von beiden Teilen keine Silbe mehr in dieser Sache.

Der Vater gab auf den Postboten acht, aber er strengte seine Jägeraugen vergeblich an. Auf den Schmittlestampes und den Grötschamerts-Michel riet sein Scharfsinn nicht. Die kluge Elisabeth wechselte ihre Botengänger und Vermittler, damit sie nicht durch Gewohnheit lässig und ausplaudernd wurden. So gingen und kamen die Briefe auf vielverschlungenen Wegen und sorglicher Deckung. Und es gab sogar einmal ein richtiges Stelldichein der Liebesleute beim Herrgott am Grenzstein.

Freilich, wenn sie sich vorstellte, von der Kanzel der Bullendorfer Kirche soll der Pfarrer seiner andächtigen Gemeinde verkündigen: „Kilian Geyer ... katholisch ... Hopferstadt ... und Elisabeth Stang... evangelisch-lutherisch... sind gesonnen, in den Stand der heiligen Ehe zu treten" ... da fangen die Glocken von selbst zu läuten an, die Orgel braust auf, die Andächtigen fallen von den Bänken, der Jüngste Tag bricht an, die Gräber tun sich auf und die Geharnischten, die hinter dem Altar auf ihren Grabsteinen seit Jahrhunderten stillgestanden, treten hervor und recken das Schwert in der Eisenfaust. — Aber daneben stellte sie sich auch dies vor: Kilian Geyer, ein lebendiger Mann und dabei so stramm gewachsen wie aus Erz gegossen, mit blitzenden Augen: Hie Schwert des Herrn und Gideon

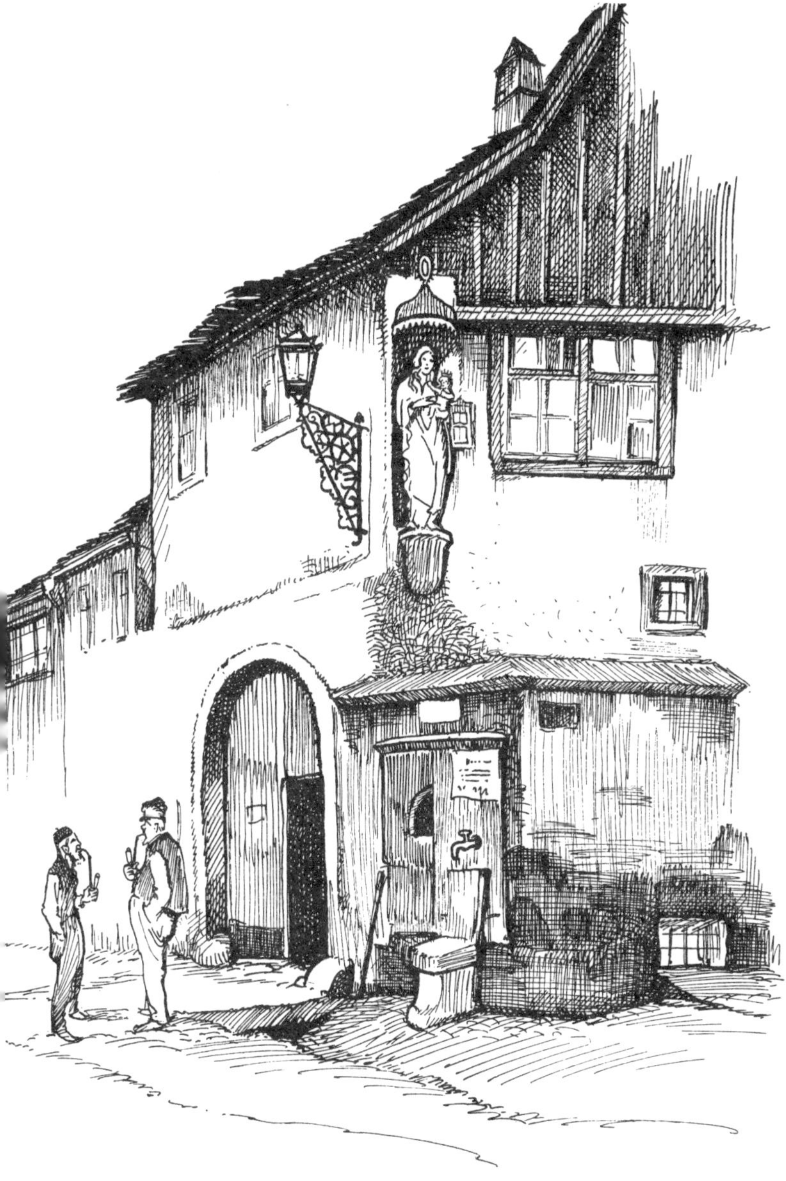

— und die beiden Bürgermeister alte, verwitwete Brummbären und Vorsänger alter blödsinniger Ortsfeindschaften. Sollte der junge Soldat, der mit den schwersten Kanonen auf die unglaublichsten Entfernungen zu schießen gelernt hat, nicht mit den alten Brummbären fertig werden?

„Erst recht!" rief sich Elisabeth zu, nachdem wieder die ganze Heerschar von feindlichen Hindernissen in ihrem Kopf zur Parade ausgerückt. „Aber gewiß, jetzt erst recht! Wir sind halt auch noch da! Und wie sind wir da, der Kilian und ich! Und kein Mensch hat eine Ahnung — das gibt eine Überrumpelung! Was gehen uns die Menschen an, wenn sie den Schrecken nicht ertragen können?"

Und sie setzte sich in ihr Stüblein, verriegelte die Tür und brachte folgenden Brief, der im Kopf schon fertig war, fix zu Papier.

„Mein lieber Kilian!

Ich ergreife die Feder, Dir mit vielen Grüßen zu danken für Dein letztes Schreiben. Ich habe es schon beantwortet, ich hoffe, Du wirst meine Antwort erhalten haben. Heute muß ich wichtige Mitteilungen beifügen. Im Ort ist alles durcheinander, weil eine angesehene Frau in das Wasser gegangen ist. Die Anna-Mia hat ihrer unglücklichen Ehe nach zehn Jahren durch den freiwilligen Tod ein Ende gemacht. Es ist ein großes Beispiel, die Leute können es sich hinter die Ohren schreiben. In der Gemeinde hat es seit acht Tagen gesummt wie in einem Bienenstock wegen dem Schäferskarren. Das Schriftstück hat sich nicht mehr gefunden, weil ich es bei dem Böbels-Christoph glücklicherweise erwischt und verbrannt habe. Vorher habe ich es noch einmal gelesen, weil das ganze Dorf voll davon gewesen ist und mein Vater getobt hat wie ein Türk, der Kantor hat gelacht. Ich muß Dir sagen, daß Du vielleicht manches zu scharf gemacht hast, obwohl es den Hochmutspinseln von Bullendorf gesund gewesen, daß es ihnen einmal ordentlich besorgt worden ist. Das Schriftstück ist eine gute Tat gewesen. Friede seiner Asche. Mein Vater hat das Geld aus seiner Tasche bezahlt und hat der Gemeinde nichts mehr gesagt. Gegönnt hab' ich's ihnen, das kannst Du mir glauben. Ich bin Dir so dankbar für Deine Liebe, ich bringe es nicht auf das Papier, ich müßte den ganzen blauen Himmel damit vollschreiben, so groß ist meine Liebe und Dankbarkeit. Morgen wird die Anna-Mia begraben. Ihr Mörder lebt noch, der Sebastian, aber in einem vertierten Zustand, wie ein Schwein. Gottes Strafgericht, jetzt merkt es jeder. Die Kirchweih lassen wir uns nicht nehmen. Es bleibt dabei, wie wir es verabredet haben, Du kommst in Galauniform, kein Mensch weiß was, und wir tanzen vor allen Leuten. Mit Gottes Hilfe tanzen wir ihnen bald auf den Köpfen. Ich lege die Feder weg und küsse Dich vieltausendmal. Meine Sehnsucht ist unaussprechlich. Diese Zeilen schicke ich durch Schneiders-Dorle. Deine Zeilen holt mir der Grötschamerts-Michel, mach sie rechtzeitig fertig bis Samstag. Gott segne uns und behüte uns, der Herr lasse sein Angesicht leuchten über uns und sei uns gnädig.

        Deine Dich liebende E."
Und wie sie den Brief versiegelte und verpackte,

den zweiten Umschlag mit der Deckadresse an einen Freund ihres Kilian, einen gewissen Bildhauer Geilfuß, noch einmal versiegelte, da war ihr das Herz so froh und fest, als wäre sie mit ihrem Liebsten in Gottes Herz hineinverschlossen und versiegelt. . . .

Es ist Kirchweihtanz im „Schwarzen Adler".
Eben drückte sich der Bürgermeister durch. Er hat Musterung gehalten. Zwei Walzer und einen Schottisch hatte sein Kind mit dem schönen, verwegenen Kanonier von den „himmlischen Heerscharen" getanzt. Malefiz. Die Ortsburschen wagen sich nicht mehr an Elisabeth heran. Sie glauben sie bereits im festen Besitz des baumstarken Soldaten. Jetzt fordert er sie schon wieder zum nächsten Tanze auf. Die beiden weichen einander nicht mehr von der Seite. Wo will denn das noch hinaus? Da hört Verschiedenes auf.

„Gelt, daß Du mir acht gibst und nicht über die Grenze kommst!" brummt er der Elisabeth ins Ohr.

„Jawohl, Vater. Ihr könnt sicher sein —"
Angst und Furcht steigerten sich im Gemüte des Bürgermeisters, als er sein Kind so wild mit dem schönen fremden Soldaten tanzen sah. Leib an Leib, in völliger Hingabe und Weltvergessenheit. Wahrhaftig, sein eigen Blut kam in Aufruhr. So hat er einst getanzt, wie er um sein Weib geworben.

„Diese zwei sind wie aus einer Wurzel aneinander gewachsen!" rief der Dorfdoktor Stein. „Sie gehören zusammen wie Kanone und Wischer!"

Das Wort war dem Bürgermeister durch Mark und Bein gegangen.

„Wer ist denn dieser famose Kerl? Wie dem die Uniform auf den Leib gegossen ist, diesem jungen Herkules! Bullendorfer, Ihr könnt Euch geschmeichelt fühlen!"

„Es ist ja kein Bullendorfer," krähte der überlegene Schöttles-Kaspar, „das weiß unser Doktor wieder einmal nit. Er ist ein einfacher Herr Kanonier Kilian aus Würzburg."

„Püh," spottete Stein, „in Würzburg heißt jeder Hausknecht Kilian."

„Geh Du mit Deinem Herrn Kanonier," trumpfte der Bürgermeister vom anderen Tisch herüber und schleuderte dem Schöttles-Kaspar wütende Blicke zu.

Das wurmte ja den Bürgermeister so, daß er selbst nicht mehr als den Vornamen wußte, daß er mit all seiner Fragekunst aus Elisabeth und ihrem Tänzer nicht mehr herauszubringen vermochte. Der Fremdling ließ sich nicht fangen, so jägermäßig schlau auch die Fragen gestellt sein mochten ...

Noch zwanzig Schritte vom Grenzstein entfernt tauchen jetzt zwei Gestalten, deutlich im Umriß, auf die Hochfläche. Dagegen werden die Stimmen flüsternd beim Anblick des schlafenden Mannes, der dort liegt, schweigen ganz und werden durch Zeichen- und Mienenspiel ersetzt.

„Ich will nachsehen," sagte plötzlich eine Gestalt, die kleinere, und schwang einen Stab, einen Schäferstab.

Die andere Gestalt: „Nein, Jakob. Lassen Sie mich nur erst ein wenig ausschnaufen. Wir müssen beieinander bleiben. Es wird sich ja bald zeigen, wer der Mensch ist. Ein Wallfahrer, ein Büßer —"

„Oder ein Handwerksbursch, ein versoffener. Das kommt nämlich auch vor, Herr Pfarrer."

„Mein lieber Schäfer Jakob, es könnte auch ein Toter sein, ein Selbstmörder."

„Dann geht erst recht nichts vor. Wie geschrieben steht: Herr, ich sehe die Gedanken der Weisen, daß sie eitel sind. Noch zehn Schritte und wir können die Geschichte mit Händen greifen. Kommen Sie, Herr Pfarrer!"

„Nein, denn erstens will alles in der Welt reiflich überlegt sein, zweitens wäre es wider unsere Verabredung. Warum sind wir hergegangen? Weil Sie mir das Wunder an dem Hopferstadter Männle zeigen wollten, das sich in eine Frau verwandelt hat."

„In eine Sonne, die lacht, Herr Pfarrer, in eine lachende Sonne. Aus dem garstigen Männle eine schöne Sonne! Ein Wunder!"

„Eine lachende Frau Sonne, ganz richtig. Ein Wunder! Und der evangelische Pfarrer läuft dem neuesten Wunder nach. Das ist ein noch größeres Wunder! Aber ich sehe noch nichts davon."

„Herr Pfarrer, nehmen Sie doch Ihren Mut zusammen!"

Der Schäfer ließ sich nun nicht mehr halten. Er ging auf den Zehenspitzen eilig vor, hüstelte ein paarmal kurz und laut, und als er sich nicht regte, umschritt er den Grenzstein und betrachtete mit strenger Forschermiene den ausgestreckten Menschen, der auf dem Bauche lag, von Kopf bis zu Fuß. Dann stieß er prüfend mit dem Schäferstab an das Ränzel am Boden. Nirgends rührte sich was. Er beugte sich nieder, um dem Fremden seitwärts ins Gesicht zu sehen.

Eilig lief er zum Pfarrer zurück, der mit angehaltenem Atem dagestanden.

„Ich laß mich köpfen —"

„Um Gottes Willen leiser, Jakob, Sie schreien, daß man's bis Hopferstadt hinein hört —"

„Ich laß mich köpfen: wenn der Lehrer Reinhart nicht einen Bruder hat, der ihm ähnlich sieht, wie ein Mensch dem andern nur ähnlich sehen kann, dann ist's der Lehrer Reinhart selber."

„Und er schläft, ist nicht tot?"

„Lehrer Reinhart beim Herrgott am Grenzstein, was will denn der da? Es ist ja unglaublich."

Am gleichen Tag wird in der Weinstube zum Brückenbäck in Würzburg der junge Bildhauer Geilfus von seinem besten Freunde und einstigen Realschulkameraden Kilian Geyer zechfrei gehalten. Sie haben sich den stillen Winkel hinterm Bäckerladen ausgesucht und können hier in aller Heimlichkeit ihre Angelegenheiten besprechen.

Geilfus erzählt in etwas überschwenglichen Worten von seinem letzten tollen Besuch in Bullendorf im Mönchshabit, und daß ihm die Sonnenzauberei am Grenzstein hervorragend gelungen. Das Männle sei ein Schmarren gewesen, die Sonne sei ein Kunstwerk. Kilian werde ja morgen mit eigenen Augen sehen. Das Schäferkarren-Schriftstück, das sie hinter dem Rücken des Hopferstadter Bürgermeisters-Stiefpapas so heftig zusammengebosselt und mit so unerhörtem Glück nach Bullendorf geschmuggelt, sei ja auch eine Leistung, auf die sie mit Wonne zurückblicken können. Aber die Sonne, die jetzt den Bullendorfern vom Grenzstein her scheine, sei wirklich ein künstlerisches Ereignis.

Während der Bildhauer, mit edlem Rebenblut genährt, wortreich überströmte, saß Kilian Geyer sinnend und begnügte sich mit beifälligem Nicken. Das alles sei schön und gut und höchsten Dankes würdig. Doch das sei, wenn auch fortwirkendes Leben, Vergangenheit. Nun heiße es, Zukunft vorbereiten. Um den Schlag seiner Werbung um die Protestantin mit vollem Erfolg gegen die konfessionellen Vorurteile seiner Verwandten und ganz Hopferstadt zu führen, müsse er als Trumpf ein

Wunder ausspielen können. Nicht mehr und nicht weniger, ein Wunder, ein wahrhaftiges Wunder. Wie sich das mit allem Zubehör abzuwickeln habe, das brauche heute noch nicht erörtert zu werden. Nur die Hauptsache sei festzustellen. Und die fasse er in die Frage zusammen, ob es möglich sei, die ganze Herrgott-Bildsäule in gegebener Frist einfach umzudrehen, so daß die Sonne nach Hopferstadt und die religiösen Figuren nach Bullendorf schauen. Die Arbeit sei ja wohl schwierig und erfordere gewisse umständliche Vorbereitungen. Keine Seele von Hopferstadt oder Bullendorf dürfe etwas ahnen.

Die Phantasie des Bildhauers eilte in schöpferischen Sprüngen der Geyerischen Darlegung voraus. Geilfus kannte ja die Landschaft genau. Da der Hopferstadter Grund, dort die Hopferstadter Höhe, hier dieser Weg, dort jene Terrainfalte. Kurz, eine Gegend voller Verstecke. Alle Hilfsmittel und Werkzeuge werden mitten im Winter, wenn die Feldarbeit ruht und die Gegend öde ist wie eine Steppe, an Ort und Stelle gebracht. In einer hellen Nacht mit der ausreichenden Arbeiterzahl zur Ausführung geschritten, kann in der Frühe das Wunder vollbracht mit Tusch und Tschinteratabum verkündet werden. Prost!

Kilian strahlte: „Bravo, Kamerad!"

„Doch wie bei allen wunderbaren Unternehmungen, die zur Zufriedenheit ausfallen sollen," bemerkte Geilfus weise: „Tu Geld in Deinen Beutel. Gute Wunder sind nun einmal nicht billig zu haben, Kilian."

„Wem predigst Du das? Alterchen, da kannst Du mich ruhig machen lassen. Jetzt ist auch noch die selige Tante mit von der Partie und hat für reichlichen Betriebsfond gesorgt. Weihen wir ihr ein stilles Glas!"

Geilfus war ein erprobter Arbeiter und seinem Freund Geyer treu ergeben. Trotzdem glaubte Geyer, noch einmal auf das Wunderprogramm zurückkommen zu müssen, damit sich der Künstler alles gut einschärfe. Nie fragte Geilfus warum und wozu, gleicht packte er die künstlerische Aufgabe.

Geyer: „Wir sind also im Reinen. Es ist jedes Mißverständnis ausgeschlossen. Wenn ich Dir depeschiere: Jetzt! dann sofort ans Werk. Das Wunder ist kein Wunder, wenn's nicht bis auf die Sekunde klappt. In der nächsten Zeit frißt mich die Wahlagitation, da können wir nicht mehr darüber sprechen."

Geilfus: „Schon wieder eine Wahl? Ach ja, für den schwarzen Onkel Schellenberg. Kommt wieder ein Pfaff dran?"

„Natürlich, wer sonst? Aber ich mache diesmal die Bauernbundskomödie im größten Ernst mit und halte ein dutzendmal meine Jungfernrede."

„Wer ist denn der Bauernbunds-Kandidat?"

„Das ist ja der Hauptspaß. Melchior Stang, mein zukünftiger Schwiegerpapa, der verrückte Bürgermeister. Keine hundert Stimmen kriegt er. Aber ich führe mich als sein Agitator in Bullendorf ein. Das ist das wichtigste. Mit dem Schäferkarren haben wir uns damals den Weg eingefahren und die Dickköpfe weich gemacht. Jetzt sind sie zu behandeln und

Die Domstraße in Würzburg

zu formen wie Wachs. Du wirst sehen. Früher haben sie jeden Andersgläubigen und besonders jeden Hopferstadter für einen Trottel gehalten. Das haben wir ihnen mit unserm Schriftstück aus dem Dickkopf herausgestriegelt. Aber die Politik interessiert Dich nicht, gelt?"

„Nur das künstlerische daran, die Intrige, das andere ist mir schnuppe. Du verzeihst schon. Auf den politischen Leim bringt mich keiner."

Das sozusagen Geschäftliche war also damit erledigt. Die Freunde gönnten sich noch den Austausch einiger liebesphilosophischer Betrachtungen, wie sie aus der Tiefe des Menschengemütes aufzusteigen pflegen, wenn die Geister des Weines und die Sehnsucht der Sinne die Riegel wegschieben ...

Einige Zeit darauf bittet Kilian Geyer den Bullendorfer Säemann, mit dem er soeben ein Geschäft abgeschlossen hat, ihn zum Bürgermeister zu begleiten.

Wie ein Soldat ins Feuer, ist Kilian Geyer in die bürgermeisterliche Stube getreten, ohne mit der Wimper zu zucken.

Adam sagt: „Melchior, das ist der Kilian Geyer."

Aus dem Dunkel des Sorgenstuhls hinter dem Ofen kommt ihnen Melchior Stang entgegen, die Hände in den Hosentaschen, die lederne Witzkappe auf dem Ohr.

Er faßt den Kilian scharf ins Auge: „Euch hab' ich schon gesehen."

Adam rasch: „Erschrick nit, er hat einen Doppelgänger, Du denkst an den Kanonier von der Kirchweih."

Der Bürgermeister: „Willkomm! Ich fürchte mich auch vor Doppelgängern nit."

Kilian vergnügt: „Bis zum Landsturm sind alle Deutsche Doppelgänger, einmal in Uniform, einmal in Zivil."

„Nehmt Platz!" Der Bürgermeister schiebt Stühle bei. „Ich wünschte, man hätte zum Wahlkampf auch eine Uniform, vielleicht eine lederne, wie der Schlotfeger, damit die Dreckwürfe nit weh tun."

Säemann lacht.

„Das ist nit zum lachen, Adam, es ist mein Ernst."

Kilian Geyer: „An mir hab' ich's nit fehlen lassen, den Leuten im Gau das Richtige beizubringen. Wie hier die Stimmung ist, werden wir heut abend sehen."

Säemann meint, hier sei die Stimmung verhältnismäßig günstig, man habe nur einen Gegner, den Mischmasch-Kandidaten, allein Bullendorf gebe den Ausschlag nicht. Man dürfe sicher auf wenigstens fünfzig Simmen rechnen.

Kilian Geyer ist zuversichtlich. Er gibt sich nicht der Täuschung hin, diesmal schon den Bauernkandidaten durchzubringen, der Wahlkreis stecke noch zu tief im Schwarzen. Die Aufstellung eines protestantischen Bauern als Kandidaten bedeute einen moralischen Erfolg, der in der Zeit der konfessionellen Hetze doppelt wiege. Damit sei manche alte Schranke niedergerissen. Wenn man bloß bedenke, wie früher Bullendorf und Hopferstadt zueinander gestanden, wie sie sich gegenseitig verhöhnt und gehänselt — und es sei doch ein ganz manierlicher Verkehr möglich.

Säemann weist darauf hin, daß die Wahl unter allen Umständen bewirken werde, daß Bullendorf und Hopferstadt von nun an ein freundnachbarliches Verhältnis aufrechterhalten. Das werde dem wirtschaftlichen Interesse beider Bauerndörfer mehr und mehr zustatten kommen.

Der Bürgermeister lädt die Gäste zu einem Trunk ein.

Nach dem ersten Prost sagt Säemann: „Du, Melchior, ich hab' was Sonderbares bemerkt. Von Dir hört man nimmer Malefiz und vom Kantor nimmer Donnerkeil. Was bedeutet das?"

„Das wir das Reden verlernen."

„Aber erst nach der Wahl. Prost, Herr Bürgermeister!" erhebt Kilian sein Glas. Dann: „Zur Gesundheit Eurer Tochter!"

„Elisabeth ist ausgegangen, ich werd's ihr melden."

„Auch einen Gruß von der Christina-Bäbi," Adam mit erhobenem Glas.

„Also auf heute abend im ‚Grünen Baum'."

Unterwegs Kilian zu Säemann: „Der Bürgermeister erscheint mir seit der Kirchweih auffällig gealtert."

„Lieber Kilian, der Mann hat Schweres durchgemacht, fällt die Wahl sehr schlecht aus, legt er sofort sein Amt nieder." —

Elisabeth tritt etwas erregt in die Stube. Sie kommt mit der Wäsche ihres Vaters von der Kantors-Margret.

„Ihr müßt Euch doch schön machen, Vater, für heut abend."

Er stellt sich vor sie hin.

„Der Kilian Geyer ist dagewesen. Ist's der nämliche, der mit Dir getanzt hat?"

„Hat's Euch so geschienen?"

„Ich frag' nur."

„Es ist der nämliche."

„Auch der mit dem Brief damals?"
„Es ist immer der nämliche, Vater."
Er sieht sein Kind mit einem langen Blick an und schweigt.

Der unerwartet schlechte Ausfall der Wahl machte in Bullendorf kein geringeres Getöse als der Novembersturm, der über die kahlen Felder fegte ...

Wieder stand Fastnacht im Kalender. Narrenpossen im Gemüt der Bullendorfer. Ein Himmel wie Frühling im Winter. Aber für den alten Bürgermeister hat der Winter seine Strenge nicht verloren. Mürrisch blicken sie einander ins Gesicht.

Außen lärmt eine Dorfmusik vorbei mit maskierten kleinen Leuten. Was soll dem Melchior Stang das Possenspiel der jungen Welt?

Die Flinte hängt verstaubt an der Wand. Die Pirschgänge an der Hopferstadter Grenze sind längst aufgegeben. Seit Wochen hat er das Haus nicht mehr verlassen. Er mag keine Zeitung mehr ansehen.

Acht Tage lang hat er am Briefe Kilian Geyers gelesen und jeden Tag etwas anderes darin gefunden. Der Satz: „Zehnmal eine Niederlage und doch ein Triumph!" erfüllte ihn bald mit Empörung, bald mit Hohn. Seine einzige Freude war die Schadenfreude, daß der Kilian von Hopferstadt mit der Aufstellung des Bullendorfer Bürgermeisters im schwarzen Gau sich tüchtig blamiert hat.

„Nein, Elisabeth, mit Ruhm hat der sich nit bedeckt, das ist erstunken und erlogen!" schrie er, wenn Elisabeth ihm mit glimpflichen Deutungsversuchen kommen wollte. „Malef —"

„Vater, schier hättet Ihr wieder Malefiz gesagt."

„Ich kann sagen, was ich will."

Heute hat er den Brief wieder in der Hand. Der Hauptinhalt war klar: Kilian kündigt an, daß er heute komme, zur Erledigung einer wichtigen Angelegenheit. Was mag den schon wieder jucken?

Elisabeth meint, das könne man ja abwarten.

„Wenn der Kanonier nur seine große Kanone mitbrächt', damit wir das ganze lausige Nest zusammenschießen."

„Vater, heute seid Ihr wieder schlimm aufgelegt. Der Kilian wird erschrecken."

„Geschieht ihm recht, warum bleibt er nit in Hopferstadt."

Und da steht der Kilian schon unter der Türe.

Elisabeth drückt sich rasch hinaus.

„Herr Bürgermeister, soll ich's kurz oder lang machen?"

„Wenn's weh tut, so kurz als möglich. Man hat mich genug geschunden."

„Herr Bürgermeister, ich halte um die Hand Eurer Tochter an."

Melchior Stang schweigt. Geht mit schweren Schritten durch die Stube und setzt sich wieder in den Stuhl. Langsam hebt er die grauen Jägeraugen gegen Kilian und sieht ihn scharf an.

Dann, jedes Wort betonend, etwas rauh: „Meiner Tochter Mann muß sein Haus in Bullendorf und sein Feld auf Bullendorfer Markung haben."

„Das habe ich."

„Wo habt Ihr das?"
„Der Sebastian-Hof mit allem Zubehör gehört mir."
„Macht mir keine Fastnachtspossen, der gehört dem Säemann."
„Säemann hat ihn in meinem Auftrag für mich gekauft, Herr Bürgermeister, gestern wurde er mir zugeschrieben, hier ist die Urkunde mit Siegel und Unterschrift." Er legt sie auf den Tisch.
Der Bürgermeister: „Und in dem Saustall wollt Ihr wohnen?"
„Nein, der wird dem Erdboden gleichgemacht. Wir bauen uns ein neues Haus. Hier sind die Pläne, von einem Künstler gezeichnet, von der Behörde bereits genehmigt."
Und er legt die Pläne auf den Tisch zur Notariatsurkunde.
„Und wo wohnt Ihr, bis der Neubau fertig ist?"
„Im Hegweins-Haus."
„Das gehört der Gemeinde und einer in Amerika hat das Wohnungsrecht bis auf weiteres."
„Der Amerikaner hat schriftlich verzichtet. Hier ist der Brief, ich verdanke ihn der Güte des Herrn Reinhart." Und er legt den Panzer-Brief zu den Plänen und der Urkunde auf den Tisch.
Nun rückt der Bürgermeister seine Witzkappe aufs andere Ohr.
„Und Eure Familie in Hopferstadt?"
„Meine Mutter ist nit mehr am Leben, mit meinem Stiefvater habe ich mich geeinigt, im übrigen bin ich mein eigener Herr."
„Mein Herr Kilian, wie ist's mit der Religion?"

„Mit der Religion ist's soweit ganz gut, wir sind alle Christen."

„Christen? Ja, Ihr seid katholische und wir protestantische Christen. Das ist ein Unterschied."

Nun hätte Kilian gern seine Witzkappe aufs andere Ohr gerückt, wenn er eine auf dem Kopf gehabt hätte. Er faßte sich aber rasch und antwortete: „Daran liegt mir zunächst wenig, wie einer sein Christentum färbt, wenn er's nur hat und wenn seine Farbe hält. Ich will weder die katholische noch die protestantische Kirche heiraten, sondern Eure Elisabeth."

„Heiraten ja. Aber wie ist's mit den Kindern?"

„Die Kinder gibt Gott, Herr Bürgermeister. Das bleibt abzuwarten."

„Nein, da bleibt nichts abzuwarten. Meint Ihr, ich lass' meine Elisabeth von Pfaffen molestieren oder im Beichtstuhl gegen sie hetzen oder, wie's auf der katholischen Seite so gern gemacht wird, sie als protestantische Konkubine eines katholischen Mannes so lange schmähen, bis sie zusammenbricht und ihren Glauben aufgibt?"

„Das können wir in Gottes Namen auf uns nehmen, Elisabeth und ich, darüber braucht Ihr Euch keine Sorgen zu machen. Wir stehen füreinander ein."

„Und die Kinder?" fängt er beharrlich wieder an.

„Die folgen ein für allemal der Religion der Mutter."

Der alte Bürgermeister mit einem tiefen Seufzer: „Also Ihr wollt Bauer in Bullendorf werden und hier einen christlichen Hausstand gründen, Elisabeth soll Euer eheliches Weib werden, und Eure Kinder erzogen nach dem Evangelium?"

„Ja, Vater Melchior Stang."

Der Alte geht an die Tür. „Elisabeth, er ist immer der nämliche, komm herein."

„Also ist alles richtig?"

„Von mir aus schon," sagt der Alte. „Jetzt schaut, daß Ihr miteinander fertig werdet."

„Gott sei Dank, Kilian, mir ist ein Stein vom Herzen. Ich hab' an der Tür alles gehört. Nun sag dem Vater und mir noch einmal, daß Dir in Hopferstadt alles so gut geglückt ist, wie hier in Bullendorf."

„Jawohl, darauf mein Wort, alles ist mir geglückt."

Der Alte machte wieder einen Gang durch die Stube, dann tritt er vor den Schwiegersohn: „Kilian, jetzt will ich Dir auch noch was sagen, Malefiz. Am liebsten packet ich Dich jetzt und schmeißet Dich hinaus, wenn ich bedenk', daß Du mich in diese ganze verfluchte Wahlschweinerei hineingetunkt hast, nur damit Du zu Deinem Mädle kommst, Malefiz!"

Elisabeth fällt dem Alten um den Hals: „Vater, Ihr seid wieder ganz gesund. Und Du, Kilian, jetzt sagen wir auch — Malefiz!"

Kaum eine halbe Stunde später geht der Johann mit folgender Depesche zur nächsten Poststation: „Bildhauer Geilfus, Würzburg, Brückenbäck. Das Wunder findet nicht statt. Der Herrgott am Grenzstein bleibt stehn, wie er steht. Die Männlessonne lacht über Hopferstadt und Bullendorf.

Elisabeth und Kilian"

Würzburg: Marienkapelle und Falkenhaus

Max Dauthendey
Jugend in Würzburg

Aus „Der Geist meines Vaters"

1864 siedelte sich Max Dauthendeys Vater, der während eines zwanzigjährigen Aufenthalts in St. Petersburg, dem heutigen Leningrad, als Hofphotograph zu Ruhm und Vermögen gekommen war, in Würzburg an, und zwar zunächst in der Büttnersgasse, der Alten Mainbrücke unmittelbar benachbart.

„Hier sollen wir wohnen?" fragte meine Mutter scheu und verwundert. Sie, die in Petersburg ihre große Wohnung am Newskyprospekt gehabt hatte, mußte sich natürlich wundern, daß mein Vater plötzlich in eine Stadt zog, die aus einem Gewimmel von kleinen Gassen bestand. Aber als sie in die Wohnung kam und in die Zimmer trat, die nach dem Main hinsahen, wo über dem spiegelnden Fluß auf einem hohen Weinberg die Marienburg thront, und der Nikolausberg daneben mit seiner turmreichen Kapelle, freundlich vom hellen Wintersonnenhimmel umgeben, ihr Auge und ihr Herz entzückte, da fand sie sich wieder zurecht und war sehr zufrieden mit Wohnung und Stadt. Dieser Einzug geschah im Februar 1864.

In die kleineren deutschen Verhältnisse mußte meine Mutter sich erst langsam eingewöhnen, und da sie von Jugend an das Leben Petersburgs gewöhnt gewesen, entstanden manchmal recht komische Gedankengänge bei ihr.

Im Frühjahr, als der Main auftaute und vom Obermain Hochwasser in die Stadt gemeldet wurde, was gar nichts Außergewöhnliches ist und fast in jedem Frühjahr eintrifft, da erschrak meine Mutter sehr, als der Polizist mit seiner Ausruferstimme und mit seiner klingelnden Glocke in der Hand in die Straße kam, die Leute an die Fenster rief und allen verkündete, daß Kartoffeln und Wein aus den Kellern geräumt werden müßten, weil binnen weniger Stunden Hochwasser erwartet würde.

Meine Mutter, die nur die großen Newaüberschwemmungen kannte, wobei ganze Petersburger Stadtviertel unter Wasser stehen und die Leute abgesperrt und ohne Lebensmittel sind und von herbeigerufenen Soldatenbataillonen gerettet und mit Lebensmitteln versorgt werden müssen, erschrak deshalb bei der Hochwassermeldung sehr. Da mein Vater eben ausgegangen war, um mit einem Baumeister über seinen Atelierbau zu verhandeln, so wollte sie als Hausfrau das Haus schleunigst mit Lebensmitteln versorgt wissen. Sie ließ Dutzende große Brotlaibe vom Brückenbäcker holen, Säcke voll Mehl und Hunderte von Eiern. Mein Vater, der bei seinem Nachhausekommen im Hausflur auf langen Bänken die vielen Brote aufgereiht fand, war sehr verblüfft. Im ersten Augenblick glaubte er, meine Mutter erwarte Militär zur Einquartierung. Auch der Bäcker, von welchem das Dienstmädchen seit einer Stunde Brot herbeischleppte, hatte sich schon erkundigt, ob wir Einquartierung bekämen.

Als am nächsten Morgen dann das Mainwasser in der Straße nur flach stand und die Leute über gelegte Bretter bequem von Haustüre zu Haustür wandern konnten und nicht von aller Nahrung abgeschnitten waren, da mußte meine Mutter selbst mitlachen, als alle in der Familie sie über den Einkauf der vielen Brote, die auf ein Bataillon von Essern warteten, auslachten. —
Der Magistrat von Würzburg machte damals dem Zuzug jedes Fremden einige Schwierigkeiten, und es bedurfte mehrerer Eingaben, bis mein Vater die Genehmigung zum Atelierbau erhielt. Denn der Raum in Würzburg war noch sehr beschränkt. Die Stadt war noch Festung, mit Stadtwällen und mächtigen Stadttoren versehen, die abends geschlossen wurden. Auch die Brückenköpfe der alten Mainbrücke hatten noch Tore, die ebenfalls abends geschlossen wurden. Es war dieses die einzige Brücke, die damals von der Stadt über den Main führte, und das Haus Büttnersgasse Nummer zwei, in welchem ich später geboren wurde, ein altes großes Haus mit französischem Mansardendach, lag nah an der alten Brücke. Wir bewohnten den ersten Stock, welcher sechs Zimmer hatte.
Das Schönste an der Wohnung war ihre wundervolle Aussicht über den Main, über den Festungsberg und die Mainbrücke. Der Fluß durchläuft gerade hier mit starkem Rauschen das Brückenwehr und treibt unterm ersten Brückenbogen das große Rad der städtischen Mühle. Auf der Brücke selbst stehen die überlebensgroßen Rokokosteinbilder von zwölf deutschen Kaisern und Heiligen,

auf jedem der sechs Brückenpfeiler zwei Standbilder. Gemütlich, aber weniger schön, war von unserer Wohnung der Blick in die Büttnergasse, wo viele ehrbare Meister und Handwerker wohnten. Ein Schwertfeger, der Degen, Säbel und Helme arbeitete, war uns gegenüber und stellte im Schaukasten seine Waffen aus. Unten in unserem Hause war das Geschäft eines Trompeten- und Geigenmachers, und in seinem Schaufenster blitzten schöne, blanke messingne Blasinstrumente. Ein Bäcker, ein Glaser, ein Lampenhändler, ein Färber, ein Spielwarenhändler und der Kaufladen unseres Hausherrn an der Brücke, wo Zucker, Kaffee, Stockfische und Käse ihre Gerüche über die Straße verbreiteten, bildeten später ein reiches Feld für meine Kinderbeobachtung.

Das neue Atelier meines Vaters blühte schnell auf. Er beschrieb uns später noch oft, daß die in der Stadt bei den Professoren weilenden russischen Kranken, die in den ersten Hotels, im „Russischen Hof" und im „Kronprinz" wohnten, wahre Geldengel gewesen seien. Wenn sie, um ihre Bilder abzuholen, im Wagen vorgefahren kamen, hielten manche von ihnen kleine Körbchen mit Goldstücken gefüllt auf dem Schoß, die sie, ohne sie zu zählen, meinem Vater übergaben, immer hocherfreut und dankbar, daß sie in einer deutschen Stadt mit einem Deutschen ihr geliebtes Russisch sprechen konnten. Auch kannten die Älteren von ihnen noch gut die beiden Ateliers meines Vaters in Petersburg. Der russische Adel war in jener Zeit noch reich und verschwenderisch. Die Verarmung des Adels, die mit der Aufhebung der Leibeigenschaft erst allmählich eintrat, hatte sich damals noch nicht bemerkbar gemacht.

Aber das Geldverdienen, das meinen Vater im Grunde nie sehr beschäftigt hat, war auch jetzt nicht seine ausschließliche Freude. Er gab sich mit Erfindungen ab und erfand unter anderem einen Kollodiumlack, der über die Glasnegative gegossen wurde, und der nach seiner Erstarrung es möglich machte, die Negativbilder mit feingespitzten Bleistiften oder mit feinen Haarpinseln und Tusche zu überarbeiten. Das hatte man vorher nicht gekonnt, da die glatte Glasplatte nichts annahm. Mein Vater stellte diesen Lack in großen Massen her und verkaufte ihn jahrelang über ganz Deutschland an photographische Geschäfte. Der Lack wurde auch auf verschiedenen Ausstellungen preisgekrönt, da er in seiner Zusammensetzung als der beste Lack anerkannt wurde.

Im Jahre 1864 war mein Vater nach Würzburg gekommen, 1865 eröffnete er das neue Atelier, und 1866 wurde dieser Bau schon wieder mit Zerstörung bedroht. Denn der Krieg brach mitten im Sommer unvermutet zwischen Bayern und Preußen aus, und die bei Kissingen und Brückenau schnell siegenden Preußen erschienen eines Morgens in Eilmärschen vor der überrumpelten Festung Würzburg, die für einen Krieg fast gar nicht gerichtet war. Außer einigen Reihen aufgestellter Sandsäcke am Mainufer entlang war nicht viel zur Verteidigung getan. Man hatte gerade noch Zeit gehabt, die Stadttore zu schließen, als schon die Pickelhauben der Preußen in Massen auf den umliegenden Höhen vor der Stadt erschienen. Um zwölf Uhr begann die Beschießung von Festung und Stadt vom Nikolausberge her. Bald darauf brannten schon die Dächer der Vorratshäuser auf der Rückseite der Marienburg. Unser Atelier am Main, das wie eine Schießscheibe den Kanonenkugeln der Preußen ausgesetzt war, war von meinem Vater mit Matratzen zum Abhalten der einschlagenden Granaten ausgepolstert worden. Die Familie hatte sich in die Zimmer, die nach der Büttnersgasse lagen, zurückgezogen. Die andern Hausbewohner waren hinunter in die Keller geflüchtet, wo man das Einschlagen der Granaten weniger hörte. Aber mein Vater hatte seinen Angehörigen verboten, in die Keller zu gehen, aus Angst, daß, wenn das Haus brennen sollte oder Teile enstürzen würden, die Kellertür verschüttet werden könnte. So saß die Familie im Wohnzimmer beisammen und hörte auf die Schüsse und auf das Gekrache und Geknatter der Granaten. Zuweilen lief einer an ein Fenster nach der Mainseite und sah zwischen den aufgestellten Matratzen hinaus. Als die Festung in Rauch eingehüllt war und Flammen aus dem Rauch zuckten, da fürchtete man, daß der große Pulverturm, der in der Mitte der Festung steht, in die Luft fliegen könnte und ein Steinmeer der Zerstörung über die ganze Stadt senden würde. Besonders den Häusern am Main drohte von diesem befürchteten Unglück die meiste Gefahr.

Um vier Uhr nachmittags aber erschien schon die weiße Flagge auf den Wällen, zum Zeichen, daß die Festung sich ergeben hatte. Um sechs Uhr abends zogen die Preußen mit Musik in die eroberte Stadt ein, und um acht Uhr bereits saßen in allen Biergärten Preußen und Bayern verbrüdert auf den Bierbänken zusammen und sangen und tranken. Mein Vater erzählte mir auch, daß die Würzburger von den preußischen Ketzern gefürchtet hatten, diese würden die Kirchen zerstören und die Klöster ausrauben wie zu Gustav Adolfs Zeit. Aber der sehr kluge preußische General hatte angeordnet, daß die siegreichen Truppen vor den Dom ziehen, dort niederknien und mit kurzem Dankgebet den Bayern zeigen mußten, daß die Protestanten ebenso gute Christen seien, wie die Katholiken . . .

Mein Vater hatte draußen vor der Stadt im Jahre 1867, um die Zeit, da ich geboren wurde, auf dem

Nikolausberge, oben am Leutfresserweg, der eine alte Römerstraße ist, einen im Bau begriffenen Gutshof entdeckt. Da draußen am Berg befanden sich alte Kalköfen und neue Steinbrüche, und ein Steinbruchbesitzer dort baute sich in jenem Jahre an den Bergabhang ein Haus. Dort war damals noch keine Ansiedelung außer dem Kloster bei der Nikolauskapelle. Von jenem Gutshof hat man noch heute eine prachtvolle Aussicht über die Marienburg, über das Maintal und über die Türme der unten am Mainufer liegenden Stadt. Fernhin im Westen sind waldbedeckte Bergrücken, und bei den Spaziergängen, über die Steinbrüche fort, sieht man von der Höhe den Main eine große Krümmung nach Norden machen, hin zu den uralten Wäldern des Spessarts und zu den fernen, erloschenen Vulkangebirgen der Röhn.

Der Leutfresserweg, der zur Höhe hinaufführt, ist ein Hohlweg, der am Anfang durch Felsenschichten durchgebrochen ist. Der Weg war zur damaligen Zeit romantisch düster.

Der Nikolausberg, an dessen Fuß jener Weg ansteigt, war in altheidnischer Zeit dem Gott Wotan geweiht, der gegenüberliegende Marienberg der Erdgöttin Hertha, und die Römer hatten dort einen Dianatempel aufgestellt, der jetzt noch, zur Festungskirche umgewandelt, als Rundbau im Festungshof steht.

In dem kleinen Tal zwischen diesen beiden Bergen floß damals der Kühbach, über Kiesel springend, von Gebüsch überschattet, und nur ein Fußpfad führte an ihm entlang zum Dorf Höchberg. Heute ist die Bachmündung überwölbt.

Der Steinbruchbesitzer und seine Frau, die sich das Haus da draußen in der Einsamkeit am grünen Bergabhang in der Nähe ihrer Steinbrüche und Kalköfen bauten, waren tüchtige, herzliche Menschen; und als mein Vater dort für meine Mutter, die frischer Luft bedürftig war, ein Zimmer mieten wollte, stimmte man freundlichst zu und empfing meine Mutter alljährlich zur Sommerzeit da oben; man pflegte sie, und die Frau des Hauses sorgte aufs rührendste für sie. Dort auf dem Berg ist meine Mutter an einem heißen Junitag im Jahre 1873 gestorben ...

Ich erinnere mich eines Ostermorgens, ein Jahr nach dem Tode meiner Mutter. Mein Vater führte mich durch das Burkarder Stadttor hinaus an dem großen Gefängnisbau vorüber, der dort wie ein assyrischer Bau steil in den Himmel ragt. Ehe wir aber an das Stadttor kommen, sind wir von unserem Hause aus am Main über die alte steinerne Mainbrücke gegangen, auf deren Pfeilern zu beiden Seiten des Brückenweges die alten Steinbilder in Rüstungen und wallenden Mänteln, mit Kronreifen, Reichsäpfeln, Schwertern und Schilden geschmückt, mir immer einen großen Eindruck machten. Drüben dann im Mainviertel, dem uraltesten Teil der Frankenstadt Würzburg, in der langen alten Straße zum Burkarder Stadttor war damals eine dunkle Schmiede der Hauptanziehungspunkt für mich. Jahraus, jahrein dröhnten dort Hammer und Amboß, und immer hockte ein rotes Feuer auf dem Schmiedeherd drinnen und spritzte Funken in die Finsternis, die nach Eisen und Rauch roch. Die Straße führte uns dann weiter, überragt von den großen dunklen Mauerausschnitten des Festungsberges, zur ältesten Kirche, zur Burkarduskirche, die aus dem achten Jahrhundert stammt. Aber vorher lag rechter Hand noch ein schauerliches Gebäude, in dessen Hof damals die Hinrichtungen stattfanden, und auf dessen Dachstuhl eine alte kleine Glocke hing, das Armesünderglöckchen, das nur geläutet wurde, kurz ehe der Scharfrichter seines grauenhaften Amtes walten mußte.

Die Burkarduskirche, am Ende der Straße, steht quer über dem Fahrdamm, und durch ein Bogengewölbe führt hier der Weg unter dem Hauptaltar der Kirche weiter. Dann kommt man zu jenen Gebäuden, die damals Frauen- und Männergefängnisse waren, und die mit dem Stadttor einen Hof bilden. Eine in Stein gehauene Riesenfratze am Eingang zum Tor, die das Maul aufsperrt und die Zunge zeigt, sah mir dort wie ein Fabelungeheuer entgegen. In dem langen hallenden Gang des gewaltigen Torgewölbes, das unter einem Stadtwall durchführt, waren viereckige verschlossene Luken am Deckengewölbe, die mir besonders unheimlich vorkamen, denn man erzählte, daß in alter Zeit durch diese Luken siedendes Öl auf den Feind herabgegossen wurde, wenn dieser durch den Torgang in die Stadt dringen wollte. Von hier gelangte man endlich aus der Stadt hinaus und überschritt noch auf einer kurzen Zugbrücke einen Wassergraben; nur an wenigen Häusern vorbei, bog man draußen am Fuß des Festungsberges von der mit großen

*Winzerzug auf der Alten Mainbrücke in Würzburg;
ganz links die Türme von St. Burkard*

Apfelbäumen überwölbten Landstraße nach Westen ab und kam an einen alten efeubewachsenen Nonnengarten, der sich am Abhang des Nikolausberges hinaufzieht. Unten an der Straße ist dieser Abhang mit künstlichen Tuffsteinfelsen besetzt, die einen „Ölberg" bilden . . .

Entweder waren wir zur Dämmerstunde in dem Wohnzimmer oder im Atelier, das nach dem Main und dem Festungsberg hinaussah. Der goldene Abendhimmel glänzte im Flußwasser, und die figurenreiche Brücke und der turmreiche schwarze Ausschnitt der Marienburg auf dem Festungsberg, wie mit undurchdringlichen Geheimnissen beladen, schauten uralt über den Fluß herüber. Im klaren Abendhimmel stand manchmal die feine Mondsichel, von der ich glaubte, daß sie und die Sterne, die jetzt einzeln aufblitzten, genau wüßten, wo meine Mutter wäre. Denn mein Vater hatte gesagt, die Mutter sei jetzt oben bei den Sternen. Und wenn wir im Wohnzimmer saßen, und der Vollmond über den winkeligen Ziegeldächern der Nachbarhäuser auftauchte, dann betrachtete ich besonders genau den Stern, der immer in der Nähe des Vollmondes steht, und von dem mir einmal ein Dienstmädchen gesagt hatte: „Wenn der Stern auf den Mond fällt, dann geht die Welt unter."

Als ich aber meinen Vater einmal über den Weltuntergang zu Rate zog, zerstörte er mir gründlich alle heimlichen Hoffnungen. Er erklärte mir, daß die Erde Millionen Jahre bestehe und wahrscheinlich Millionen Jahre bestehen werde, daß unsere Erde vor Millionen Jahren von der Sonne fortgeschleudert worden sei und vielleicht einmal wieder zur Sonne zurückkehren werde. Bei dieser Gelegenheit hörte ich auch von ihm, daß Gott kein Mensch sei, der auf einer Wolke im Himmel sitze und nur auf die Menschen aufpasse, sondern die ganze Welt sei Gott selbst. Jeder Mensch sei ein Stück von Gott, die Bäume, der Main, das Feuer im Herd, auch unser Hund, sogar jeder Pflasterstein in der Büttnersgasse. Außerdem hörte ich noch, daß die Erde auch einmal feurig gewesen sei, wie die Sonne, und im Innern der Erde gäbe es noch Feuer.

Das war eine ganz unerwartete Offenbarung, und ich sah meinen Vater beinahe für einen Heiligen an, weil er wußte, daß im Erdinnern Feuer sei. Er hatte gesagt, wenn man senkrecht in die Erde bohrt und man würde weiter und weiter bohren, würde man zuerst auf Wasser und dann auf vieles Feuer stoßen. Er erzählte mir dieses einmal beim Mittagessen. Und der gruselnd aufregende Gedanke, daß ich vielleicht Wasser und Feuer aus der Erde herausgraben könnte, machte mir den Kopf ganz heiß. Kaum war mir die Serviette von einer meiner Schwestern vom Hals abgenommen, so verschaffte ich mir aus dem Werkzeugkasten meines Bruders, welcher dieselbe Vorliebe für Mechanik und Photographie hatte wie mein Vater, einen langen Nagel, eilte auf die Büttnersgasse hinunter und begann, um einen Pflasterstein herum die Erde herauszukratzen. Ich glaubte nicht anders, als daß ich unter dem Pflasterstein schon aufs Feuer stoßen würde. Als ich endlich den Stein ein wenig bewegen, aber unmöglich heben konnte, und ich mir die Finger blutig geschunden hatte, mußte ich einige Knaben herbeirufen, die in der Nähe spielten, und die mir den Stein heben halfen, nachdem ich ihnen versichert hatte, ich wüßte, daß unter dem Pflasterstein Feuer wäre. Endlich hoben wir den Pflasterstein zur Seite. Da war nur Sand und unter dem Sand kotige schwarze Erde, darin sich ein Regenwurm drehte.

Die Knaben sahen mich an und fragten, wo das Feuer wäre. „Ich weiß es ganz bestimmt, daß Feuer unter der Erde ist," versicherte ich wieder. „Grabt nur weiter. Ich will schnell mal hinauflaufen und meinen Vater fragen."

Am Abend mußten wir den Pflasterstein wieder an seine Stelle wälzen. „Zum Feuer kann man nicht mit den Händen kommen," hatte mir mein Vater erklärt, als ich mit meinen erdschwarzen kleinen Fäusten vor ihm stand und ihm erzählte, daß wir das Erdfeuer in der Büttnersgasse suchten. Zugleich empfahl er mir an, die Straße wieder in Ordnung zu bringen. Die andern Knaben hatten inzwischen mehrere Steine herausgerissen. Es machte ihnen gar nichts, daß kein Feuer da war. Sie hatten sich beim Herausreißen der Steine sehr gut unterhalten. Aber das Wiedereinsetzen derselben mußte ich allein besorgen. Davon wollten sie nichts wissen und liefen davon. Nur die kleinen Mädchen auf der Straße, die dem Ganzen zugesehen hatten, halfen mir bei der Pflasterarbeit. Und sie wie auch ich glaubten nach wie vor fest daran, daß Feuer in der Erde sei, so wie es mein Vater gesagt hatte, wenn sie auch keinen Beweis, den sie wie die Knaben erwarteten, bekommen hatten . . .

Kurz nach meiner Mutter Tod, um das Jahr 1874/75, war auch in Würzburg, wie in ganz Deutschland damals, geboren aus dem Siegesbewußtsein des gewonnenen französischen Krieges, eine fieberhafte Gründerzeit angebrochen. Unsere Stadt, die bis 1866 auf engem Raum gebaut war und, in Festungswällen eingezwängt, nur spärlich wach-

Im Garten des Würzburger Juliusspitals

sen konnte, begann jetzt, da die Festung geschleift war, ihre Wälle abzutragen und die meisten Stadttore zu entfernen. An Stelle der Befestigungen entstanden die gärtnerisch schönen Ringparkanlagen rund um die Stadt, und mit dem Durchbruch großer Straßen, mit dem Bau der Ringstraßen und mit der Anlegung neuer Brücken über den Main, mit dem Bau großer Kasernen wurde begonnen. Licht, Luft, Freiheit zogen ein, und als wenn man eine Pflanze aus dem Keller holte und in die Sonne stellte, so sichtbar dehnte und verschob sich in jenen Jahren der Umfang der ganzen Stadt Würzburg.

Um sich abzulenken von dem großen Schmerz und dem Verlust, den der Tod meiner Mutter ihm gebracht hatte, und weil er sein Geschäft vergrößern und für die heranwachsende Familie Gewinn haben wollte, vielleicht auch, weil die alte Wohnung in der Büttnersgasse ihn immer wieder quälend an die verlorenen glücklichen Stunden mit meiner Mutter erinnerte und ihn schwach machte, beschloß mein Vater, sich ein eignes Haus in der damals eben entstehenden Kaiserstraße zu bauen. Ich sah ihn dann wochenlang abends über Bauplänen brüten. Baumeister und Architekten kamen und gingen. Die späten Nachmittagsstunden verbrachte mein Vater auf seinem Bauplatz, wo die Grundmauern täglich wuchsen, wo auf der einen Seite der Straße gegraben, gewühlt, gemauert, gezimmert wurde, während die andere Seite der Kaiserstraße noch aus idyllischen Obstgärten bestand, die hinter alten Bretterzäunen lustig grünten, und wo Wäsche an langen Seilen getrocknet wurde.

Bei diesem Bau seines Hauses lebte mein Vater auf. Er fühlte sich Herr und Herrscher über so viele Köpfe und Willen, und da er sich aus seiner petersburger Atelierbauzeit auf Steinarten, Holzarten, auf Raumverhältnisse, auf Eisenarbeiten, Schlosserarbeiten vorzüglich verstand, so baute er das Haus um ein Drittel billiger als die anderen, die neben ihm bauten.

Und da er bei allen Arbeiten selbst prüfend dabei war: die Kraft der Mauern untersuchte, die Güte des Kalkes, die Güte der Holzbalken, und die Maurer, Zimmerleute, Tüncher, Tapezierer, Schreiner,

Schlosser, Glaser, Dachdecker täglich beaufsichtigte und keine Arbeit vollendet werden durfte und kein Stück an ihn abgeliefert, das er nicht begutachtet hätte, verworfen oder zurückgeschickt, so lebte er in jener Zeit in einer täglichen Ablenkung und Kraftanwendung, so daß er den Tod meiner Mutter allmählich vergessen konnte. Samstags, wenn die Arbeiter ausbezahlt wurden, oder Sonntagsmorgens, nahm er mich manchmal in den Neubau mit, wo wir auf langen Brettern, Leitern und Gerüsten, da das Treppenhaus noch nicht fertig war, vorsichtig herumstiegen. Die Fluchten leerer tapetenloser Zimmer, drinnen der rote Backstein noch nicht verputzt war, verwandelten sich von Woche zu Woche. Der fenster- und türlose Bau, wo der Himmel durch das saubere, weiße Balkenwerk hereinsah, schloß sich allmählich mit Dach, Fenstern und Türen, und die Trockenöfen, die einen Winter lang aufgestellt waren, verschwanden. Tapeten und Gipsschmuck und Dielen ließen die Räume endlich bewohnbar erscheinen.

An einen Sonntag jener Bauzeit erinnere ich mich aber besonders. Da saß ein Mann im ersten Stock in den leeren Zimmern. Er hatte vor sich, an den Wänden aufgereiht, aus Eichenholz geschnitzte große Buchstaben, die meinem Vater bis ans Knie reichten. Jeder Buchstabe war erhaben gearbeitet, ungefähr einen Fuß dick, an den schrägen Kanten vergoldet und auf der Fläche schwarz lackiert. Die Buchstaben bildeten zusammengestellt den Namen „C. Dauthendey, Photographie", und sie sollten sich bald über der Parterrewohnung hinziehen, wo sie später angebracht wurden, in der ganzen Länge des neunfenstrigen Hauses. Am Ende und am Anfang des Namens wurden in Gold, ebenso dick wie die Schrift, zwei geschnitzte Medaillen gesetzt. Von je einer Medaille die Vorder- und Rückseite. Die eine Auszeichnung hatte mein Vater auf der Weltausstellung in Philadelphia, die andere auf der in Wien, Anfang der siebziger Jahre, erhalten. Sie wurden ihm teils für die Güte seines Kollodiummattlackes verliehen, teils für seine ausgestellten Bilder.

Im Mai 1876 zogen wir in das neue Haus ein. Meine arme Mutter hatte es leider nicht mehr erlebt, die schönen Räume bewohnen zu dürfen, die mit neuen Möbeln ausgestattet wurden. Mich neunjährigen Jungen regte der Umzug und die plötzliche Neuheit und die Veränderung alles Altgewohnten derart auf, daß ich nicht mehr Luft hatte, in die sich immer gleich bleibende Schule zu gehen. Eine Woche lang versteckte ich jeden Morgen meine Büchermappe unter eine Kommode und machte, daß ich ungesehen fortkam, und eilte durch die Kaiserstraße zur Stadt hinaus. Draußen tummelte ich mich, da es Mai war, in den alten Stadtanlagen umher, wo Flieder und Faulbaum in voller Blüte standen und die Wiesen voll Löwenzahn und voll Veilchen mich unwiderstehlich anzogen. Ich war wegen eines leichten Unwohlseins in der Schule abgesagt worden, sollte aber längst wieder zur Schule gehen und dehnte selbständig meine Abwesenheit von der Klasse aus. Bis man sich eines Tages von der Schulleitung aus erkundigte, und ich zu meinem Schrecken von meinem Vater befragt wurde, war-

Würzburg, am Alten Kranen

um ich nicht zur Schule ging. Schlimmer aber als die Strafe, die ich zu Hause erhielt, war mir der Hohn, mit dem mich Kameraden und Lehrer empfingen. Mein Vater selbst höhnte nie, aber er strafte eisern und unerbittlich ...

Unter immer neuem Zureden bringt der junge Max schießlich doch die Schule hinter sich und schafft im zweiten Anlauf das Einjährigen-Examen, das ihn vor der gefürchteten dreijährigen Dienstzeit als einfacher Soldat bewahrt. Dann drängt ihn der Vater zu einer Lithographen-Lehre.

Mein unbewußter Kampf gegen den Geist meines Vaters war aber durch meine Nachgiebigkeit noch nicht beendet. Eine noch viel schlimmere Zeit sollte beginnen. Mein Vater mochte bald wohl selbst einsehen, daß ich nicht für die Lithographie geboren war. Auch von der lithographischen Anstalt aus sagte man es ihm. Wieder war das „Träumen" daran schuld, daß ich nicht so nützlich sein konnte, wie es von mir verlangt wurde. Wieder kam eine Unterredung. Glaubte ich nun, jetzt würde ich wenigstens einigermaßen künstlerische Freiheit erhalten und in München die Malerlaufbahn beginnen dürfen, um dann später zu werden, was ich wollte, so hatte ich mich sehr geirrt.

Die Goldmühle, das Atelier, wurde mir wieder von meinem Vater in den lebhaftesten Farben geschildert. Unter Tränen und Bitten überredete er mich, ihm wenigstens ein Jahr lang den Beweis zu geben, daß ich mich seinem Willen unterordnen könne. Ich sollte für ein Jahr Photograph werden und die Malerei nur nebenbei betreiben. Ihm zuliebe sollte ich den Versuch machen, ihm, dem alten Mann zuliebe, so bat er mich. Ihm hatte sein Beruf so viel Freude gemacht, daß er es nicht begreifen konnte, warum ich nicht auch Freude daran finden könne. Da er ein Menschenalter lang in der Ausübung der Photographie in Leipzig, Petersburg und Würzburg gelebt hatte, sollte ich es wenigstens mit diesem Beruf ein Jahr lang versuchen. Ich ließ meinen Vater walten und machte mich widerstandslos, ließ alles über mich ergehen, ähnlich den Leuten, die sich auf Reisen befinden und wissen, daß das Leben in Eisenbahnwagen oder auf einem Schiff einmal, so bald man ans Ziel gekommen ist, aufhören muß. Ich wurde dann von meinem Vater und von jener Dame, die unser Atelier leitete, in alle Geheimnisse und alle Handgriffe der Photographie eingeweiht. Kam ich vorher bei dem haarscharfen lithographischen Zeichnen darauf, dasselbe mit der Arbeit des Sekundenzeigers zu vergleichen, so erscheint mir dagegen die Arbeit im photographischen Atelier ähnlich der Einteilung einer Sekunde in tausend Sekundenteile; und es war mir, als müßte ich jetzt alle die flüchtigen Stäubchen zählen, die in einem Sonnenstrahl wirbeln, so mühselig erschien mir mein Tagewerk. Ich sollte alles tun, was mir verhaßt war. Ich mußte jeden Tag im Atelier Dutzende von Menschen an mir vorübergehen lassen; mußte sie, die mich gar nichts angingen, aufmerksam beobachten; mußte in zwei Sekunden erkennen lernen, ob die linke oder die rechte Gesichtsseite eines Menschen vorteilhafter für sein Bild war, oder ob sein Gesicht von vorn schöner sei als von der Seite. Der Haaransatz an den Schläfen, die Bildung des Ohres, die Bildung der Nase waren dafür maßgebend, sagte man mir. Da die beiden Gesichtshälften der Menschen verschieden sind, mußte man sich in einigen Sekunden für die eine regelmäßigere Seite des Gesichtes entscheiden. Dieses plötzliche, blitzartige Sehenlernen machte mich Träumer schwindlig. Hatte eine Person Fettpolster am Halse, unter dem Kinn, so mußte ihr das Kinn gehoben werden. Auf die Falten der Kleider, auf jeden offenen oder zugeknöpften Knopf, auf einseitig gehobene Schultern, auf jede Locke der Haarfrisur, auf den richtigen Sitz von Schmuck und Krawatte, auf Sommersprossen, Leberflecken, Warzen und Wärzchen mußte ich achten. So lehrte es mich mein Vater. Dazu kam noch die Beobachtung des wechselnden Sonnenlichtes, das Kommen und Gehen der Wolkenschatten, das richtige Verschieben der Vorhänge zur Atelierbeleuchtung, gar nicht zu sprechen von den Chemikalienzusammenstellungen und von den peinlichen, gewissenhaften Handgriffen, mit denen das heikle Aluminiumpapier, ebenso wie die polierten Glasplatten und die dünnen empfindlichen Gelatineschichten behandelt werden mußten.

Mein Tag begann ungefähr so: dreißig Personen kamen an, eine Hochzeitsgesellschaft, ein Gruppenbild. Jede dieser Personen ist eine Welt aus Licht und Schatten, jede eine verkörperte Eitelkeit, die in der Sekunde der Aufnahme das vorteilhafteste Gesicht ihres ganzen Lebens aufsetzen soll. Alle diese dreißig Personen, die sich sonst nie im Leben zusammengefunden haben, sollen jetzt plötzlich in drei Minuten von mir vorteilhaft zusammengesetzt werden, von mir, der ich die Leute in meinem Leben noch nie gesehen, der ich von ihrem Lachen, ihrem Sprechen, ihren Gesichtszügen verwirrt werde, von mir sollen alle diese Wildfremden zu einem harmonischen Ganzen vereinigt werden. Ein Bild soll in fünf Minuten entstehen, das noch nach fünfzig Jahren den Enkeln zur goldenen Hochzeit gezeigt werden soll! Welch eine Verantwortlichkeit, welch eine Nervenerschütterung für einen Träumer, wie ich es war!

Die Dreißig verschwinden dann nach geglückter Aufnahme. Ein schreiendes kleines Kind wird gebracht. Alle Stühle im Atelier, alle Tische und Geländer sind aber nicht mit den Dreißig verschwunden, sollen jedoch sofort zu Luft werden, da das Kind keine Zeit hat, da es von auswärts zugereist ist und die Sonne im Mittag steht und auch keine Zeit hat. Ich junger Mensch, der ich kaum mit mir selbst fertig werde, soll nun lächelnd den Kinderfreund spielen. Aber meine Augenbrauen sind dem Kind zu schwarz. Es brüllt mich an. Die Mutter behauptet, sein Vater habe blonde Augenbrauen, darum wolle das Kind sich nicht beruhigen. Ich spiele mit ihm Pferdchen und rufe „Kuckuck". Diese Aufnahme ist endlich auch fertig. Das Kind reist aufs Land. Die Platte aber zeigt später Flecken. Quer über dem Gesich des Kindes zeigt sich eine Blase im Glas. Das Bild kann unmöglich abgeliefert werden.

Inzwischen wird eine Leiche angemeldet. Ein Graf hat sich erschossen. Die Beerdigung ist morgen. Der Apparat muß in des Toten Wohnung geschickt werden. Sobald ich mit den nächsten Aufnahmen fertig bin, muß ich hineilen. Erst sind aber einige Studenten zu erledigen. Beim Studenten, nicht zu vergessen, du Träumer, immer die Gesichtshälfte photographieren, die die meisten Schmisse aufweist. Sonst gefällt das Bild der menschlichen Eitelkeit nicht, wenn es auch noch so ähnlich ist. Welche rührende Geschmacklosigkeiten muß ich mit heldenhafter Selbstverleugung auf dringenden Wunsch ausführen!

Eine Großmutter will das Bild ihres Enkelkindes in der Hand halten, damit es auch auf der Photographie mit zu sehen ist. Unter diesem bekränzten Bilde steht mit großen Buchstaben: Ich gratuliere —

Damen, die nie offenes Haar tragen, wollen plötzlich das spärliche Haar bis auf den Gürtel fallen lassen. Und Blumen sollen auch noch in das dürftige Haar hineingestreut werden — Ein Ring an einer Hand hat sich verschoben. Der Stern ist nicht zu sehen, weil er unter den Finger gerutscht ist. Beim Empfang des Bildes ruft die Dame aus: „Sie haben mir ja einen Ehering hineinphotographiert! Meine Mutter ist außer sich. Sie sagt, das Bild könne man niemanden zeigen." — Einjährige mit und ohne Helm. Streng zu beachten, daß der Uniformknopf über dem Leibgurt sitzt! — Blaue Augen dürfen nicht ins Licht sehen, sonst werden sie gequollen wie Fischaugen und weiß wie Porzellanknöpfe. — Einen zittrigen alten Herrn trifft während der Aufnahme vor mir der Schlag. Das Bild sollte für die Enkel sein, für die Nachwelt. Dieser Aufregung des Sichphotographierenlassens war er nicht mehr gewachsen.

So ungefähr verliefen jetzt meine Vormittage, die erst gegen vier Uhr endeten, wonach mich dann das kalt gewordene späte Mittagessen, das stundenlang gewartet hatte, so gleichgültig ließ, wie der Rest des Tages. Die Spätnachmittagstunden verbrachte ich im Versuchslaboratorium, wo mein Vater mich bei Jod- und Bromdämpfen und roter Laterne oft bis elf Uhr nachts hinstellte mit dem Auftrag, seine Emulsionsversuche zu bewachen, Bromsilberemulsionen zu mischen und zu kochen und Bromsilberplatten anzufertigen. Meine spärlichen Erholungsstunden sollte ich mit dem Lesen photographischer Fachschriften verbringen ...

Franz Dittmar

Mit den Frachtwagen gen Nürnberg

Aus „In Nürnbergs Mauern"

Stille, von bangen Schauern erfüllt, zogen die Reisenden durch den finstern Reichswald, der Nürnberg von allen Seiten umgab. Der dichte Forst verhüllte neidisch die zarte Röte, die den Himmel im Osten schmückte, und ließ noch nichts von der grauen Dämmerung gewahren. Endlich lichtete sich in der Ferne der Wald und damit der Schleier der Finsternis. Als die Wanderer ins Freie traten, tauchte Nürnberg in der weiten Ebene auf. Stolz wie eine Königin, schön wie eine geschmückte Braut erhob sich die Stadt am Himmelsrande. Je näher Wenzel ihr kam, desto mehr ward er von ihrer wunderbaren Bauart entzückt. Wie ein Kind zu den Füßen der Mutter, lag die Menge der Häuser unterhalb der Burg am Berge. Die roten Ziegeldächer glänzten weithin; darüber erhoben sich die hochragenden, doppeltürmigen Kirchen von St. Lorenz und St. Sebald. Die Stadt wurde von einem breiten, tiefen Graben und einer mächtigen Mauer geschützt, die eine Menge schön gestalteter Türme und Türmchen zeigte. Wie die Krone auf dem Haupte der Königin, so strahlte die Burg von der Spitze des Hügels im goldenen Sonnenglanze weit hinaus. Einem silbernen Gürtel gleich wand sich die glitzernde Pegnitz von grünen Wiesen aus durch die Stadt. Und darüber breitete sich der Himmel, lächelte die Sonne freundlich hernieder. Die frommen Fuhrleute fielen auf die Knie und dankten Gott, daß er ihnen den Anblick der Heimatstadt wieder schenkte, und auch die andern beteten aus tiefbewegtem Herzen. Je näher man der Stadt kam, desto mehr wußte Balthasar zu erklären.

„Seht das alte Gemäuer zur Linken an der Burg!"

„Das mit den Fenstern im romanischen Rundbogenstil?" fiel Wenzel ein.

„Ja, das meinte ich. Es ist die alte kaiserliche Burg, die Kaiser Konrad II. erbaut und Friedrich Barbarossa bedeutend vergrößert hat. Dort wohnten diese Kaiser oft; auch Friedrich II., Rudolf von Habsburg und Ludwig der Bayer hielten sich gern in Nürnberg auf. Namentlich dieser war der Stadt sehr gnädig gesinnt und beschenkte sie mit vielen Freiheiten; aber der Hohenstaufe Friedrich II. hatte durch seinen Freiheitsbrief den Grund zur Größe der Stadt bereits gelegt."

„Und wie heißen die seltsam gestalteten Türme der Burg?" fiel Wenzel ein.

„Zuerst kommt der Heidenturm, an dessen Stelle früher ein Tempel der Römer stand; dann erblickt man den fünfeckigen Turm, den ebenfalls die Römer bauten; der rechts stehende Turm ist der Luginsland. Zwischen den beiden letzten Türmen stand früher die gräfliche Burg."

„Aber wie konnten", fiel Hans schüchtern ein, „die Römer hier Tempel und Türme bauen, da sie ja nicht nördlicher, als der Pfahlgraben liegt, vorgedrungen sind?"

Balthasar sann lange nach, dann verkündete er: „Nürnberg heißt Neronis Berg, der Berg des römischen Kaisers Nero. Das behaupten die Gelehrten und so ist es auch."

Hans schüttelt den Kopf.

Balthasar hatte dies bemerkt und fragte etwas erregt: „Nun, wie denkst du, großer Gelehrter, dir die Entstehung der Stadt?"

„Ich glaube, Nürnberg hat denselben Ursprung wie die meisten Städte, die an Flüssen liegen. Es fuhren kühne Männer auf ihren schwanken Booten stromaufwärts. Sie bemerkten ebenso wie wir sogleich die steilen Felsen, welche dort in die Höhe ragen, und hielten sie für einen sicheren Schutz der Ansiedler. Demgemäß ließen sie sich da nieder und der Grund zur Stadt war gelegt."

„Das leuchtet auch mir ein!" rief Wenzel. „Ja ich sehe noch diese Stätte, wie sie vor tausend Jahren aussah, im Geiste vor mir liegen. Die sumpfigen Ufer der Pegnitz sind bis zu den Sandsteinfelsen hinauf mit riesigen Nadelbäumen bedeckt; der Fluß breitet seine Arme über das ganze Tal aus und nur einzelne Wöhrde ragen aus dem Wasser hervor. Die Ansiedler erklimmen den Fels und sichern sich gegen feindliche Überfälle; dann reuten sie den Wald aus und gewinnen Platz für neue Hütten. So wird aus der rohen Befestigung allmählich die Burg, und unter ihrem Schutze wächst die Stadt."

„Wahrlich!" fiel Balthasar jetzt bekehrt ein, „du magst recht haben. Manches aus dem Altertume bezeugt deine Worte. Die Geschichte selbst berichtet ja nichts von dem Ursprunge der Stadt, die erst im Jahre 1050 zum ersten Male erwähnt wird."

Man war indes bis an die Stadtmauer gekommen. Vor dem Tore stand ein Zollhäuschen. Der Zöllner trat heraus, begrüßte die Ankommenden freundlich und schob den Schlagbaum in die Höhe. Nun fuhren die schweren Wagen über die hölzerne Brücke und durch das stark befestigte, mit dem Jungfrauenadler geschmückte Tor.

„Nun seid ihr und sind wir alle sicher unter dem Fittich des Jungfrauenadlers", rief Balthasar freudig aus.

Die Fuhrleute hatten vor der Stadt ihre Wagen mit grünen Zweigen geschmückt; sogar die Pferde trugen Laub am Halfter. Balthasar blickte stolz vom ersten Wagen herab auf die Leute. Die Knechte gingen neben den Pferden und knallten mit den Peitschen, daß alles stehen blieb und die Leute in den Häusern die Fenster aufrissen und herausschauten. Wenzel, Hans und Beppo schritten hinter den Wagen her. Auf Beppos Achsel saß der Affe und grinste die Menschen an. Der Bär trottete hinterher. So zogen die Reisenden in der freien Reichsstadt ein. Sie blieben nicht lange allein; eine Menge Neugieriger folgte ihnen.

Wie staunten die drei Gefährten, als sie durch die Straßen Nürnbergs wandelten und die schönen Häuser, prächtigen Kirchen und kunstreichen Brunnen sahen! Besonders Wenzel war ganz entzückt von all den herrlichen Bauwerken. Lange blieben seine Augen der Lorenzer Kirche zugewandt. Das Hauptportal zwischen den zwei Türmen zeigt in vielen Bildhauerarbeiten die Leidensgeschichte Christi und das jüngste Gericht. Darüber ist die „Rose", ein großes, kreisrundes Fenster aus buntem Glas. Wie glänzte die Morgensonne auf dem nördliche Turme, dessen Bedachung ganz mit Gold verziert ist! Der Kirche gegenüber steht das Nassauer Haus, das ebenfalls Wenzels Aufmerksamkeit in hohem Maße erregte. Wie eine Burg ragt es inmitten der Stadt empor. Die Mauern sind oben mit einem Gange versehen und mit starken Ecktürmchen geschmückt.

Mitten durch die Stadt läuft die Pegnitz; dieselbe ist dicht mit Häusern besetzt, die auf der Wasserseite hin mit Gängen versehen sind, die schön geschnitzte Brüstungen und Pfeiler aufweisen.

Durch die enge Plobenhofstraße fuhren die Wagen auf den großen Hauptmarkt, der von lauter prächtigen Gebäuden eingeschlossen ist.

Auf dem Marktplatze stand Vulpes, der Bacchant. Seine Schützen waren bereits an ihre Arbeit gegangen. Wie ein Feldherr hatte er sie in die einzelnen Straßen und Gassen verteilt. Einige schwangen einfach den Bettelstab und „heischten"; die älteren Schützen wendeten stärkere Mittel an, um Gaben zu erlangen. Einer lief mit einem Stück Tuch von Haus zu Haus und bettelte um einen Zuschuß zum Macherlohne, damit er sich aus dem Stoffe einen Rock anfertigen lassen könne. Ein anderer gab vor, er wolle Priester werden; er bat um einen Beitrag zur Anschaffung eines Chorhemdes. Ein dritter sagte, er wolle nach Rom pilgern, um dort vom Papste absolviert zu werden. Dazu erzählte er auf Wunsch eine schauderhafte Geschichte, nach welcher er aus Unvorsichtigkeit seine hundertjährige Großmutter getötet habe; zur Strafe müsse er barhaupt und barfuß zur Siebenhügelstadt wandern. Auf diese Weise belogen und betrogen sie die Leichtgläubigen, um sich reiches Almosen zu erschwindeln. —

Die Frachtwagen hielten auf dem Hauptmarkte. Aus dem großen Tore des Rieterschen Hauses tritt

Die Lorenzkirche in Nürnberg

ein ansehnlicher Mann mit langem, blondem Barte, blauen Augen und gelocktem Haupthaar. Stattlich sieht er in dem feinen, dunkelblauen Leibrocke und pelzbesetzten Mantel aus.

„Willkommen in Nürnberg, Liebe, Getreue!"

„Gott zum Gruße, Herr Rieter! Unversehrt bringen wir die Waren von Innsbruck, nachdem wir nach Eurem Geheiß in Eurer Niederlage in München den vierten Teil davon hinterlassen haben", sprach Balthasar.

Der gewöhnliche Weg der Warenzüge führte von Innsbruck aus über Imst, Mittenwald, Partenkirchen, Augsburg, Nürnberg; nur in dem besonderen Falle fuhren die Wagen über München. —

Die drei Knaben erblickend rief Rieter: „Was hast du für Reisegesellschaft? Ich glaube gar, es sind unehrliche Leute!"

„Herr, ein fahrender Schüler, ein ausgestoßener Lehrling der Innsbrucker Bauhütte und eines Bärentreibers Sohn."

„Wie magst du, ehrlicher Leute Kind, dich mit solchen Landstreichern befassen?"

In dem Augenblicke trat des Handelsherrn zehnjähriges Mädchen, ein schönes, blasses Kind, zu ihm, zupfte ihn am Mantel und rief: „Vater, sieh den großen Hund, den der braune Bursche führt!"

„Vorwärts!" rief Rieter, zu den Dreien gewendet, „packt euch sogleich, daß euch nicht die Amtsknechte in das Lochgefängnis setzen, wohin erst gestern einige von eurer Diebsgesellschaft gebracht worden sind."

„Väterchen, sei nicht böse!" bat Emma.

Erbleichend waren die Jungen zurückgetreten; solchen Empfang hatten sie nicht vermutet.

„Verzeiht, Herr", rief Wenzel bitter, „wir sind zwar arm, aber ehrliche Knaben! Wäre dieser nicht", wobei er auf Beppo deutete, dem die Tränen in den Augen standen, „und wäre Hans nicht gewesen, wer weiß, ob Ihr jemals von Euern Waren und Leuten hier wieder etwas gesehen hättet."

„Wie soll ich das verstehen?"

Nun erzählte Balthasar kurz den Überfall. Die kleine Emma hörte, an den Vater geschmiegt, zu und bat: „Väterchen, laß die Knaben bei uns. Es sind brave Menschen; sei ihnen gut!"

Je länger Rieter zuhörte, desto milder wurde er gegen die Knaben gestimmt, aber desto grimmiger gegen die Leute des Raubritters Hans Thomas von Absberg. Zuletzt rief er: „Ich habe euch dreien unrecht getan; tretet nur näher! Ich will euch zu ehrlichen Leuten machen. Dir aber, Hans Thomas", dabei streckte er seine Faust in der Richtung nach Absberg, „dir will ich ein Feuer um deine Räuberhöhle anzünden lassen, das dir schon auf Erden zu einem Fegefeuer wird. Und nun kommt herein und seid jetzt alle herzlich willkommen in dem Hause Rieter in Nürnberg!"

Damit trat er, sein Töchterchen an der Hand, mit den drei Jungen ins Haus, während Balthasar den Knechten noch einige Befehle erteilte.

Im Erdgeschoß des Hauses befanden sich die Geschäftsräume; hinter dem Hause dehnte sich ein großer Hof aus mit dem Stalle, wo der Bär einstweilen Quartier erhielt, und mit den Warenschuppen. Im ersten Stocke war die Wohnung Rieters; dorthin geleitete er die drei. Eine Treppe mit kunstvollem, vergoldetem Eisengeländer führte empor. Die Wände waren mit schönen Landschaften bemalt, die Beppo an seine Heimat erinnerten. Rieter öffnete eine hohe Flügeltür und rief ins Zimmer: „Rate, Marie, was ich dir bringe!"

Erstaunt blickte Rieters Gemahlin auf, Emma eilte auf die Mutter zu und bat: „Mütterchen, habe die Knaben auch ein wenig lieb; es sind ja keine unartigen Jungen und dieser da hat sogar einen Affen!"

„Ihnen verdanken wir es, daß unsere Waren nicht in den Händen des Plackers von Absberg sind und daß unsere Leute unversehrt heimgekommen. Es sind arme Schelme, die deiner milden Hand wohl bedürfen. Lasse sie gut kleiden und dann speisen! Ich will währenddem aufs Rathaus gehen und den Rat zu ernstlichen Schritten gegen den adligen Räuber und seine Spießgesellen auffordern."

Marie trat den Gefährten entgegen, reichte ihnen ihre zarte, weiße Hand und sagte: „Seid mir willkommen! So ihr euch gut haltet, soll es euch in diesem Hause an nichts fehlen."

Rieter schritt dem Rathause zu; er war einer der „Genannten" des großen Rats und hatte als solcher Einfluß auf das Stadtregiment. Als er auf dem Hauptmarkte dahinschritt, sah er einen fahrenden Schüler listig umherblicken und dann auf die angekommenen Wagen zugehen. Der Bacchant hatte keine Mütze auf. In der Mitte des Hinterhauptes fehlte ihm ein tüchtiger Büschel Haare, die ihm mit der Wurzel ausgerissen waren und wodurch er ein spaßiges Aussehen hatte. Rieter murmelte: „Dieser scheint mir nicht von der Art meines Schützen zu sein." Dann trat er ins Rathaus, um von dem Nürnberger Handel eine Gefahr abzuwenden, die immer drohender wurde.

Leonhard Frank
Der Streber

Leo Seidel, Sohn eines schwindsüchtigen Postboten, ertrug die Demütigungen der Armut mit stoischer Zähigkeit, beständig mit dem Ziele vor Augen, das Abiturientenexamen zu bestehen.

Von den Schulkameraden wurde er gefürchtet und gehaßt. Denn er war klug, fleißig und gewissenhaft; er bot keine Angriffsflächen für seine Streberei und verschmähte dabei dennoch kein Mittel, das ihm dazu verhelfen konnte, Klassenerster zu bleiben.

Einige Wochen nach dem vorzüglich bestandenen Examen starb der Briefträger, und Leo Seidel trat ins Magistratsbüro ein, in das städtische Wohnungsnachweisbüro.

Das lag auf der sonnenlosen Nordseite eines engen Hofes. Der Papier- und Staubgeruch schlug den Beamten jeden Morgen, bekannt und schon lieb geworden, entgegen. Der zarte und lange Herr Ank kam seit zwölf Jahren täglich zwei Minuten vor acht ins Büro, Herr Hohmeier Punkt acht Uhr, der elegante Herr Neubert hetzte nie später als fünf Minuten nach acht durch die Tür, und der Vorsteher, Herr Figentscher, erschien, seinem Dienstgrade und dem Beginne seiner Bürozeit entsprechend, um Viertel neun Uhr.

Das Mißbehagen der Kollegen steigerte sich von Monat zu Monat. Denn jeden Morgen fanden sie beim Eintritt ins Büro Leo Seidel schon heißgeschrieben am Pulte vor.

Er begann viel früher zu arbeiten als die anderen Herren, weil es vorkam, daß ein schläfriger Nachtdienstbeamter einer besonders dringenden kriminellen Sache wegen im Wohnungsnachweisbüro einen Personalakt zu suchen hatte und Seidel so Gelegenheit fand, höheren Beamten einen Dienst zu erweisen und obendrein in Dinge Einsicht zu erlangen, die ihm bei seiner untergeordneten Stellung sonst versagt blieb. Er wollte durch besondere Tüchtigkeit die niederen Dienstgrade überspringen.

Das war seinen Kollegen nicht entgangen.

Leo Seidel benutzte zusammen mit Hans Fellner, der gleichzeitig mit ihm angestellt worden war, ein Doppelpult, über dem nur eine Gasflamme brannte. Neubert und Hohmeier hatten jeder ein Pult für sich — mit je einer Gasflamme. Über Herrn Anks Pult befand sich, entsprechend seinem höheren Dienstgrad, ein zweiflammiger Gasarm mit grünen Lichtblenden, und vor des Herrn Büroleiters Pult stand zudem noch ein drehbarer Schreibsessel, auf dem ein dienstliches Lederkissen lag. Auch war sein Löschblattbügel bedeutend breiter.

Dieses festgefügte Dienstschema zu sprengen, war Seidels Bestreben. Das allmähliche Vorrücken bis zum breiteren Löschblattbügel wollte er sich ersparen und war deshalb nicht nur mit seinem jüngsten Kollegen schon hart zusammengeraten, sondern sogar schon mit dem leisen und freundlichen Herrn Ank. Aber vor allem Herrn Hohmeiers Verhältnis zu Seidel hatte sich bis zur nahe bevorstehenden Katastrophe gespannt. Denn der umständliche, langsame Herr Hohmeier war am nächsten daran, vorzurücken und fürchtete Leo Seidel am meisten, da der neben größtem Fleiße und unangreifbarer Gewissenhaftigkeit auch noch ungewöhnlich schnell arbeitete.

Während der etwas elefantenhafte Fellner und die anderen Kollegen in strittigen Fällen am Ende doch immer nachgaben, war Hohmeier im Gefühle seines Rechtes Leo Seidel bisher um keinen Millimeter gewichen.

Es war schön still im Büro. Der Diener Granat entleerte pünktlich den Neunuhrkohleneimer in den alten eisernen Füllofen, auf dem die schon rotglühende Eva ihrem Adam den Apfel reichte.

Die Nasen der kurzsichtigen Beamten folgten den Federspitzen. Hin und wieder erschien jemand am Schalterfenster, und einer der Beamten fertigte, ohne seine Kollegen in ihrer Arbeit zu stören, leise den Auskunftverlangenden ab, schrieb die gewünschte Adresse heraus.

Jeder der Herrn hatte eine bestimmte Anzahl Buchstaben des Alphabets unter sich: die Anfangsbuchstaben der Namen, zu denen die Adressen von den Nachfragenden gewünscht wurden. Die schon lange im Dienste sich befindenden Beamten hatten Namen zu besorgen, deren Anfangsbuchstaben häufiger vorkamen. Die beiden jüngsten, Seidel und Fellner, besorgten die Buchstaben X und Y und wurden infolgedessen in ihrer anderen Arbeit nie gestört.

Ein bärtiger Matrose kam und brachte seinen Wohnungsanmeldezettel; er war von einer langen Seereise zurückgekehrt zu seiner Mutter. Das erzählte er Herrn Ank, der ihn zu bedienen hatte. Auch eine Bäuerin, die zweihundert Trinkeier abliefern wollte, war eingetreten. Ihr Abnehmer war verzogen.

Dann wurde es wieder still. Herr Hohmeier bekam einen Hustenanfall.

Gleich darauf fragte ein Herr nach der jetzigen Wohnung eines Herrn Beermann. Der habe ihm Geld gestohlen. Herr Neubert konnte dem Fragenden mitteilen, daß dieser Herr Beermann nach Brasilien abgemeldet sei.

Ein Künstler platzte mit dem Wütenden unter der Tür zusammen; er verlangte die Adresse seines Freundes. Und Herr Hohmeier setzte ihm auseinander, daß er schon lange nach diesem Kunstmaler Ferdinand Wiederschein fahnde. Man habe herausbekommen, daß der Maler seit vielen Wochen jede Nacht bei einem andern Freunde schlafe. „Indem er nämlich jeden Morgen sein Handtäschchen wieder mitnimmt und sich, wenn die Schlafenszeit herannaht, ein neues Unterkommen sucht für die Nacht... Der meldet sich nicht einmal an bei uns."

Des Künstlers Gelächter schallte durch das Büro, daß alle Köpfe in die Höhe fuhren.

„Da gibt es aber nichts zu lachen. Das ist eine ernste Sache. Wenn's alle so machten, welch eine Unordnung hätten wir dann hier!" Herr Hohmeier redete noch vor sich hin, nachdem er schon wieder an seinem Pulte saß.

Eine Weile arbeiteten die Beamten weiter, ungestört vom Leben, das nur bis zum Schalterfenster herankam.

Der Zehnuhrkohleneimer entleerte sich pünktlich in den Ofen. Auch Adam glühte schon. Die Beamten zogen ihre belegten Brote hervor.

Während der Vesperviertelstunde sammelten sich immer mehr Leute vor dem Schalterfenster an.

Die Beamten aßen ruhig weiter.

Noch einige Leute kamen dazu.

Seidel dachte mit grimmigem Humor darüber nach, ob außer ihm wohl noch ein Mensch auf der Welt durch so eine teuflische Kleinigkeit wie die, daß es wenige Namen mit dem Anfangsbuchstaben Ypsilon gab, daran gehindert werde, sich auszuzeichnen und vorwärtszukommen.

Die Wartenden wurden ungeduldig, hüstelten, scharrten mit den Füßen, klopften endlich mit den Fingerknöcheln an die Scheibe. Der ganze Schalterraum stand voll Menschen.

Herr Ank ging zum Schalter, sagte leise, daß noch fünf Minuten bis zur wiederbeginnenden Bürozeit fehlten, und ging zu seinem Butterbrot zurück.

Als die Uhr Viertel elf schlug und Herr Hohmeier zum Schalter trat, stellte es sich heraus, daß einige wieder gegangen waren und die gebliebenen neun Auskunftsuchenden unter Buchstaben C bis G fielen und somit Herrn Hohmeier unterstanden.

Der beruhigte freundlich die Ungeduldigen und fragte, wer zuerst dagewesen sei. Schon darüber entstand ein kleiner Streit. Schließlich drückte ein schwarzer Kohlenhändler alle anderen beiseite und verlangte die Adresse einer Familie, die umgezogen war, ohne die Kohlenrechnung bezahlt zu haben.

Seidel war sich noch nicht klar geworden, ob es für ihn besser sei, Herrn Hohmeier beizuspringen oder sitzenzubleiben.

Während Herr Hohmeier mit dem Zeigefinger die Fächer des Regals nach dem Personalakt abtippte und den Akt nicht fand, setzte der Streit von neuem ein. Da äußerte ein junger Mann, daß er seine Zeit auch nicht gestohlen habe, hier nicht eine Stunde umherstehen könne, und gab damit das Signal zur Auflehnung.

Der allgemeine Ärger richtete sich gegen die Beamten. Es wurde laut geschimpft. Nur ein Dienstmann meinte, ihm könne das völlig gleich sein, wie lange er hier stehen müsse, er lasse sich seine Zeit vom Auftraggeber bezahlen.

Das verminderte den Ärger der anderen nicht.

Seidel lugte nach vorn und dachte, Herr Bürovorsteher Figentscher sollte erleben können, wie flink ich die Leute abfertigen würde, hielt sich aber noch zurück.

Herr Hohmeier hatte den Personalakt nicht gefunden, trat noch einmal zum Kohlenhändler, fragte ihn, ob er den Namen denn auch richtig aufgeschrieben habe. Der Unwille steigerte sich.

Da riß es Leo Seidel zum Schalter. „Sie erlauben, Herr Hohmeier, daß ich Ihnen helfe."

Er sammelte die Zettel ein.

„Nein, ich kann das nicht erlauben. Bitte sehr,

Herr Seidel, ich erlaube das nicht... Es sind meine Buchstaben."

Die Wartenden schrien dazwischen. Leo Seidel wollte etwas sagen. Und Herr Figentscher, der von dem Tumult aus seinem Vesperzimmerchen herausgelockt worden war, verfügte, daß die beiden jungen Herren, Seidel und Fellner, dies eine Mal mithelfen sollten.

„Ausnahmsweise!"

Unter unheilvollem Schweigen des bleich gewordenen Herrn Hohmeier wickelte sich das Geschäft jetzt glatt ab. Herr Figentscher stand dabei.

Dann saßen sie wieder still an ihren Pulten.

Herr Hohmeier war nicht fähig zu arbeiten. Ein ungeheurer innerlicher Aufruhr machte ihn blind. Die beinahe immer gegenwärtige Vorstellung, sich am Tage seiner Beförderung eine goldene Brille zu kaufen und sich mit dem neben ihm gealterten Mädchen einstweilen wenigstens zu verloben, schob sich auch jetzt hartnäckig in den Vordergrund, so daß über eine Stunde vergangen war, bevor er gefunden hatte, was Seidel endlich einmal klar und deutlich gesagt werden müsse.

Er wollte schon zu ihm ans Pult treten.

Da kam der Kassendiener herein mit einem Brett, auf dem die Gehälter der Beamten lagen. Bei Herrn Figentscher begann er, ging von Herrn Ank zu Hohmeier und Neubert. Die hatten 120 Mark, Seidel und Fellner achtzig Mark Gehalt.

Herr Ank schloß sein Geld sofort ins Pult. Herr Hohmeier rechnete auf einem Zettel alles genau aus und teilte sein Geld in Häufchen: für Wäsche,

Miete, Schuster, Vesper, Mittag- und Abendessen. Dieses Mal blieben ihm sieben Mark für nicht vorhergesehene Fälle übrig. Er rechnete noch einmal nach — am ersten Dezember waren ihm fünf Mark geblieben —, warf noch einen prüfenden Blick auf seine Häufchen und trat zu Seidel ans Pult.

„Der sehr bedauerliche Vorfall bedarf dringend der Aufklärung. Ich, meinerseits, muß Ihnen sagen, daß in diesem Büro ein Sichvordrängen — ich könnte mich auch noch anders ausdrücken — nichts nützt . . ."

„Und ich muß Sie bitten, mich nicht bei der Arbeit zu stören."

„. . . denn wenn alle Beamten hier in diesem Büro gewissenhaft ihre Pflicht tun — und das kann als sicher angenommen werden —, so daß keiner entlassen wird, werden Sie, Herr Seidel, in vier Jahren an meinem Pulte sitzen und in zwölf Jahren am Pulte des Herrn Ank. Unterdessen werde ich an Herrn Anks Pult gesessen haben, Herr Ank an Herrn Figentschers Pult, und Herr Figentscher wird, seinen Dienstjahren entsprechend, eine höhere Stelle in einem anderen Büro einnehmen. Es gibt in diesem Gebäude viele Büros, die wir zu durchlaufen haben, ehe wir pensioniert werden. Ein Durchbrechen dieser Ordnung gibt es nicht. Das wollte ich Ihnen gesagt haben. Nichts für ungut!" Seine Lippen bebten. Er ging an sein Pult zurück.

Leo Seidel hatte, als Herr Hohmeier noch mitten in seiner Rede begriffen gewesen war, sein Entlassungsgesuch schon fertig im Kopfe gehabt. Ihm war durch Herrn Hohmeiers plastische Darstellung plötzlich klar geworden, daß ein schnelleres Vorrücken so gut'wie ausgeschlossen sei. Der von ihm schon seit längerer Zeit gehegte Plan, aus der Beamtenkarriere heraus- und in eine extrem entgegengesetzte Laufbahn hineinzuspringen, trat wieder in den Vordergrund.

Er betrachtete den über sein Schriftstück gebeugten Fellner und sagte: „Ein Verwaltungsbeamter großen Stiles kann man hier niemals werden. Ich wende mich jetzt dem genauen Gegenteil der bürokratischen Laufbahn zu."

„Was ist denn das Gegenteil?" Fellner schrieb dabei weiter.

„Goldsucher, Minenbesitzer, Besitzer einer sensationellen Schaubude! Was Sie wollen! Jedenfalls etwas Unsolides. Da ist nämlich ein gewissenhafter, solider, strebsamer Mensch seiner Konkurrenz von vornherein über."

Noch am Abend desselben Tages schrieb Seidel peinlich sauber sein Entlassungsgesuch.

Entschlossen ging er am andern Morgen auf den Platz, wo die Schaubudengerüste aufgestellt wurden für die am folgenden Tage beginnende große Jahresmesse.

Seidel war bereit, jede Art Beschäftigung bei einem Budenbesitzer anzunehmen, um das Wesen dieser Leute, den Betrieb, die Geschäftspraxis erst einmal gründlich kennenzulernen und dann einen entscheidenden Entschluß zu fassen. Seine kantige, gewaltig breite Stirn bildete zusammen mit dem sehr spitzen Kinn ein beinahe gleichwinkliges Dreieck. Das ganze Dreieck war mit Sommersprossen dicht besetzt.

Burschen in verblichenen Sweaters, die Zigarette im Mundwinkel, rissen Pflastersteine heraus, hockten, in Morgennebel gehüllt, auf den Gerüsten, nagelten, schrien, schraubten die Holzteile fest. Alles fügte sich, wie immer, aneinander. Der Budenbesitzer überlegte und probierte die Holzteile lange, bevor er ein durch die Bodenbeschaffenheit bedingtes neues Lattenstück genehmigte.

Überrascht von diesem Konservativismus, beobachtete Leo Seidel den dünnen, alten Budenbesitzer, der in großer Nervosität fortwährend deutete, die Arme hob, Befehle erteilte, mithelfen wollte und nur überall im Wege stand. Seine Burschen kümmerten sich wenig um ihn, riefen manchmal ein Wort über die Schulter zurück und führten die Arbeit so aus, wie sie wollten.

Mädchen, unfrisiert, farbige Tücher um die Schultern, hockten auf den Treppen der grünen Wagen, kamen und gingen, kochten, weichten Wäsche ein.

Jemand stieß an eine Drehorgelkurbel: ein paar Töne erklangen.

Hier ist mit Gewissenhaftigkeit noch etwas zu machen, dachte Seidel, und fing vor dem Wagen, in dem noch die zwölf Schaukelschiffe nebeneinander standen, den Besitzer ab. Er zog den Hut. „Verzeihung, ich möchte fragen, ob Sie noch eine Hilfskraft bei Ihrem Unternehmen brauchen?"

Verdutzt sah der Mann den solid gekleideten jungen Herrn an, die saubere Wäsche. „Ich verstehe nicht recht, ich brauche zwar noch zwei Adjunkte zur Bedienung von vier Schiffen. Aber Sie? Was wollen Sie."

„Ich leiste jede Arbeit, die Sie verlangen . . . Was ist das: Adjunkte?"

„So heißen diese Leute bei den Schiffschaukeln . . . Zwei von diesen Kerlen sind mir eingesteckt worden. Acht Wochen Gefängnis. Hatten wieder gestohlen. Aber schon bevor sie bei mir waren!" setzte er schnell hinzu.

„Demnach können Sie mich also brauchen?"

Der Mann hab den Arm wie vorhin beim Aufstellen des Gerüstes: „Freundchen, haben Sie Papiere. Waren Sie schon einmal so was?"

„Papiere? Nein!"

„Ja, dann müssen Sie mir erst einmal nachweisen, daß Sie nicht von der Polizei gesucht werden . . . Und vor allem möchte ich wissen, warum Sie von der Polizei gesucht werden."

Da reichte Seidel dem Mann sein Abiturientenzeugnis und das Entlassungszeugnis vom Stadtmagistrat, das erst tags vorher ausgestellt worden war und den Vermerk über Seidels Tüchtigkeit, Fleiß und Gewissenhaftigkeit enthielt.

Der Mann wunderte sich nicht. Ihm waren während seiner vierzigjährigen Jahrmarktstätigkeit schon alle möglichen Existenzen untergekommen.

„Auf meine Gewissenhaftigkeit beim Geldeinsammeln könnten Sie sich absolut verlassen."

„Freundchen, da wären Sie der erste, auf dessen Gewissenhaftigkeit beim Geldeinsammeln ich mich verließe. Aber brauchen kann ich Sie."

Er stieg, von Seidel gefolgt, in den grünen Wagen. Der kräftige Bursche, mit Ledergurt, rotem Sweater und einem großen, herzförmigen Mal auf der Backe, tat, als habe er beim Putzen der Messingteile keine Pause gemacht.

Der Besitzer schickte ihn hinaus. Dann legte er seinen gespickten Geldbeutel heimlich und sichtbar auf eine Kante: „Warten Sie ein bißchen!" Ging auch hinaus, stellte sich hinter den Wagen und lauerte durchs Fenster hinein.

Seidel sah den Beutel an, die funkelnden Schiffe, stubste ein Stäubchen von seinem Ärmel und wartete geduldig, bis der Mann wieder hereinkam.

„Haben Sie nicht meinen Geldbeutel gesehen?"

„Dort liegt er ... Ihre Schiffschaukel scheint ganz neu zu sein."

Verwundert blickte der Mann den auf der Kante liegenden Beutel, dann Leo Seidel an. „Ich gebe Ihnen fünf Mark Handgeld. Hier, Freundchen! Der Lohn beträgt täglich eine Mark fünfzig, Essen und Schlafgelegenheit. Mehr gibt's nicht!"

„Ich brauche die Anzahlung nicht. Wenn Sie mit mir zufrieden sind, werden Sie mir meinen Lohn schon geben."

Das hatte der Mann noch nicht erlebt. Verlegen sagte er: „Ja, ich habe die modernste, neueste Schiffschaukel der Messe. Kostet mich 20 000 Mark. Das will verdient sein. Sie ist einen Meter siebzig höher als die der Konkurrenz ... Können Sie morgen früh antreten?"

Die fünfzig verschiedenen Drehorgelmelodien zusammen erregten bei manchem Besucher schon Schwindelgefühl, noch bevor er auf der Messe angelangt war. Paukenschläge und Trompetenstöße drangen siegreich durch.

Alles drehte sich, funkelte und flog. Die Mädchen klammerten sich an ihre Liebhaber an, schrien auf, wenn die Berg- und Talbahn in die Tiefe sauste und im rosa beleuchteten Tunnel verschwand. An der farbensprühenden Budenreihe entlang zog die schwarze Menschenmenge. Die Ausrufer waren schon heiser, luden hinreißend liebenswürdig ein.

Die Konkurrenz war groß.

Trotzdem hatte sich Herr Rudolf Schmied in seinem grünen Wagen zu einem Schläfchen niedergelegt und Seidel die Aufsicht und das Geldeinsammeln anvertraut. Denn tags zuvor, in früher Morgenstunde, als noch kein Budenbesitzer, kein Adjunkt dagewesen war, der die Einnahme hätte kontrollieren können, hatte Seidel über elf

Mark einkassiert, sich vom Lehrer der Knabenklasse, die geschaukelt hatte, eine Empfangsbescheinigung ausstellen lassen und Geld und Schein gewissenhaft Herrn Rudolf Schmied abgeliefert.

Dieser Empfangsschein hatte wie tödliches Gift auf das Mißtrauen des Herrn Schmied gewirkt.

Die Adjunkten vermuteten in Seidel einen Verwandten des Herrn Schmied, unterordneten sich ihm, lieferten willig die Groschen ab.

Die immer besetzten zwölf Schiffe der schönen, besonders hohen Schaukel flogen unausgesetzt. Die sieben der alten, niedrigen Schaukel daneben hingen fast immer regungslos.

Der wütende Besitzer trat von einem Fuße auf den anderen: seine Adjunkte luden brüllend ein; der Orgelspieler drehte wie besessen — alles strömte vorbei zur hohen Schaukel.

Seidel blickte starr ins Publikum und befahl, als er, wie erwartet, die Herren Fellner und Hohmeier entdeckte, mit kalter Energie dem Adjunkten mit dem Herz auf der Backe, das letzte Schiff in der Reihe anzuhalten. „Die Tour ist zu Ende. Bitte, auch dieses anhalten!"

Ein anderer Adjunkt mit einem abschreckend großen, pferdekopfähnlichen Gesicht preßte das Anhaltebrett gegen den Kiel des sich allmählich totschaukelnden Schiffes. Eine neue Tour begann. Seidel sammelte ein. Die beiden Beamten rissen genußvoll die Augen auf. Auch die zukünftige Braut des Herrn Hohmeier machte große Augen. Sie hatte ein mageres, blasses Gesichtchen.

„Das Riesenweib! Wie sie ißt! Wie sie trinkt! Wie

sie schläft! Brustumfang 154! Alles andere dementsprechend! Kolossal! Jedem Besucher erlaubt, nachzuprüfen! Brustumfang 154!" schrie der Ausrufer links neben der Schiffschaukel.

Und ein anderer: „Hopp hopp hopp hopp hopp!" Der ritt ohne Pferd dem Publikum einen eleganten Trab vor, zugunsten des „Hypodrom von Eder, wo reiten kann ein jeder".

Die Menschen im Riesenrad schwebten langsam in den besternten Nachthimmel empor.

Bei der kleinen Schiffschaukel entstand Tumult; sie wurde plötzlich von Fahrgästen gestürmt. Der Besitzer hatte ein Plakat ausgehängt, auf dem stand: „Hier kostet die Tour nur fünf Pfennig."

Höhnisch blickte er hinüber zu Seidel, dessen Schiffe jetzt regungslos hingen.

Der Adjunkt mit dem Pferdegesicht und der mit dem blauen herzförmigen Mal auf der Backe — von seinen Kollegen „das Herz" genannt — luden brüllend ein. Niemand kam.

Seidel stürzte zum Besitzer, klärte ihn auf. Der rieb sich entsetzt den Schlaf aus den Augen, wollte ebenfalls für fünf Pfennige schaukeln lassen.

„Wenn Sie das tun, kommt man zwar wieder zu Ihnen, weil unsere Schaukel höher ist. Aber die Einnahme würde fortan nur die Hälfte betragen. Ihre Schaukel wäre entwertet."

„Und so verdiene ich gar nichts. Schreiben Sie sofort ein Plakat. ‚Das Herz' soll helfen." Er tanzte vor Aufregung.

Seidel drang in ihn: „Ich mache Ihnen den Vorschlag . . ."

„Nicht, nichts! Schnell, Freundchen! Die Zeit vergeht."

„Wollen Sie riskieren, heute abend keinen Pfennig mehr einzunehmen, wenn Sie an den folgenden Tagen wieder die volle Einnahme haben würden?"

Herr Rudolf Schmied warf die Arme: „Wie? Was? Wie? Wie ist das?"

„Lassen Sie ganz umsonst schaukeln."

Da schrie Herr Schmied mit vollen Lungen nach dem Fünfpfennigplakat.

Seidel setzte ihm auseinander, dann müsse auch der andere umsonst schaukeln lassen. Aber es käme darauf an, wer es länger aushielte. „Sie sind ein wohlhabender Mann. Der Konkurrent steht vor dem Bankrott. Sie warten ganz einfach, bis er zu Ihnen kommt und bittet, daß beiderseits wieder um zehn Pfennig geschaukelt werden soll."

Herr Rudolf Schmieds altes Meßgesicht leuchtete.

Seidel rief „das Herz", „das Pferdegesicht" und die anderen Adjunkten in den Wagen. Viele Hundert kleine improvisierte Billetts wurden eiligst geschnitten, gestempelt. Und auf dem Riesenplakat stand: „Wer ein Billett hat, fährt ganz umsonst in Rudolf Schmieds modernster und höchster Schaukel der Welt."

„Das Herz" brüllte, schleuderte Zettelchen ins Publikum. Das nahm die Schaukel im Sturm.

Seidel beobachtete die Konkurrenzschiffe, die sich entleerten und nicht mehr füllten.

Ein ungeheurer Tumult erhob sich. Das Hinüber- und Zurückbrüllen der beiden Besitzer hatte das ganze Meßpublikum angezogen. Viele Budenbesitzer kamen geeilt, um zu erfahren, wer ihnen das Publikum entzog. In der ersten Reihe standen die beiden Beamten.

Eine Viertelstunde später kostete die Tour wieder zehn Pfennig. Seidel hatte im Wagen des Herrn Schmied die Verhandlungen geleitet.

Der Besitzer der Berg- und Talbahn, des größten Unternehmens der Messe, fing Seidel ab, legte ihm die Hand auf die Schulter: „Ich brauche eine Hilfe, wollen Sie Geschäftsführer bei mir werden? . . . Das haben Sie großartig gemacht."

„Ich bin bei Herrn Schmied angestellt."

„Ich zahle Ihnen das Dreifache."

„Nein! Ich mache voraussichtlich schon morgen eine eigene Bude auf . . . Aber eine Idee will ich Ihnen verkaufen für Ihr Unternehmen."

„Das wäre?"

„Schreiben Sie eine Erklärung, daß Sie mir zweihundert Mark bezahlen, wenn Sie meine Idee ausführen."

„Hundert!"

„Zweihundert!" Seidel steckte den Zettel ein.

„Bei Ihnen fahren hauptsächlich Liebespärchen, weil sie in den scharfen Kurven gegeneinandergeworfen werden."

„Das stimmt. Darauf spekuliert die Konstruktion."

„Und dann noch wegen des Tunnels! In diesem Tunnel verschwinden die Pärchen besonders gern, wie? Das habe ich beobachtet."

„Aber sicher!"

„Und der Tunnel ist mit roten Glühlämpchen erhellt . . ."

„Natürlich, rosa!" sagte der Mann mit großer Gebärde.

„Lassen Sie morgen von Ihrem Maschinisten eine Vorrichtung anbringen, die den Kontakt unterbricht, so daß es drei Sekunden lang dunkel wird im Tunnel, dann wieder hell, dunkel . . . Die Liebespärchen werden sich danach richten."

„Glänzend!"

Seidel ging auf seinen Posten zurück und rief „das Herz" zu sich. Der war der Sohn eines bankrott gewordenen Schaubudenbesitzers, dessen Tiere krepiert waren. Seidel hatte erfahren, daß „das Herz" den schwer zu erlangenden Gewerbeschein besaß und jeden Tag eine Bude aufmachen konnte.

Er warf einen Blick auf die beiden Beamten, die nicht von der Stelle wichen, und preßte die Zähne zusammen, daß die Kaumuskeln hervortraten.

„Was für Tiere waren es denn?"

„Das Herz" schrie in großer Erregung: „Eine Riesenschildkröte und ein Flußpferd. Sie tanzten zusammen Menuett."

Eine schwere alte Dame wollte schaukeln, konnte nicht ins Schiff steigen. „Das Herz" hob sie hinein; er war wegen seiner Kraft und Wildheit der gefürchteste Bursche auf der Messe.

Seidel hatte wegen des Orgelgetöses „das Herz" nicht verstanden. Die alte Dame nahm ihr Stielglas zu Hilfe, suchte nach einem Trinkgeld für „das Herz". Bis sie ihren Geldbeutel fand, war die Tour zu Ende.

Seidel sammelte. „Was tanzten sie?"

„Menuett!"

Der Pinscher der alten Dame kläffte wütend, als seine Herrin kreischend im Schiff in die Höhe flog.

Die Beamten rührten sich nicht; sie genossen den Triumph, den so tief gesunkenen Seidel anzusehen.

Der hatte lange überlegt, was beim Publikum mehr Erfolg haben würde — ein Pferd mit einem Menschengesicht oder ein Mensch mit einem Pferdegesicht. „Das Herz" rief begeistert „das Pferdegesicht" heran, erklärte sich bereit, den Gewerbeschein beizusteuern, das Pferdegesicht stellte vergnügt sich selbst zur Verfügung, Leo Seidel die Idee und das Geld. Fehlte noch die Bude.

Die stand unbenutzt neben der Hauptattraktion der Messe: „Herrn August Schichtels Spezialitäten- und Zaubertheater", dessen Zulauf enorm war.

Wer das Unglück hatte, seinen Platz neben Herrn Schichtel zu bekommen, konnte kein Geschäft machen. Deshalb hatte der Besitzer der Bude diesmal gar nicht eröffnet. Seidel ließ sich nicht entmutigen.

Drei Tage später funktionierte der Kontakt im Tunnel. Und die Bude neben „Schichtels Spezialitäten- und Zaubertheater" war mit Hilfe von Ölfarbe in einen alten Stall umgewandelt worden, aus dessen Luke Heu quoll.

Der Kopf des mit kosmetischen Mitteln hergerichteten „Pferdegesichts" sah sehr abnorm aus.

Am ersten Tage hatte Seidel noch unter der Konkurrenz des Herrn Schichtel gelitten und deshalb ein ganz besonderes, riesenhaftes Horn machen lassen, mit zwei Mundstücken.

Die Gemahlin und abgestuft ihre vier Töchter standen im Trikot unbeweglich neben Herrn Schichtel. Der hatte einen Frack an, zauberte eine junge Katze aus seinem Zylinder heraus, ließ sie verschwinden und verwandelte sie vor den Augen der Zuschauer in blühende Rosen.

Das Publikum stand Kopf an Kopf.

„Das war nur eine kleine Probe. Jetzt beginnt die Vorstellung", sagte Herr Schichtel, und seine Frau und die Töchter rollten weich die Arme auf und verschwanden ins Theater.

Das Publikum wollte nachfluten.

Seidel flüsterte etwas von „psychologischem Moment".

„Was?" sagte „das Herz".

„Schnell!" Beide hoben das Riesenhorn: ein unheimliches, klagendes Brüllen tönte über die ganze Messe.

Herrn Schichtels Kunden stockten.

Und „das Herz" begann: „Hier ist zu sehen der Mensch mit dem Pferdekopf! Die größte Abnormität der Welt! Er frißt Heu wie Brot! Hafer ist ihm das liebste! ... Man höre ihn wiehern!"

Sie bliesen mächtig ins Horn, starrten, die Hand am Ohr, suggestiv ins Publikum.

Aus der Bude erklang das brünstige Wiehern des Pferdegesichts.

Herr Schichtel sah bestürzt zu, wie seine Kunden schwankten, zum Teil untreu wurden, und vergaß vor Aufregung, daß die Katze in blühende Rosen verwandelt bleiben müsse. Denn jetzt war beides da. In einem Arm die kratzende Katze, im andern die Rosen, mußte er machtlos zusehen, wie Seidel dem Andrang des Publikums Herr zu werden suchte.

„Das Pferdegesicht" wieherte hell.

Und „das Herz" brüllte: „Hafer frißt er am liebsten!"

Wenn die Leute sahen, wie sich das aus der Luke heraushängende Heu bewegte, siegte bei vielen die Neugierde, einen Menschen mit einem Pferdegesicht beim Heufressen zu beobachten. Die Bude hatte immer guten Zulauf.

Aber Seidel begnügte sich nicht damit, Besitzer eines Unternehmens zu sein, bei dem die Einnahme beschränkt bleiben mußte, und das zu erweitern nicht möglich war.

Während er ins Horn blies, einlud, die Zehnpfennigstücke kassierte, grübelte er unausgesetzt darüber nach, wie er eine breitere Basis für seinen spekulativen Geist finden könnte.

Seine Gedanken kehrten immer wieder zu dem mächtigen Backsteinbau zurück: dem Zirkus, der den ganzen Winter über in der Stadt blieb und während der vier Wochen dauernden Jahresmesse schlechte Einnahmen hatte.

Seidel benutzte die losen Beziehungen, die zwischen einigen Budenbesitzern und dem Zirkusunternehmer bestanden, und schlug ihm vor, Familienbillettes zu ermäßigten Preisen zu verkaufen, solange die Jahresmesse in der Stadt sei. Auch solle er mit der konservativen Art der herkömmlichen und deshalb nicht mehr wirksamen Zirkusplakate brechen und sich von einem guten Künstler ein modernes Plakat entwerfen lassen.

Von einem modernen Plakat wollte der Mann nichts wissen. Die Billettidee hatte er selbst gehabt und war schon dabei, sie auszuführen. Aber es gelang Seidel, einige für seine Zukunft wichtige Bekanntschaften mit Zirkuskünstlern zu machen.

Schon zwei Jahre später behauptete ein Schulkamerad Leo Seidels, ihn im Pelz, den Zylinder auf dem Kopf, im Vorraum des Berliner Wintergartens gesehen zu haben, in Gesellschaft von auffallend eleganten Damen und Varietékünstlern.

Und so konnten seine früheren Bekannten nicht allzusehr über die Tatsache verwundert sein, daß eines Tages Leo Seidel, der nicht lange Impresario geblieben war, als kaufmännischer Direktor des riesigen amerikanischen Wanderzirkus in die Heimatstadt zurückkehrte, im ersten Hotel abstieg und im eigenen Wagen fuhr.

In jener Zeit war Herr Hohmeier eben bis zum breiteren Löschblattbügel vorgerückt und wollte sich verloben.

Der Besitzer des Riesenwanderzirkus kränkelte und hatte nur eine Tochter.

Sie war siebzehn Jahre alt.

Gusti Galster

Warum mein Urgroßvater meine Urgroßmutter nicht zur Frau nahm!

In der dumpfen Bauernstube schaffte die Schneiderkuni. Sie ging zum Tisch und schnitt das Zeug zu, dann wieder zum Fenster, wo die kleine Handnähmaschine stand, und drehte eifrig die Kurbel, daß das Rad lief. Eines nach dem andern der karierten Pfaiden für die Bäuerin wuchs sozusagen aus den fleißigen Fingern hervor. Und an der Ofenbank saß der Bauer und rauchte mit mürrischen Mienen die alte Tobakspfeife. Er war krank, der Meierbauer, davon zeugte das dick in Tüchern gewickelte Bein, das er von sich auf den Schemel streckte, krank, sakradi nochmal, und draußen ging es bald an die Ernte. Darum war er gar so zuwider. „Wenn kummt denn der Baderwaschl heut wider, sag Kuni, dei langweiliger Friedl." Die Kuni biß die Lippen zusammen, weil sie gerade ein dickes Zeug durchschneiden mußte. „Wos was ich! Wennst na halt bstellt has, in Bader", erwiderte sie dann scharf; denn der Bader und Heilgehilfe Friedrich Beckert war ihr Verlobter seit einigen Jahren. Sie waren gleichaltrig gewesen und zusammen zur Schule gegangen, die Kuni und der Friedl. Weil es ein stiller

Bub gewesen war, ernst und sinnierlich, hatte er von der Dorfjugend manchen Spott aushalten müssen. Da hatte ihn die Kuni oft in Schutz genommen; denn sie war ein energisches Mädl und hatte ein tüchtiges Mundwerk. In letzter Zeit war sie immer verdrossener geworden. Der Friedl war auch zu unenergisch, so ging er Tag für Tag und rasierte die Bauern und schor ihnen die Köpfe, er hatte manchen Kranken zu behandeln mit Pflaster legen, Ader lassen und Schröpfköpfe setzen, aber daß er einmal mit seinem Vater, dem alten Martin, ein festes Wort sprach, dazu konnte die Kuni ihn nicht bringen. Und es ging doch nicht so weiter, bei seinem Vater lief der kleine Hansl schon im Haus herum und bei ihrer Mutter schrie der winzige Franzl in der Wiege. Spott und Schande war im Dorfe über der Kuni, und nur ihrer Tüchtigkeit im Nähen und ihrer scharfen Zunge hatte sie es zu danken, daß man sie unbehelligt ließ. Desto schlimmer ging das Gerede über den Friedl, und Stichelreden konnte er von früh bis in die Nacht hören. Der Friedl lachte gutmütig; er liebte seine tüchtige Kuni über alles, wenn sie auch immer hantiger ward; aber der Vater hatte eben das Haus und das Geschäft in der Badgasse. Er gab es nicht ab, der alte Martin, er war selbst noch frisch und gesund; nein, er gab es nicht ab, und sollten noch so viele kleine Buben herumlaufen. Aber immer noch hoffte die Kuni auf eine Änderung in seinem Sinne, dann würden die Spottzungen im Dorfe zum Schweigen kommen, wenn sie die Frau Meisterin in der Badgasse sein würde. Lange Zeit war nichts mehr gesprochen worden in der schwülen Stube als ein stöhnendes „Ah, wohl" des Bauern; die Kuni schwieg und nähte; nur ihre Gedanken gingen wandern. Am Sonntag ist Kirchweih. Da würde sie mit ihrem Friedl zum Tanze gehen, und er würde nur bei ihr sitzen und mit ihr tanzen, damit die Bauernweiber sehen könnten, wie er zu ihr hielt. In diesem Momente kam die Magd mit den klappernden Holzpantoffeln in die Stube und weckte die Kuni aus ihren Sinnen. „Bauer, der Bader kommt am Hang rauf!" — „So, so", machte der befriedigt, denn er hoffte doch in Bälde den Stubenarrest überwunden zu haben. „Gut Morgn, miteinander", mit diesen Worten trat der Friedl grüßend in die Stube; er war ein hübscher Bursche, noch sehr jung, mit muntren, klugen Augen. Errötend blickte die Kuni von ihrer Arbeit auf, und als die beiden Augenpaare in inniger Liebe ineinander tauchten, flog ein freundlicher Schein verschönernd über das herbe Mädchengesicht. Doch arbeitete sie dabei fleißig weiter, nur ein kurzes „Grüß Gott" hatte der Friedl von ihren Lippen vernommen. Ihr Tagwerk wurde bezahlt, und je mehr sie fertig brachte im Laufe des Tages und je flinker sie die Finger laufen ließ, desto beliebter war sie bei den Bauersfrauen, denn diese wahrten ihre Batzen.

Behutsam wickelte der Friedl das böse Bein auf; ja, das war ein schlechter Sensenhieb gewesen in der Heumahd, eine fast geheilte Wunde zog sich die Wade herauf. Die Augen des Bauern hingen an Friedls Lippen, würde er bald wieder arbeiten können? „Es sieht viel besser aus, dein Bein, Bauer", sagte der. „Jetzt werde ich nochmal frische Salbe darauflegen, in einer Woche schau ich wieder zu, bald wirst du wieder arbeiten können." — „Da nimmst mir an großen Stein vom Herzen, Friedl," sagte der Bauer mit hochbeglückter Miene, „geh, laß dir an Zwetschgen einschenken." — „Na, dank schön, ich hab ka Zeit zum Hersetzen, muß heut noch auf Mosbach nauf. Grüß Gott derweil." Noch ein Blick auf die nähende Kuni, und dann war der flinke Bursch auch schon bei der Tür draußen. Wie ein heller Sonnenstrahl lag es jetzt über der niedrigen Stube, des Bauern Laune hatte sich bedeutend gebessert, und auch die Kuni sah die Zukunft im rosigen Lichte. Sie ließ sich sogar herbei, mit dem Bauern zu plaudern und hatte ihre frühere Wortkargheit ganz vergessen.

Indessen schritt der Badersfriedl hurtig auf der Landstraße dahin und ließ seine blauen Augen schönheitssuchend in die Landschaft gehen. Wie glücklich fühlte er sich in der Heimat, hier die Wiesen und Fluren, da die hügligen Berge mit Birken, dazwischen hier ein Weiler, dort ein Dörfchen, den Blick das Flußtal hinab zur fernen Stadt, und im Hintergrunde die blassen Berge, die den abendlichen Horizont begrenzten. Der Friedl hatte die dunkle Mütze mit dem breiten Schilde fest im Nacken sitzen, darunter kamen die blonden Haare leicht gekräuselt hervor. Da bot sich an einer Wegwendung ein seltsames Bild. Fahrende Leute hatten hier ihren Wagen aufgestellt. Im Hintergrunde unter den wenigen Bäumen angebunden grasten ein paar junge Pferde, und bei der Mutter, die auf zwei Steinen, zwischen denen ein Reisigfeuer prasselte, die Suppe wärmte, trieb sich die junge Brut der Zigeunerfamilie balgend im Grase umher. Nur ein fast erwachsenes Mädchen bildete eine Ausnahme, sie saß weiter entfernt am Straßenrand, stützte den Kopf mit den schwarzen Wuschelhaaren in die Hände und bohrte mit den schmutzigen Füßen zum Zeitvertreib den krustigen Rand von der Straße ab. Über und über mit alten Lumpen bedeckt, war es kein angenehmer Anblick, und der reinlichkeitsliebende Badersfriedl wandte sich von diesem unerquicklichen Bilde ab. Da hob die junge Person den Kopf, ein paar wundervolle braune Samtaugen blitzten aus dem Gesichtchen, das, fast verborgen vom Schwarzhaar, reine, süße Linien sehen ließ. Aber gleichgültig senkten sich wieder die Lider, hatte dies Mädchen denn keine Augen für die Landschaft im Abendschein? Freilich, immer wandern macht viel sehen und abgestumpft, den Friedl aber, den sah die Landschaft mit Heimataugen an.

Im Dorfwirtshaus war Kirchweihtanz, alles was jung war und jung sein wollte, drängte sich im niedrigen rauchigen Wirtshaussaal; an den Wänden entlang, unter den Bildern der jetzigen und früheren Feuerwehr- und Singvereine saßen die Alten und qualmten, daß es eine Lust war. Eifrige Kellnerinnen schafften Bier herbei, und alles war in Freude und Bewegung. Die geschmückte Kirche gegenüber war jetzt groß genug gewesen, die Andächtigen zu fassen, und alle, die zu spät gekommen waren, mußten draußen zwischen den Gräbern stehen und die Ohren spitzen, um etwas von der Kirchweihpredigt zu erlauschen. Öde war auch der kleine Friedhof, nur ein altes Mütterchen ging die Grabreihen entlang. Ach, hier fand es lauter Bekannte, und wie grüßend flog der Blick der freundlichen Augen über dieses und jenes Kreuz. Endlich blieb sie an einem bescheidenen Grabstein stehen. ‚Georg Munkel' stand in einfachen Lettern darauf, und hier ließ sich das alte Weiblein nieder, um ein Vaterunser zu beten.

„Vater unser, der Du bist im Himmel". Aber da verwirrten sich ihre Gedanken, „wird er wohl endlich die Kuni heiraten, geheiliget werde Dein Name, lieber Gott laß doch endlich den alten Bader ein Einsehen haben, Dein Reich komme, Dein Wille geschehe, wie im Himmel also auch auf Erden, das wird doch Dein Wille sein, ewiger Vater im Himmel, daß die zwei Büblein bald unters väterliche Dach kommen." Die Tränen stiegen der armen Witwe in die Augen, es war Kunis Mutter, die hier am Grabe ihres verstorbenen Mannes betete. Ach, ihr lag das Schicksal ihres Kindes gar sehr am Herzen, wußte sie doch am besten, wie viel heiße Tränen es dem leidenschaftlichen Mädchen schon gekostet hatte, dies alles zu ertragen, Schande und Spott, und doch nach außen ruhig zu bleiben und zu hoffen auf ein gutes Ende; wie viel davon hatte die Kuni schon schlucken müssen um ihrer Liebe willen, und das hatte sie bitter und hart gemacht. Sie erhob sich mühsam mit wirren Sinnen; ach, statt Frieden zu finden hier am Gottesacker, war nur wieder Zweifel und Angst in ihr Herz gekommen. Sie wandte sich zum Gehen, da streifte ein junger Bursch an ihr vorbei und meinte lachend: „Munkelin, dei Kuni hat sich mit ihrem Friedl gschlagn!" So war es, mit eigner Hand hatte Kuni ihr Glück zerstört. Als die alte Mutter heimgekommen war, das Herz voll Angst und Sorge, hatte sie ihre Tochter vor der Wiege kniend gefunden, in wildem Schluchzen hatte der Körper des heißblütigen Mädchens gebebt, und erst nach Stunden war sie so weit zur Ruhe gekommen, um der Mutter alles zu gestehen. —

Sie und der Friedl waren so vergnügt beim Tanze gewesen, und alle hatten nach ihr gesehen, auch der alte Martin hatte hinter seinem Glase freundlich nach ihr geblickt. Er hatte sie sogar eingeladen, sich zu ihm zu setzen und ihm mit einem frischen Biere Bescheid zu tun. Währenddessen war der Friedl durch den Saal geschlendert, da erblickte er, in einem Winkel sitzend und mit heißen Augen zusehend, die Fremde. Das Zigeunermädchen in seinem Sonntagsstaate — das rote Röckchen schloß eng um die geschmeidigen Glieder und ließ zwei zierliche Füßchen sehen, und zwar in Strümpfen und Schuhen. Auch die wilde Haarflut war heute gebändigt und zeigte das reine Oval des jungen Gesichts. Friedl, halb angezogen, halb von Mitleid erfüllt, reichte ihr die Hand, und als die Musik von neuem begann, legte er auch den Arm um die zierliche Taille und zog sie in den Kreis der Tanzenden.

Doch nur ein paar Schritte; da stand Kuni, durch das Geflüster der Bauernweiber rings um sie her darauf aufmerksam gemacht, mit flammendem Antlitz vor ihm und schlug ihm voll Zorn ins Gesicht, eine Flut von Schmähreden ausstoßend. Ihre Leidenschaft und ihr Mißtrauen hatten in diesem Augenblicke alle ihre innige Liebe getötet. Doch auch mit dem Baderfriedl war mit einem Schlage eine jähe Veränderung vorgegangen. Kreidebleich stand er dort unter den zum Feste aufgehängten Tannenschwingen, kurze, harte Sätze kamen von seinen Lippen, und stählern flammten seine blauen Augen. Alle Energie, die die Kuni so sehr bis jetzt vermißt hatte, schien ihm plötzlich zu kommen. Nimmermehr werde sie sein Weib werden, rief er ihr zu, für die Kinder werde er schon sorgen, aber zwischen ihnen sei es aus, ganz aus! Dann führte er das fremde Mädchen, das wie versteinert dagestanden und mit entsetzten Augen in die Runde geblickt hatte, zu seinem Platze zurück und verließ den Tanzsaal. Kuni war auf den nächsten Stuhl gesunken, schaudernd blickte sie in den Abgrund, der sich jäh vor ihr aufgetan und für den zu überbrücken es nichts in der Welt gab. So hatte sie selbst ihr Leben zerbrochen.

Was aus den beiden geworden ist? Der Friedl ging in die Fremde, er erwarb sich viel Kenntnisse und Erfahrungen in seinem Berufe, so daß er sich als Bader und Landarzt niederlassen konnte. Er war ein ernster Mann geworden und ebenso beliebt in dem kleinen Städtchen wie in den umliegenden Dörfern. Erst in späteren Jahren konnte er sich zur Ehe entschließen. Die Schneider-Kuni, wie sie immer noch hieß, hat ihr ganzes Leben fleißig gearbeitet, in Winterschnee und Sommerhitze wanderte sie unermüdlich von Bauernhof zu Bauernhof. Erst im hohen Alter, als ihre Augen trübe zu werden begannen, siedelte sie zu ihrem Sohne Franz über und verbrachte dort, im Hause meines Großvaters, vollständig erblindet ihren letzten Lebensrest.

Fürth, die Heimat Gusti Galsters

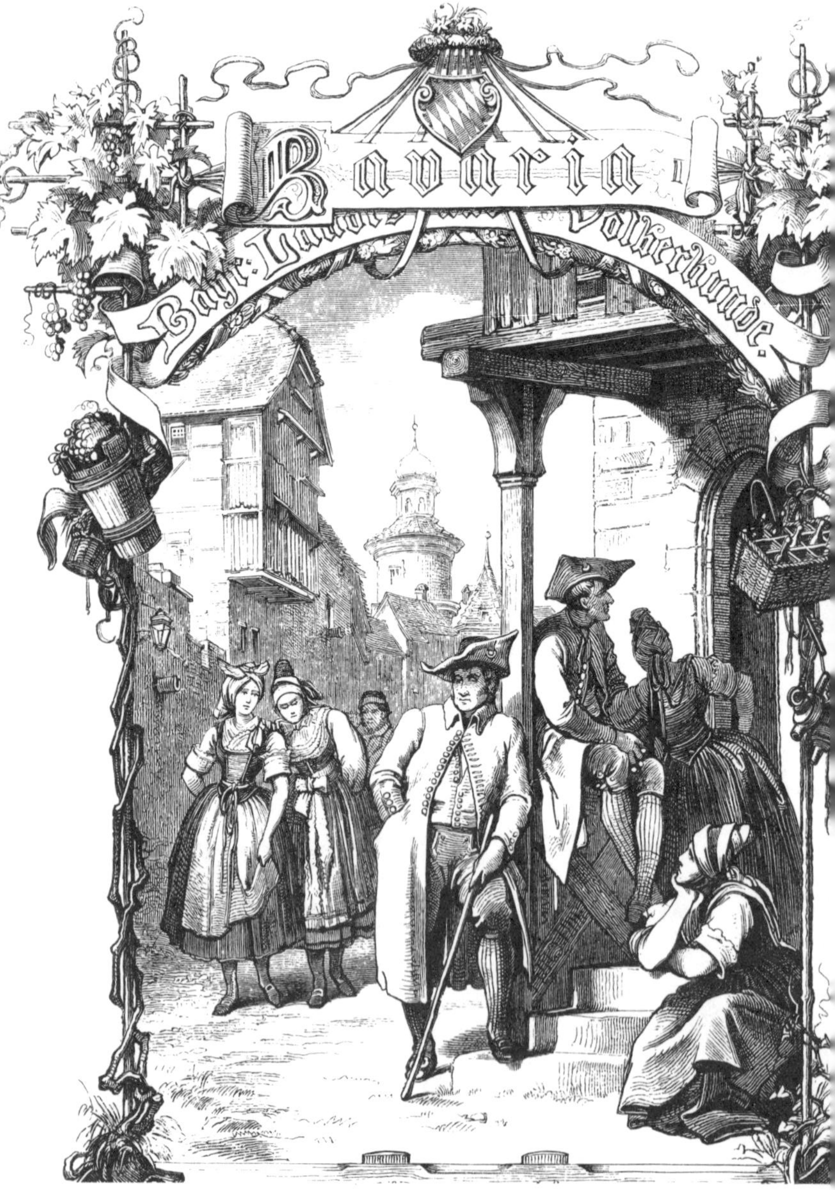
Bavaria
Bayr. Landes- Völkerkunde.

August Gemming
Die gefährliche Probe

„Ja, zu meiner Zeit war's doch ganz anders beim Militär", sagte der seit 1850 pensionierte Feldwebel Bauernschmidt, „da gab's doch noch mehr als einmal was zum Lachen. — Da war einst in meinem Regiment ein alter, verwetterter Oberst, ein gar wilder Herr, der, wie man so zu sagen pflegt, ‚keinen guten rauchte', über dessen Lippen zeitlebens kein Lächeln geglitten war, außer einmal, da ein Rekrut bei der ‚Beeidigung', also Verpflichtung, als der Junker mit der Fahne eintrat — auf die Knie fiel. Infolge dieses Lächelns gab es aber auch acht Tage Regenwetter. Dieser Oberst, dessen Stolz ein riesiger, bis auf die Epauletten herabhängender Schnurrbart war, probierte die ‚Schneid' der eingerückten Rekruten in einer ganz eigentümlichen Weise.

Wenn nämlich der Rekrut eingerückt, verpflichtet, adjustiert, gewaschen und frisiert war, sodaß er annähernd einem Menschen gleichsah, wenn demselben sodann die Kriegsartikel, wo auf jedes Verbrechen mindestens der Tod stand, nach Vorschrift ‚eingebläut' waren, daß ihm die Gänsehaut am ganzen Körper auflief, mußte er sich zum Oberst in

Gegenüber: Fränkische Trachten

dessen Wohnung verfügen, woselbst sich dann — nachdem er mit einem fürchterlichen ‚Herrrein‘ Einlaß erhalten, und er herzklopfend eingetreten war — folgendes stereotype Frage- und Antwortspiel zwischen Oberst und Rekrut entspann:

Oberst (den Rekruten von oben bis unten messend — nach einem minutenlangen, unheimlichen Schweigen): ‚Sind Ihm die Kriegsartikel vorgelesen?‘ — Rekrut: ‚Jawohl, Herr Oberst!‘ — Oberst: ‚So weiß Er also, daß er alles, was Ihm von seinen Vorgesetzten befohlen wird, augenblicklich und ohne die geringste Widerrede zu befolgen hat?‘ — Rekrut: ‚Jawohl, Herr Oberst!‘ — Oberst: ‚Gut! — Packe Er mich an meinem Schnurrbart!‘ Sowie nun der Rekrut den Bart des gestrengen Herrn Obersten gefaßt hatte, was meistens nur zögernd geschah, rollte ihm derselbe ein paar derartige Augen zu, gegen welche die der bekannten Eule in der Wolfsschluchtszene des ‚Freischütz‘ noch sanfte Taubenaugen waren — und gleichzeitig ‚schnappte‘ der Oberst mit den Zähnen nach der Hand des überraschten Rekruten, der meistens erschreckt den Bart losließ. Über einen solchen Unglücklichen ergoß sich nun von den Lippen des Gestrengen ein Mississippi-Strom von Schmähungen und Schimpfworten, wobei: „Du trauriger Feigling, miserabler Kerl" usw. noch die galantesten waren. Ließ sich aber der Rekrut durch das plötzliche Schnappen nicht beirren, so wurde er belobt, und Bemerkungen wie ‚So ist's recht! — Gibt'n braven Soldaten! — Tüchtiger Kerl‘ und ähnlich lohnten den Tapferen. Da begab es sich aber eines schönen

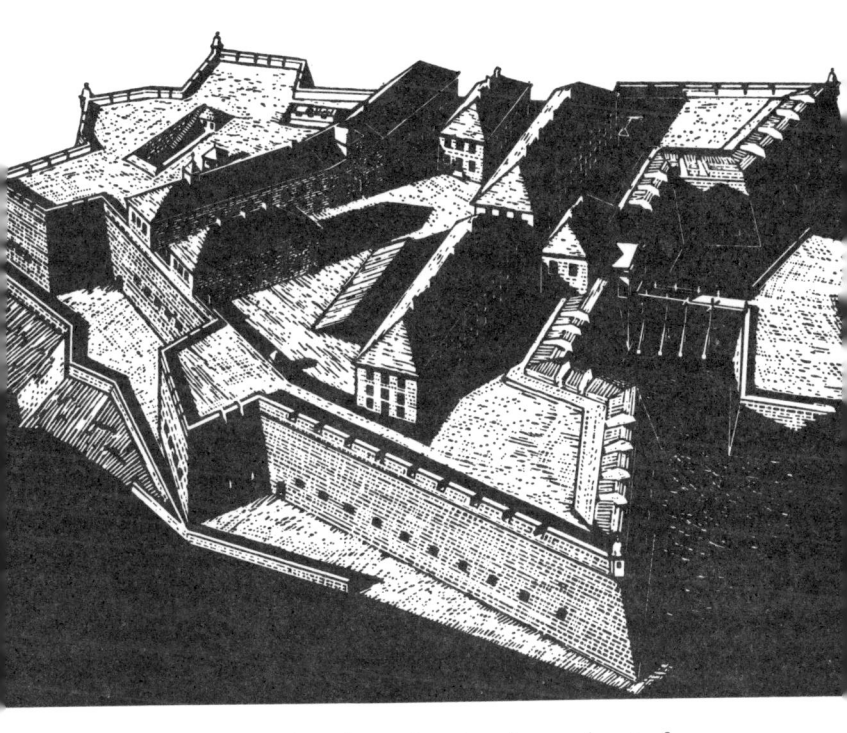

Die Festung Rothenberg bei Schnaittach vor der Auflassung 1838. Dort wurde Anton Gemming, der Erzähler dieser Geschichte, als Sohn des Festungskommandanten geboren.

Tages, daß der Oberst wieder einmal genannte ‚Tapferkeitsprobe' anstellte — und zwar diesmal mit einem ganz und gar verwilderten Rekruten (seines Zeichens ein sogenannter ‚Roßkampl'), der, im Stall geboren, Zeit seines Lebens (bis zu jenem denkwürdigen Tage) nur mit Pferden hantiert hatte, mit einem Wort, einem Quadratlackl von einem Mannsbild.

‚Sind Ihm die Kriegsartikel vorgelesen?' fragte der Oberst. — ‚Jo!' grunzte der neugebackene Sohn des Mars. — ‚So weiß Er also, daß Er alles, was Ihm von seinem Vorgesetzten befohlen wird, augenblicklich und ohne die geringste Widerrede zu befolgen hat?' — ‚Jo!' — Oberst (dicht an ihn herantretend und den Kopf hinhaltend): ‚Gut! Packe Er mich bei meinem Schnurrbart!' — Schlupp — und die nervige Faust des Prüfungskandidaten hielt kräftig, wie mit einer Eisenklammer, die rechte Hälfte des riesigen Schnurrbarts. — Der Oberst rollt die Augen, gräßlicher wie je, und — schnappt! Aber ‚a tempo' haut ihm der sich gänzlich vergessende Roßmensch mit seiner linken, ein Achtel Tagwerk Flächeninhalt fassenden Hand, beziehungsweise ‚Pratzen' eine schallende Ohrfeige in das verblüffte Gesicht, mit den Worten: ‚Wart' Luder — i wil Dir beißen!'

Der Rekrut erhielt außer seinem wohlverdienten Lob diesmal noch einen Kronentaler extra — jedoch mit der strengen Weisung, nichts von dem Vorfall zu sagen, da er sonst niemals während seiner Dienstzeit in Urlaub dürfe!

Seit jener Zeit hat der Herr Oberst diese gefährliche Mutprobe aus seinem Programm gestrichen."

In einer schwachen Stunde hat's aber doch der Rekrut einmal auf der Wacht seinem Korporal ‚im Vertrauen' mitgeteilt, sonst hätt's ja der Feldwebel Bauernschmidt nicht erfahren — und ich auch nicht.

Hermann Gerstner
Die Meekuh

Es war damals in unserer Jugend, da lag noch in der ganzen schiffbaren Länge des Mains die schwere Kette, an der sich der Schleppdampfer mit dem Troß der angehängten Frachtschiffe flußaufwärts zog. Damals verbrachten wir die heißen Sommerferien immer auf einer Maininsel oberhalb unserer Stadt. Dort war ein Familienbad. Wir Jungen räkelten uns am Ufer, beobachteten die vorüberziehenden Flöße und Schelche und waren besonders erfreut, wenn von der stromabwärts gelegenen Brücke her das dumpfe Tuten des Schleppdampfers aufklang. Das hallte dann so durch das Tal, als wenn eine riesenhafte mythische Kuh aufbrüllte — und darum hieß auch bei uns der laute rasselnde Dampfer die „Meekuh", wobei wir den Flußnamen Main mit dem mundartlichen Wort „Mee" wiedergaben.

„Die Meekuh kommt" — sobald wir das Schleppschiff näherkommen hörten, sprangen wir vom Steindamm auf. Wir sahen, wie sich vor dem Schiff die triefende Kette aus dem Fluß hob, wie sie von Auslegern aufgenommen wurde, über eine Rolle hin zu zwei Trommeln lief, die mit eisernen Rillen und Zacken die Kettenglieder packten und drehten. In der Mitte des Schiffes qualmte schwarz ein Schlot, die Dampfkraft mußte ja die Trommeln antreiben und herumwinden, damit die Kette sich auf-

und abspulte. Dann ratterte die Kette am Schiffsende wieder Rollen und Auslegern zu und fiel langsam achtern in das Flußbett zurück.

Es war für uns immer fesselnd zu sehen, wie sich die Meekuh an diesem Kettenseil lärmend flußaufwärts zog. Da sprangen wir übermütig in die Wellen hinein und ließen nun nach dem Schleppschiff die Frachter an uns vorüberziehen. Manchmal hängten wir uns an kleinere Kähne an und genossen das Vergnügen, mit den Schiffen aufwärts gegen die Strömung gezogen zu werden.

War aber keine Meekuh in der Nähe, dann erprobten wir unsere Schwimmkünste, indem wir nach der am Flußgrund liegenden Kette tauchten. Natürlich konnten wir sie nicht einen Millimeter hochheben, aber es machte uns Freude, die glitschigen Eisenglieder in unseren Händen zu halten, uns an der Kette entlangzutasten und plötzlich an einer anderen Stelle des Flusses aufzutauchen.

Wieder saß ich an einem warmen Sommertag auf der Maininsel zwischen Weiden am Ufer. Mein Freund Albert, ein sommersprossiger Bursche, kräftig wie ein Athlet, mit seinen sechzehn, siebzehn Jahren etwa so alt wie ich, stand vor mir im Wasser und erprobte seine Kraft, indem er schwere Steinbrocken anstemmte und in den Fluß hinausschleuderte. Wir sprachen beide kein Wort. In der letzten Zeit waren wir nicht mehr so wie früher ein Herz und eine Seele. Wir verehrten beide das braungebrannte Mädchen Gina. Es trieb sich oft mit Freundinnen auf der Insel herum und fiel unter all den Siebzehnjährigen auf, weil es vom Sprungbrett aus dort drüben im Altwasser die elegantesten, geschmeidigsten Kopfsprünge fertigbrachte. Natürlich trauten wir uns nicht, Gina unsere Gefühle zu gestehen, aber da wir sie oft genug anstarrten, hatte sie wohl gemerkt, wie sehr wir für sie brannten, und so schenkte sie uns manchmal ein kleines Lächeln, das uns verwirrte.

Während wir an jenem Sommertag uns am Ufer aufhielten, sahen wir sie plötzlich den Main herabschwimmen. Als sie uns erblickt hatte, lachte sie zu uns herüber und schwamm auf uns zu. Albert unterbrach sein Steinestoßen, er legte den Brocken, den er gerade in den Händen hielt, fast behutsam in das strudelnde Wasser zurück und trat dann etwas auf die Seite, damit Gina den bequemsten Weg zum Ufer finden konnte.

Da stand nun Gina plötzlich wie eine dem Wasser entstiegene Nixe in ihrem leuchtenden roten Badeanzug zwischen uns. Sie ging nicht weiter, sie blieb bei uns stehen, sie meinte, das Wasser sei heute schön warm zum Baden. Wir antworteten, ja, natürlich, wirklich warm. Und dann kamen wir auf ihre Kunst zu sprechen, vom großen Sprungbrett aus in das tiefe Altwasser kopfüber zu springen. Sie erklärte uns, wie sie es anstellte, um vom Brett in die Höhe zu schnellen, dann den Körper steil abzubiegen und mit gestreckten Beinen und Armen in den Wasserspiegel graziös zu tauchen. Nicht als ob sie sich ihrer Kunst rühmte. Sie wollte es uns beibringen, wie man die Muskeln straffen muß, um sie zu beherrschen.

Nach einer Weile wußten wir nichts mehr zu sagen. Wir saßen zu dritt nebeneinander und schmorten in der Sonne, während der Fluß an unseren Füßen vorbeigurgelte. Mein Freund und ich — wir schwiegen, es wollte uns nichts einfallen — und dabei hätten wir doch am liebsten gesagt, Gina, auch wenn du so tolpatschig wie die andern Mädels ins Wasser springen würdest, so könnte uns das doch gar nichts ausmachen! Denn du bist so schön, daß wir dich immer ansehen müssen und daß wir manchmal sogar in der Schulstunde mit wachen Augen von dir träumen.

Nein, das sagten wir natürlich nicht, aber Albert, der als Athlet wohl vor nichts Angst hatte, platzte auf einmal heraus: „Du, Gina, wir haben eine Wette abgeschlossen, ob einer von uns dich wohl nach Hause begleiten darf, oder ob du einmal mit einem von uns ins Kino gehst, was meinst du?"

Da war es nun heraus. Nur von der Seite her schielten wir Gina an. Es war schon ein Triumph, daß sie nicht aufsprang und davoneilte. Hatte Albert es nicht allzu plump angefangen? Ging man so mit jungen Damen um? Aber wahrhaftig, Gina schien nicht böse zu sein. Sie lachte, ich weiß es noch wie heute, sie lachte und zeigte dabei im Bewußtsein ihrer Jugend und Schönheit ihre strahlend weißen Zähne.

„Warum nicht?" sagte sie. „Aber wie sollen wir entscheiden, wer von euch mich begleiten darf. Losen? Nein, das ist doch zu einfach."

Sie besann sich. Dann blitzte es in ihren dunklen Augen. Sie holte eine rote lange Schleife aus ihrem feuchten schwarzen Haar.

„Paßt auf", sagte sie, „ihr legt euch jetzt in den Sand und schaut mir nicht nach, wohin ich schwimme. Ich werde diese Schleife an der Kette im Main festbinden. Wenn ich wieder am Ufer bin, könnt ihr sie suchen. Wer sie findet, kann mich heute abend heimbegleiten. Einverstanden?"

Wir nickten. Wenn ich auch nicht so stark war wie Albert, so konnte ich ebensogut schwimmen wie er, kein Kunststück, die Insel im Main war im Sommer doch unsere ganze Jugendseligkeit. Albert und ich legten uns also einige Schritte vom Ufer entfernt in den Sand und wachten eifersüchtig darüber, daß keiner von uns Gina nachschaute, wie sie ins Wasser glitt und zur Kette hinschwamm. Keiner von uns durfte sie tauchen sehen. Wir wußten natürlich, wo die Kette lag — aber immerhin, es war ein Unterschied, ob wir die Schleife hundert oder zweihundert Meter von unserer Stelle entfernt suchen mußten.

Nach wenigen Minuten kam Gina durch das Inselgebüsch auf uns zu. Sie war weiter unten ans Ufer gegangen.

Das Haar hing ihr naß ins Gesicht.

„Es war ein schönes Stück Arbeit", sagte sie, „die Haarschleife an die Kette zu binden. Ich glaube, eine halbe Minute war ich drunten."

Albert und ich gingen gleichzeitig ins Wasser. Wir übereilten uns nicht. Gina sollte nicht denken, daß das nun für uns eine große Sache sei, die Schleife zu finden. Wir lachten und taten so, als sei das ein Riesenspaß für uns. Dabei fieberten wir beide, die Aufgabe zu lösen und dadurch wie alte Rittersleute die

Gunst unserer Dame zu erlangen. Wir tauchten dann an verschiedenen Stellen. Ich hatte die Kette bald gefunden, sicher hatte sie auch Albert erreicht. Ich tastete mich an den Kettengliedern entlang und hoffte, irgendwo die Haarschleife zu fühlen. Aber nichts — ich blieb so lange drunten am Flußgrund, bis ich gar keinen Atem mehr hatte. Dann mußte ich auftauchen. Ich war darauf gefaßt, daß Albert über den Fluß schwamm und triumphierend die Schleife hochhielt. Aber auch Albert hatte sie nicht gefunden. Er tauchte wieder hinab, auch ich versuchte abermals mein Glück. Fünfmal, zehnmal probierten wir es aufs neue — aber die Schleife fanden wir nicht.

Nun mußten wir ans Ufer der Insel schwimmen, die Strömung hatte uns zu weit abgetrieben. Wir waren recht atemlos geworden, mein Herz klopfte ungestüm, als ich ans Land stieg. Ohne ein Wort miteinander zu reden, kamen wir bei Gina an.

„Nicht gefunden", bemerkte sie ein wenig spöttisch, „na ihr Helden, ruht euch erst mal ein bißchen aus, dann werde ich den Platz, wo ich die Schleife angebunden habe, etwas näher bezeichnen. Seht ihr dort die Birke? Weiter hinab braucht ihr nicht zu schwimmen."

Noch standen wir bei Gina — da brüllte plötzlich vom unteren Inselende her die Meekuh. Einmal, zweimal — und da sahen wir auch schon den Rauch aus dem Schlot des Kettendampfers in die Himmelsbläue hineinqualmen. Ja — wir hörten sogar schon das Rasseln der Kette.

„Ihr müßt euch wohl eilen", sagte Gina, „sonst

wird meine schöne Schleife von den Trommeln der Meekuh zerfetzt."

Albert und ich sprangen wieder ins Wasser. Gina rief uns nach, an welcher Stelle wir suchen sollten. In fieberhafter Eile tauchten wir, denn die Meekuh kam schnell näher. Wenn wir drunten am Flußgrund über den Kieseln die Kette abtasteten, spürten wir schon ihr Vibrieren, es schien mir, als würde die Kette bereits von dem herannahenden Dampfer ein wenig vom Grund gelöst. Die blöde Haarschleife mußte doch zu finden sein! Hierher hatte uns Gina gewiesen! Ich mußte abermals auftauchen, ha, ich holte tief Luft, die Meekuh kam näher, drohend wie ein Meeresungetüm, das nach dem Kettenseil schnappte.

Ich sah, wie Albert wegschwamm, er hatte die Schleife nicht, er gab es wohl auf, na, das heranwuchtende Schiff sah auch gefährlich aus. Da packte mich der Ehrgeiz, ich wollte trotz des Dampfers noch ein letztes Mal mein Glück probieren. Hinab! — Erregt sucht ich das Haarband, ich glitt den Dampfer entgegen, da — da — da, wirklich, nun hob sich leicht die Kette, nur ein paar Millimeter, jetzt ein paar Zentimeter — die Schleife, die Schleife!

In diesem Augenblick spürte ich, wie ich an meinen Füßen gepackt wurde, das waren wohl Polypenarme, sie zogen mich mit einem Ruck von der Kette weg. Der Ruck war so stark, daß ich loslassen mußte — und dann wurde ich auf die Seite und ans Tageslicht zurückgezerrt.

Neben mir tauchte Albert auf. Und dort — dort, nur noch ein paar Schwimmzüge entfernt, hob sich nun die Meekuh wie ein Moloch über uns Schwimmer.

„Weg, weg", schrie Albert — selbstverständlich erkannte ich die Gefahr!

Da drunten auf dem Maingrund hatte ich die Entfernung des Dampfers falsch eingeschätzt, der Dampfer wäre über mich hinweggefahren — nun hatte ich nicht viel zu denken, nur schwimmen, schwimmen — aus allen Kräften.

Wir kamen beide aus dem Bereich der Meekuh. Noch ein paar Stöße zur Seite!

„Dumme Burschen", schrien ein paar Männer vom Dampfer her. „Paßt nächstens besser auf!"

Ich ließ mich von den Wellen schaukeln. Die Meekuh brüllte laut auf, wie zur Warnung. Sie zog die Kette aus dem Wasser — und da, da, nein es war kein Zweifel, da flatterte an der hochgehobenen Kette die rote Haarschleife, nun wurde sie zermahlen, zerrissen, zerfetzt, auch Albert sah es.

Wir schwammen zum Ufer zurück. Als wir dort anlangten, war die Meekuh schon zweihundert Meter stromaufwärts vorgedrungen. Das letzte angehängte Frachtschiff zog an unseren Blicken vorbei. Gina wartete auf uns. Sie war aber nicht allein. Ein Mann mit einem Schnurrbärtchen — er mochte etwa zehn Jahre älter sein als wir — stand an ihrer Seite.

„Ja, nun kann ich leider nicht mit euch in die Stadt heimgehen", sagte sie, „mein Bruder ist nämlich gekommen." Der Herr lächelte.

Albert aber meinte, selbstverständlich dürften wir sie nicht begleiten, wir hätten ja auch die Haarschleife nicht gefunden. Eigentlich schade um die schöne rote Schleife! Gina ging lächelnd mit dem Herrn zur Inselmitte, wo die Ankleidekabinen waren.

„Es war gar nicht ihr Bruder", sagte Albert zu mir, „es ist ein junger Arzt, ich kenne ihn, er wohnt nur ein paar Häuser von uns weg."

„Ich muß mich bei dir bedanken, Albert", sagte ich, „ich glaube, du hast mir das Leben gerettet, ich war so verrückt, daß ich auf die Meekuh gar nicht mehr aufgepaßt habe."

„Unsinn", meinte Albert, „du hättest es schon gemerkt, wenn sich die Kette vom Boden gehoben hätte."

„Aber vielleicht zu spät . . ."

„Und die Gina — die müssen wir uns wohl beide aus dem Kopf schlagen", meinte Albert. „Und da können wir doch wieder gute Freunde sein, meinst du nicht auch?"

Natürlich schlug ich in seine Hand ein. Die Meekuh brüllte nun schon aus weiter Ferne. Die Kette lag wieder im Dunkel des Maingrundes. Der Fluß trieb darüber, als wäre nichts geschehen.

Noch einmal hörten wir die Meekuh aufbrüllen — aber es war schon weit, weit weg.

Bavaria

Bayr. Land- und Volkerkunde

Gustav Goes

Die Torte von Eltmann

Eine lustige Bubengeschichte aus Franken

Warum mein guter Vater mich eines Tages aufs Land geschickt hat, wüßte ich heute nicht mehr zu sagen. Den Grund kann ich mir nur denken: die großen Ferien sind meist die anstrengendsten Zeiten für die Eltern und — nun ja! Man versteht diese Lieblosigkeit, wenn man selbst Kinder hat, die das Temperament vom Vater geerbt haben. Ich war jedenfalls selig, als ich dem Bamberger Zügle entstieg und am Bahnhof von Eltmann von Onkel Rudolf, dem Arzte jenes Ortes, in Empfang genommen wurde. Mit etwas süß-saurer Miene — aber die bemerkte ich kaum in meiner unbändigen Freude. Vier Wochen auf dem Lande, das Stadtkind, frei und ledig jeder Fessel, keine Deponentia noch Semideponentia! Herrgott, ist die Welt schön!

Die ersten Tage flogen nur so dahin. Da war kein Baum zu hoch, kein Brunnen zu tief und — kein Hosenboden widerstandsfähig genug. Der Onkel zog zwar stets scharfe Falten, wenn ihm meine Heldentaten zu Ohren kamen, meist von hinten herum durch den Lehrer Sauerbrei, der im oberen Stockwerk unseres Hauses wohnte, allein die Tante wuß-

Gegenüber: Fränkische Trachten

te mich immer fein zu entschuldigen: „Laß' halt es Gustävle! Sei' Vater hat'n ja 'rausg'schickt, daß er sich austob'n kann!" Der Onkel brummte etwas in seinen Bart, verstanden habe ich nie recht, was, aber einmal ist's mir gewesen, als hätte es gelautet: „Der Lausbu', der dreckig'!" Was übrigens nicht den geringsten Eindruck auf mich gemacht hat. Als die vier Wochen sich ihrem Ende zuneigten, war eigentlich mein Bedarf an Eltmann gedeckt. Das Feld meiner Heldentaten war abgegrast, nur etwas wurmte mir immer noch in der Seele: der Lehrer Sauerbrei mit seinem Gesicht, das meist dreinsah wie eine lebendige Illustration seines Namens. Im allgemeinen habe ich mich mit Lehrern mein ganzes Schulbubenleben lang nicht recht befreunden können, aber der Lehrer Sauerbrei — — Huh! Den muß der Herrgott in seinem Zorn über ein Rudel ungezogener Buben erschaffen haben! Alt — brummig und von einer ausgesuchten Knifflichkeit, einer, der jede Kleinigkeit „verriet" — und das war mir das Unangenehmste! Und wie hat der über mich bei meinem Onkel „geschuftet" die vier Wochen lang!

Ich sann und sann auf Rache, allein er war einfach unangreifbar. Zwei Tage noch, dann mußte ich nach Bamberg zurück. Und ausgerechnet am letzten Tage meines Hierseins hatte er Geburtstag.

Da hörte ich zufällig ein Gespräch von Onkel und Tante, als ich eben Karl Mays „Winnetou" las. Nichts anderes hätte mich sonst aus dieser Lektüre herausreißen können — der Name Sauerbrei brachte es fertig.

„Freilich müssen wir ihm 'was 'naufschicken," brummte der Onkel, „aber wenn's der Herr Pfarrer erfährt —!"

„Ach was, der wird's net gleich erfahr'n, und so vernünftig muß er doch sein —"

„Vernünftig? Wo die Politik anfängt, hört die Vernunft auf!"

Ich spitzte die Ohren, krümmte mich aber noch tiefer über das Buch.

„Aber Rudolf, wir können doch nix dazu, daß die zwei sich hassen wie Feuer und Wasser, weil der da oben nationalliberal is' —!"

Der Onkel brummte etwas in seinen Bart, dann verließen die beiden das Zimmer. Mir aber brauste es in den Ohren: „Der Lehrer — nationalliberal — der Pfarrer — natürlich, was ist denn das Gegenteil von nationalliberal? — und Geburtstag hat er. — Sapperment!"

Noch nie habe ich einen Karl-May-Band so schnell zugeklappt wie damals, ohne ein Lesezeichen hineinzulegen. Noch nie! Jetzt bin ich der Winnetou, und der da oben, das ist der — schwarze Mustang! Meine Gedanken umkreisen ihn wie Raubtiere. „Nationalliberal — Geburtstag — Lehrer — Pfarrer — Zentrum — Augsburger Abendzeitung — Augsburger Postzeitung — Hei!" Ich fuhr mir mit der Hand vor den Mund, so laut muß ich geschrien haben.

Nächsten Morgen. Schrecklicher Landregen. Der Onkel fortkutschiert auf „Landpraxis" — endlich, endlich. Die Tante in der Küche. Ein Griff meinerseits nach einem alten Hut, einem kurzen

Regenkragen, der dem Onkel bis zu den Armen, mir bis zu den Knien reichte. Ich eilte die Hauptstraße hinunter bis zum Marktplatz.

„Konditorei" stand über dem Häusle. Die Ladenklingel ging scharf, ihr Laut schnitt mir durch die Seele, dann war der kurze Schmerz überwunden. Den alten Hut, den ich tief in die Stirne gezogen hatte, nahm ich nicht ab, nicht etwa aus Unhöflichkeit, sondern — na ja!

Die Bäckerin schlurfte herein, behäbig und dick.

„Was willst denn, Büble?"

Fast wäre mir das Sprüchlein im Halse stecken geblieben — hatt' mir's doch so oft vorgesagt —, dann aber würgt' ich's heraus, ganz klar und glatt und fein: „An schön' Gruß von Hochwürd'n, vom Herrn Pfarre', und Sie soll'n 'm Herrn Lehre' Sau — —" (verflucht, daß ich gerade hier steckenbleiben mußte!).

„En Herrn Lehre Sauerbrei manst, der wo beim Herrn Dokte' wohnt — —?"

„Ja, der wo beim Herrn Dokte' wohnt. — Und Sie soll'n ihm morg'n e' recht schöne Tort'n 'nüberschick'n zu sein'm Geburtstag! Aber e' recht große!"

„Der Herr Pfarre' — em Herrn Lehre'?!" Die Bäckerin machte Telleraugen.

„Winnetou, jetzt oder nie!" schrie es in mir.

„Ja, die zwa ham sich ausg'söhnt, und da möcht' der Herr Pfarre' ..."

„So, so, des is' aber recht! Ich sag' ja, der Herr Pfarre' is e' seelengute' Ma'! — Und wieviel soll sie denn kost'n, die Tort'n?"

„Na, so um drei Mark 'rum! 's kommt 'em Herrn Pfarre' gar net d'rauf z'amm!"

„Des gibt abe' e extra große!"

„Und d'raufschreib'n soll'n S' a was!"

„Was denn?"

„Seinem lieben Geburtstagskinde."

„Des muß i' aufschrei'm, daß ich's net vergiß! — Sei-nem lie-ben Geburts-tags-kinde. — — Sodala!"

„Und die Rechnung soll'n S' 'em Herrn Pfarre' schicken!"

Dann war ich draußen. Unter meinen Fußsohlen brannte Höllenfeuer. Auch der klatschende Regen konnte es nicht löschen. Ich stürmte zu Onkels Haus hinein. Rannte gegen jemand. Schob den Hut zurück. Der — Lehrer Sauerbrei! Vor dem leibhaftigen Gottseibeiuns wäre ich nicht mehr erschrocken.

„Na, könntest a' besser aufpass'n, du mit dein'm Krag'n da!"

Eine ganze Zeitlang muß ich noch auf dem gleichen Fleck gestanden haben, da merkte ich erst, daß der Herr Lehrer schon längst weg war. Gleich darauf hingen Hut und Umhang wieder am alten Platz. Niemand hat etwas gemerkt.

In jener Nacht schlief ich schlecht. Träumte mit wachen Augen. Tortenräder umrasten mich, Brillengläser, Telleraugen, Augsburger Abend- und Postzeitungen, alles in wildem Durcheinander.

Wie ein Geräderter wachte ich auf. Schrecklich schlichen die Stunden.

„Also, du gehst auch mit 'nauf zum Herrn Lehrer!" sprach mein Onkel, und der Ton seiner Worte schloß von Anfang an jeden Widerspruch aus. Ich hatte mich übrigens wie ein Mohammedaner in mein Schicksal ergeben, war damals ganz Fatalist. Ist eine furchtbare Weltanschauung übrigens!

Meine beste Bluse zog ich an.

„Was der Bu' nur heut' hat, sieht so blaß aus!" Diese Worte der feinfühligen Tante machten keinen Eindruck auf den Onkel, der bereits im schwarzen Gehrock dastand. Heute noch höre ich die Kuckucksuhr zehn schlagen, zehn fürchterliche Schläge, als wir drei das Zimmer verließen.

„Ist sie schon droben?" klang die Geisterstimme in mir, als ich die knarrenden Treppen hinaufstieg. „Vielleicht hat die Bäckerin d'rauf vergessen? — Herrgott, einmal und —!"

Sie muß noch nicht da sein! Der Herr Lehrer heiter und sorgen- und ahnungslos wie Vater Zeus, wenn er auf die Erde herabkam zu einem kleinen Liebesabenteuer. Reichte mir sogar die Hand. Steif sitzen wir auf dem grünen Plüschsofa, der Geburtstagstisch vor uns ist beladen mit Geschenken. Blumenstöckchen, eine Pfeife mit einer grasgrünen Quaste, ein Eßkorb. — Die Rede plätschert dahin wie ein murmelndes Bächlein.

Schrill geht die Klingel. Ich schrecke zusammen, beiße die Zähne aufeinander. Stimmen im Flur.

„Na, ich will's 'em Herrn Lehre' selber geb'n, das Meisterstück!"

Eine unsichtbare Hand greift mir um die Kehle.

Herr Sauerbrei öffnet selbst. Mir ist's, als fahre ich auf einem Schiff auf hoher See. Der Morgenkaffee beginnt —.

Ich sehe nur die runde Bäckermeisterin und die runde Torte und die runden Augen des Herrn Sauerbrei und den runden Mund des Herrn Sauerbrei —.

„Mir! Der Pfarre'? Der — der —! Der will mich gar noch zum Narr'n ha'm an mein'm Geburtstag! — Und da?! — Sei — nem — lie — ben — — Geburtstagski —?!"

Er fuhr sich an die Krawatte.

„Na, er hat's bestellt, und ich hab'm die Rechnung — —!"

„Bestellt?!"

„Ja freilich, durch 'en Bu'm mit 'en alten Hut auf und 'em Krag'n an — gestern früh!"

„Mit — — 'em Krag'n an?"

Wie Feuerräder flammen mich zwei Augen an.

Jetzt oder nie! Siegen oder Sterben! Die Sommeschlacht, die ich zwanzig Jahre später durchgemacht habe, ein Kinderspiel war sie gegen diese Feuerprobe auf Mannesmut und Selbstbeherrschung.

Und auch meine Augen funkelten in gerechter Entrüstung, voll des heiligsten Zornes. Kerzengerade stand ich da wie Achill im wildesten Kampfgetöse, traute meinen Ohren kaum, als ich laut und vernehmbar rief: „So e' Gemeinheit!"

„So e' Gemeinheit!" hallte es wider, und die Stimmen schwirrten durcheinander. Und während das Ereignis wie in einem neuzeitlichen Abgeordnetenhause besprochen wurde, lehnte der ruchlose Anstifter an der Sofalehne und spielte nervös mit der grünen Quaste.

Der Lehrer hatte die Torte auf den Tisch gestellt und betrachtete sie bald mit wütenden, bald mit verliebten Augen.

„Na', ich schick' sie ihm zurück, dem — — dem — — —!"

„Überlegen Sie sich's in aller Ruh', Herr Lehrer! Wir wollen jetzt aber nimmer stör'n." Mit diesen Worten nahm der Onkel Abschied, und ich verließ als erster das Zimmer. Dante hat gewiß nicht tiefer aufgeatmet, als er aus der Hölle wieder in den irdischen Frühling trat.

Am gleichen Abend ging mein Zug. Einige Tage später erhielt mein Vater von dem Onkel aus Eltmann einen Brief. Und in dem stand zu lesen: „Gustl wird dir von der Tortengeschichte erzählt haben. Es wird dich interessieren, wie sie ausgegangen ist. Der Lehrer hat schließlich seinem politischen Herzen einen Stoß gegeben, hat die Torte behalten und — aufgegessen! Und gestern sind der Pfarrer und der Lehrer in der ‚Krone' an einem Tisch gesessen und haben ganz ruhig miteinander über — geistliche Schulaufsicht geplaudert. Alle zwei möchten aber wissen, wer der Bub mit dem alten Kragen war, der —"

„Na, ich!"

Beinahe wär's mir herausgefahren, beinahe! Aber ich habe mich bezwungen und mit den treuesten Augen von der Welt gemeint: „No, so e' Gemeinheit!"

Alfred Graf

Die letzte Soiree

Eine frostklare Winternacht wölbt ihre Sternkuppel über die Stadt. Schneemassen, im fahlen Mondlicht auf einsamen Plätzen zu starren Wellenbügeln sich türmend. Röhrenbrunnen in zackigem Eisgewande träumend. Spitze Schatten, jäh aus Ecken und Winkeln stoßend. Finsternis treibt durch die Gassen.

Eng aneinander geschmiegt lauern die braven Bürgerhäuser, schief geduckt, die schneeigen Nachtmützen tief in die Runzelstirnen gezogen. Die Jakobskirche. Die Nonnenbrücke. Verschlafene Prälatengärtchen, über deren hohe Mauerwände Büsche und Sträucher ihre winterliche Last heben. Still-stille Vorhöfchen, geschachtelt, übereinander gekeitl — Giebel und Dächer. Die Bachgasse, das Viertel der Kapitelhöfe. Die alte Residenz. Schwer und dunkel sich hebend das gewaltige Architekturmassiv des Doms.

Eine Laterne schwingt über den Platz, schaukelt die Treppe hinunter, getragen von einer sorgsam vermummten Gestalt in langem braunem Mantel mit dreifachem Kragen. Eine der spärlich an Häuserecken angebrachten Ölfunzeln wirft ihren armseligen Schein auf einen hohen grauen Zylinderhut. Die stapfenden Schritte verklingen. Stille ist wieder ringsum.

Doch unten am Theaterplatz regt es sich von neuem. Aus der engen Türe des Hauses, das — dem emeritierten Hoftrompeter Kaspar Warmut gehörig — lang und schmal seinen Platz zwischen den Nachbarn behauptet, flitzt ein schmächtiges Männchen, schaut nach der gastlichen „Rose" hinüber, wo heute Vater Knauer umsonst den sicheren Kunden erwartet, trippelt ungeduldig, ruft in den Tennen zurück. Der Herr Musikdirektor, Kompositeur und Singemeister, Theatermaler und Maschinist, Dirigent, Dramaturg und Dichter Ernst Theodor Amadeus Hoffmann, der Herr Kapellmeister Kreisler, hat es eilig. Natürlich — Julia wartet. Die göttliche Julia. Aber da steht auch schon Frau Mischa neben ihm, das treue Ehegespons.

„Die Konsulin hat ausdrücklich um pünktliches Erscheinen gebeten, ma chère."

Frau Mischa schlägt sich ein Tuch über das Bänderhäubchen. Schweigend huschen die beiden Gestalten um die Ecke ... Der Krämer. Madame Hoffmann berechnet ihr Wochengeld. Konditor Wackelmann. Die Posthalterei. Der mit so großer Spannung erwartete Gast aus Hamburg ist heute früh bei der Konsulin eingetroffen. Die ganze Stadt weiß es. Und auch dies: Es handelt sich um den Sohn und Erben einer der reichsten Firmen. Jawohl, der reichsten!

„Amadeus, wenn es wahr ist, daß die Konsulin ihr Julchen mit diesem Monsieur Gröpel —"

„Aber so schweige doch, Liebling, es ist schrecklich. Eben summte mir die reizendste Canzonette durch den Kopf."

Bamberg: Dom und alte Hofhaltung

„Für Julchens Geburtstag — natürlich. Und wenn mein Geburtstag ist?"

In der langen Straße, kurz vor Madame Marc's Haus, glüht ein Lampion auf. Es ist Dr. Speyer und der Herr Steuersupernumerar. Die beiden haben sich rechtzeitig von ihrem Stammsitz im „Silbernen Pfau" am Schrannenplatz losgerissen.

„Mein Kompliment! Bon soir!"

Der Herr Steuersupernumerar stampft sich den Schnee von den hohen Stulpenstiefeln, gemeinsam geht man die breiten Stufen zum großen Bogentor mit dem blitzblanken Messingring hinauf, zieht am Glockenring. Die hohen Fenster im ersten Stock leuchten in festlicher Reihe. Ein weiträumiger Flur nimmt die neuen Gäste auf. Die behäbige Treppe. An den hellblau gestrichenen Wänden Medaillonreliefs. Amor und Psyche. Weiße Türen. Der Duft von Weihrauchkerzen. Am Sims vor dem goldenen Spiegel hat sich bereits ein Berg gewaltiger Muffe aufgebaut und auf dem mit Sand und Kalmus bestreuten, sorgsam gescheuerten Bretterboden eine stattliche Reihe von Galoschen Stellung genommen. Josefine, das Zöfchen, öffnet die Türe zum guten Zimmer, Händedrücke, Begrüßung, ehrerbietig, herzlich, heiter, bürgerlich-würdig und maßvoll. Der Medizinaldirektor Markus, Professor Klein, Landesdirektionsrat Fuchs und Frau Gemahlin, der Herr Appellationsgerichtspräsident von Seckendorff, Professor Lichtenthaler, Generalkommissär von Stengel, alle sind sie da, die Biedermänner und Frauen, die Herren und Damen vom Casino, von der musikalischen Gesellschaft, der Harmonie. Die Konsulin — sie hat natürlich ihr Bestes angelegt mit den lichtblauen Astern auf grauem Krepp — führt die Ankömmlinge in die Ecke, wo dem Clavizimbel gegenüber vor dem fast einem Altar gleichenden Kamin die Reihe der steifstelzigen Hocker Sitzgelegenheit bietet. Hoffmann reibt sich die Hände. Madame Kunzin — wieder in ihrem Atlassenen — pflanzt sich mächtig vor das stahlgraue Männchen mit dem vorspringenden Kinn und der großen, zwischen unruhig flackernden Augen krähenhaft vorspringenden Nase.

„Herr Musikdirektor, Sie haben doch Ihre Duettinen nicht vergessen?"

Der Herr Musikdirektor — es geht nicht anders —, der Herr Musikdirektor muß hinüberschielen in die zweite der tiefen Fensternischen, wo Julchen zu einem eifrig parlierenden jungen Mann — mein Gott, er ist beinahe noch einmal so groß wie sie — in kindlichem Erstaunen ihre schwarzen Augen hebt. Unter dem Kronleuchter mit den vier Lichtern, an Glasketten von der Rosette an der Decke hängend, preist der dicke Kunz seinen neuesten Burgunder an. Die massiv goldene Uhrkette mit zahlreichen Berlocken hängt handbreit unter der Weste über seinen stattlichen Bauch herab. Mehrere Herren haben ihre Streichinstrumente mitgebracht und beginnen sie zu stimmen. Man munkelt von einem neuen Quintett, das der Herr Musikdirektor komponierte. Gesprächsfetzen flattern wie bunte Schmetterlinge von Gruppe zu Gruppe durch den nur spärlich, aber stilvoll möblierten langgestreckten Raum. Unter den Damen sind feine Figürchen zu sehen von vornehmer Gewandung, im Samtspenzer, die Röcke in geradem Schnitt der Tunika straff an die Körperformen sich schmiegend. Auch üppige Gestalten mit Schnürleibern und hohen Schneppentaillen, eng bis zum Platzen, Schultern und Hals entblößt bis zu den Achseln, die sich hinter mächtig aufgepufften Bauschen verkriechen. Künstliche Locken aus roher

Seide quellen in dicken Wulsten unter dem Stirnband hervor, Blumengirlanden, Schleifenornamente. Es riecht nach Rosenblättern, Reseda und Lavendel. Ohrringe und Gehänge blitzen. Man spricht von einem Konzert, das demnächst gegeben werden soll, vom Haushalt und den Domestiken, vom Theater, von der letzten Redoute.

„Wirklich, Demoiselle Röckels Stimme — solch ein Sopran."

„Es gibt kein zweites Käthchen von Heilbronn, wie das der Madame Renner!"

Amadeus redet heftig gestikulierend, vermutlich von Ahnungen, Träumen oder Geistern, von schmelzenden Kantilenen, Rezensionen und Freskogemälden, zappelt sich durch die Menge, schleicht durch die offene Tür ins stillere Wohngemach. Er sieht sich verwundert in dem Raum um, als ob er ihn zum erstenmal beträte, betrachtet die Kupferstiche an den rosa gestrichenen Wänden, tastet zärtlich über die zierlichen Stühle mit der Leier in den Lehnen, die sich um den runden Tisch aus Birkenmaserholz vor dem Kanapee — schon liegen die Karten zum Spiel der alten Herren bereit — gruppieren. Die Scherenschnitte — der verstorbene Konsul, Onkel, Basen und Tanten der Marc'schen Familie — erwecken sein besonderes Interesse. Eine Weile. Dann sind die nach unten spitz zulaufenden Wandschränkchen an den Pfeilern zwischen den Fensternischen Gegenstand seiner Beachtung. Wahrhaftig, er öffnet die Türchen. Das eine enthält Tee, Zucker und Schokolade. Hm — das andere bewahrt Wolle, Seide und Stickmuster. Amadeus

Bamberg: Obere Pfarrkirche

wendet sich rasch. Aus dem Spiegel über der Kommode mit den schwarzen Säulen lächelt ihm das frische, von Schmachtlocken umrahmte Gesichtchen Julias entgegen. Schon steht sie in ihrem weißen Seidentüllkleidchen vor dem Ertappten. Er redet gedämpft, aber augenscheinlich sehr erregt auf sie ein, zieht sie mit sich hinter die dunkelgrünen Vorhänge in die Fensternische, wo das steifbeinige Nähtischchen und der gestreifte Lehnstuhl seinen Platz hat und auf dem weißen Fenstersims in Treibgläsern die Hyazinthen — ihre besonderen Lieblinge — duften.

„Dieser Monsieur aus Hamburg — ich kann nicht glauben, daß Sie, liebes Julchen — schließlich sind Sie doch meine —"

„Ihre Schülerin, lieber Hoffmann."

„Meine begabteste, beste Schülerin und — wie ich hoffe —"

„Ihre Freundin, Ihre Bewunderin, lieber Meister."

„Er ist ein Affe!"

„Herr Musikdirektor, nicht unartig sein, bitte! Wenn Sie sich nicht beherrschen können — Mama wird wohl wissen, was sie will. Und wenn Mama will —"

Die Finger des Herrn Musikdirektor spielen nervös zwischen kleinen Zwirnrollen, blauen englischen Nadelpapieren, Fingerhut und Schere. Durch die Türe tritt der Herr Appellationsgerichtspräsident, gefolgt von drei anderen Herren in braunen und blauen hochkragigen Fräcken. Er ist eben dabei, seine Meinung über die letzten Zeitungsberichte der französischen Kammerverhandlungen darzutun. Die neue Zeit, ach, es ist wirklich kein Wunder, daß man unzufrieden ist, zumal wenn einen Gicht und Handreißen plagen. Der Herr Landgerichtsdirektor Fuchs beeilt sich, die Karten für das gewohnte Spielchen zu mischen. Draußen im guten Zimmer dröhnt noch immer Kunzes Bärenstimme. Die Geschäfte gehen flau, aber der Frickenhäuser, der Bordeaux, der Medoc, der Chambertin ... Er beruft sich auf Hoffmann. Der Kapellmeister sei Autorität auf diesem Gebiet.

Monsieur Gröpel, offensichtlich noch ziemlich mitgenommen, erzählt von den Strapazen seiner Postkutschenreise von Hamburg nach Bamberg. Dergleichen ist keine Kleinigkeit! Was hilft es, daß der Schwager schön auf seinem Horn zu blasen versteht, wenn man bei jedem Pferdewechsel stundenlang warten muß... Der Ärmste wird von den Damen lebhaft bedauert.

„Aber wo steckt denn der Kapellmeister?"

„Herr Musikdirektor!"

Die Herren mit den Instrumenten haben bereits ihre gewohnten Plätze beim Pianoforte eingenommen. Hofmann kommt herangeflogen.

„Meine Damen, Sie wünschen sich zu langweilen?"

„Aber bitte! So was!"

„Quintett in C-Moll für zwei Violinen, Bratsche, Violoncello und Klavier. Bitte schön, meine Herren!"

Schon sitzt er vor der Klaviatur.

Allegro moderato — Adagio — Allegro. Zwanzig Minuten atemloses Lauschen. Beifall.

„Ja, wenn wir unsern Kapellmeister nicht hätten!"

„Ein Unikum, aber er versteht sein Fach."

„Gewiß, gewiß, und doch, sehen Sie nur, wie er sich vor den Damen verneigt. Ein Poseur, was?"

„Skurril, mein Lieber! Ein Hampelmann!"

Doch still jetzt. Julchen ist zum Meister ans Klavier getreten. Das Flüstern und Raunen versickert. Wie eine kristallklare Springbrunnsäule quillt die Mädchenstimme auf, vereinigt sich mit Doktor Kleins entzücktem Tenor, löst sich aufs neue. „Holder Waldung, Luftgewinde..." Jauchzend spannen die italienischen Duettinen ihre Bogen, schlagen ihre duftenden Brücken, die jäh zerbrechen: „Weh diesem Tag, dem schmerzlichen..."

Beifall prasselt nieder.

Man serviert grünen Tee in Tasse mit goldenen Rand, aufgemalten Landschaften und Blumen oder tiefsinnigen Sprüchen. Dazu gibt's Guglhupf, hausgemacht natürlich — die Generalkommissärin will sich von der Konsulin das Rezept geben lassen — und vom Bäcker Zwieback und Zuckerkringeln, auch Waffeln und Napfkuchen fehlen nicht. Demoiselle Nannette, eine junge Dame, hat ihr Stammbuch mitgebracht und bittet Amadeus Hoffmann um einen Eintrag.

„Ich werde Ihnen folgenden Vers ins Stammbuch schreiben:
Trink am Abend Schokolade und am Morgen
    den Kaffee
Küss' und laß dich wieder küssen — das ist
    der Jungfern ABC."
Doktor Speyer schiebt sich durch das Gelächter: „Mademoiselle, wie wäre es mit diesem Beitrag aus meiner freilich unberühmten Feder:
Des Tags ein Bär,
Des Nachts ein Schaf —
Ein solcher Mann ist eine Straf'."
„Nein, das ist abscheulich. Um den Schaden wieder gutzumachen, lese ich Ihnen das Beste vor, das mein Stammbuch enthält, meinen Stolz: Einen Spruch, den mir eigenhändig — wer eingetragen hat?"
„Jean Paul!" — schallt es einstimmig entgegen.
„Ganz richtig, Jean Paul!" Nannette strahlt, spitzt den Mund und liest: „Die niedrigen Freuden sind Eisblumen des Winter, welche vor dem Sommerlichte zerfließen und keine neuen erzeugen; die

Kloster Michaelsberg über Bamberg

geistigen Freuden sind lebendige Blumen, die erst durch Licht und Wärme entstehen und die sich fortpflanzen."

Man quittiert mit einem langen „Ah —"

„Mein Freund Jean Paul —" dröhnt Kunzens Brummbaß, aber der Kapellmeister fährt ihm in die Parade: „Mensch, blamieren Sie den Olympier nicht! Ich bin stolz auf seine Feindschaft —"

„Jean Paul Ihr Feind?"

„Eigentlich seine Frau. Doch ist das ziemlich egal."

„Frau Mischa, Sie sind doch jüngst in Bayreuth gewesen —"

„Erzählen, erzählen!"

Hoffmann winkt ab.

„Meine Damen, klatschen Sie nicht! Es handelt

sich um Frau Minnas gleichnamige Freundin, der ich meine verehrte Frau Gemahlin" — er räuspert sich — „schließlich vorgezogen."

„Amadeus!" — warnt Frau Mischas Stimme. Aber Amadeus ist wieder einmal zügellos: „Bekanntlich kann man zwar viele lieben, aber nur eine heiraten."

Soll man nun lachen oder entrüstet sein?

Doktor Speyer rettet die Situation: „Meine Damen und Herren, wir leben, wie Sie wissen, in einer schlimmen Zeit. Früher war alles besser. Wer's nicht glaubt, der braucht nur im neuen Jahrbuch für Damen zu blättern."

„A propos", wirbelt Hoffmann von neuem dazwischen, „ich erhielt da vor kurzem ein vorzügliches Carmen zugeschickt, das ich Ihnen in diesem Augenblick gern vortragen möchte. Ich habe es auswendig gelernt. Es ist von dem Grafen August von Platen, einem noch sehr jungen, aber ohne Zweifel vielversprechenden Talent. Sie werden den Namen nicht kennen."

„Von den Ansbacher Platen?" fragt es aus der Ecke. Es ist Julchens Stimme.

„Demselben", gibt der Kapellmeister zurück. „Der junge Mann befindet sich in München in der Pagerie. Aber hören Sie —"

Und er stellt sich in Positur. Steht wie ein flammendes Ausrufezeichen. Doch seine Stimme zittert:

„Laß tief in dir mich lesen,
Verhehl' auch dies mir nicht,

Was für ein Zauberwesen
Aus deiner Stimme spricht!

So viele Worte dringen
Ans Ohr uns ohne Plan,
Und während sie verklingen,
Ist alles abgetan.

Doch drängt auch nur von ferne
Dein Ton zu mir sich her,
Behorch' ich ihn so gerne,
Vergeß' ich ihn so schwer!

Ich bebe dann, entglimme
Von allzurascher Glut:
Mein Herz und deine Stimme
Versteh'n sich gar zu gut!"

Die Worte verklingen ohne den gewohnten Applaus. Keine Hand rührt sich. Demoiselle Julchen hat sich ins Nebenzimmer zurückgezogen, Monsieur Gröpel lächelt krampfhaft. Madame Marc beeilt sich, Wein servieren zu lassen. Die Herren kosten mit Kennermiene, schmunzeln vielsagend.
„Prosit! Ihr Wohlergehen, ma chère!"
„Die Konsulin strengt sich über ihre Verhältnisse an", zischelt die Kunzin ihrem Nachbar zu.
„Sanierungsvorschuß auf den reichen Schwiegersohn."
Bald wird die Konversation wieder lebendiger. Hoffmann stürzt zwei Gläser Medoc nacheinander hinter die Binde. Im Kaminwinkel unterhält sich

Dr. Speyer mit den Damen über die Kunst des Tanzens. Er doziert ordentlich. Diese neumodischen Tänze, das Walzen — wo da Moral und Kultur blieben? Schauderhaft! Schauderhaft —

„Meine Herrschaften, unser Musikdirektor wird Ihnen noch seine Sonate in F-Moll zum Besten geben!"

„Nein!" Die Stimme des Herrn Kapellmeisters Kreislers knallt ordentlich durch's Zimmer. Dann gedämpfter: „Es ist genug für heute. Wirklich —"

„Was ist denn, fühlen Sie sich nicht wohl?"

„Ekelhaft wohl fühle ich mich, meine Liebe, ekelhaft, und das von Rechts wegen!"

Und er leert von neuem das Glas in einem einzigen Zug.

Am Kaminwinkel erzählt Doktor Speyer noch immer vom Walzen. Er habe es unlängst in der Residenz gesehen! Wie gesagt, schauderhaft! —

Mit der Zeit tut der Wein seine Wirkung. Ein Teil der Gesellschaft hat es sich im Wohnzimmer auf dem Kanapee, die alten Herren zur endgültigen Aufgabe ihres Kartenspiels zwingend, zusammengefunden. Wird man doch noch ein Tänzchen riskieren? Eins von der guten alten, soliden Sorte: Eine Gavotte? Eine Quadrille? Ein Menuett?

„Engagez, messieurs! Der Herr Kapellmeister hat wohl die Güte. Lieber Kapellmeister, bitte, bitte, bitte..."

Er läßt sich ans Hammerklavier führen. Taucht die langen Spinnenfinger in die schwarzweiße Flut.

Und schon ertönen die französischen Weisungen für die verschlungenen Tanzfiguren...

Gustav von Heeringen
Aus Coburgs Geschichte

„Unsere Pflege Coburg in Franken" nannten die sächsischen Kurfürsten oder Herzöge in früherer Zeit den Länderstrich, der sich nördlich und östlich an das Gebirge lehnt, südlich und westlich aber weiche, sanfte Gefilde und die schönsten Wiesentäler, die es geben kann, durchströmt von kleinen Flüssen, namentlich aber von der Itz, dem Main entgegenbreitet und dessen Hauptstadt Coburg ist. — Die Itz entspringt am Fuß des hohen Bleßberges und ergießt sich nach einem etwa zwölfstündigen Lauf beim Marktflecken Baunach in den Main. Das Tal, welches sie mit ihren Wellen benetzt, heißt der Itzgrund, und an der Biegung, wo dieser seine mittägliche Richtung, die er eine Zeitlang verlassen hatte, wieder einschlägt, mitten in einer lachenden Landschaft, von schlössergekrönten Bergen umgeben, liegt Coburg, gegenwärtig die Residenzstadt des Herzogtums gleichen Namens. Über den Ursprung dieses Namens sind die Meinungen verschieden: so viel jedoch ist gewiß, daß er bereits in der Mitte des elften Jahrhunderts in Urkunden erscheint, und gern wird angenommen, ein gewisser Graf Cobbo habe auf Veranlassung Kaiser Heinrichs des Ersten die auf unserem Bild sich zeigende Bergveste erbaut und derselben seinen Namen gegeben, welcher dann auf die später entstandene Stadt übergegangen sei. Längere Zeit befand sich Schloß, Stadt und die ganze Umgegend in Besitz der im Mittelalter so mächtigen Grafen von Henneberg, denen es auch mehrfach zur Residenz diente, bis es durch Heirat an das sächsische Fürstenhaus kam. „Lieber, ich sage Euch," sprach in Bezug hierauf einst Kurfürst Friedrich der Weise zu Meister Lukas Cranach, damals Bürgermeister von Wittenberg, als er durch denselben seine Ahnen malen ließ, „malt mir ja die Henne recht säuberlich und fein, denn sie hat dem Hause Sachsen ein gutes Ei gelegt."

Zur Zeit des Bauernkrieges belagerte dessen Nachfolger, Kurfürst Johann, Meiningen, um die Aufrührer daraus zu vertreiben, wobei ihm von Coburg aus viel Proviant zugeführt wurde; die Coburgische Ritterschaft aber blieb so lange auf der Veste versammelt, bis der Kurfürst selbst innerhalb ihrer Mauern angekommen war, von wo aus er dem Bischof von Bamberg fünfzig Ritterpferde zu Hilfe sandte. Fünf Jahre später, während des Reichstages zu Augsburg, dem der Kurfürst beiwohnte, mußte auf seine Veranlassung sein großer Freund und Schützling Luther, um der Nähe willen, damit man bei allen etwa vorkommenden Religionssachen desto geschwinder um Rat fragen könne, seinen Aufenthalt auf der Veste Coburg nehmen, wo er stets eifrig zu Gott für die Sache der Evangelischen, die sehr gefährlich stand, betete. Vor Kummer und unaussprechlicher Angst, so erzählt die Chronik, wußte sich dieser vortreffliche, gelehrte, von Gott erwählte Mann nicht zu fassen, und die fürchterliche Vorstellung, daß seine Feinde den Sieg davontragen möchten, quälte ihn auf das Äußerste. Er glaubte wieder einmal satanische Anfechtungen zu haben, und in dem Sausen des Windes auf der hochgelegenen Burg umrauschten ihn die Fittiche der Hölle. In einem Schreiben an Melanchthon von hier aus sagt er: „Ich bin auf einem Schloß, das voll Teufel ist, aber da auch Christus herrschet mitten unter seinen Feinden. Eben an dem Tag, da ich Eure Briefe von Nürnberg bekam, hat der Satan eine Botschaft an mich gehabt. Ich war allein; Vitus und Cyriacus waren nicht bei mir, und fürwahr hat er so weit gewonnen, daß er mich aus der Schlafkammer getrieben und gezwungen hat, unter die Leute zu gehen." Und in einem anderen Brief: „Ich habe einige Tage her mich wohlauf an meinem Haupte befunden, besorge aber, die an das Schloß prallenden Winde seien in meinem Haupte gewesen." Und ein anderesmal: „Diese ganze Zeit über, da ich mich allhier, nehmlich auf der Veste Coburg aufgehalten, habe ich beinah halben Teils in der beschwerlichsten Langweil hinbringen müssen." Man sollte dies letztere dem Reformator kaum glauben, denn trotz der Gemütsunruhe, in der er sich aus erklärlichen Ursachen befand, und einer körperlichen Mißstimmung, die in rheumatischen Übeln ihren Grund gehabt zu haben scheint, vollendete er hier die deutsche Übersetzung der prophetischen Bücher des alten Bundes, namentlich des Jeremias, des Ezechiel und der kleinen Propheten, schrieb eine große Menge von Briefen an seine Freunde und

Feinde, vornehmlich aber an seinen Herrn, den Kurfürsten Johann, und dichtete nebst andern Liedern auch das schöne, unvergängliche: „Ein' feste Burg ist unser Gott." ...

Die sächsischen Fürsten, denen nacheinander die Pflege Coburg zufiel, residierten meistenteils auf der Veste, bis zur Mitte des sechzehnten Jahrhunderts von Herzog Johann Ernst hierin eine Änderung getroffen wurde. Er hatte das Schloß „Ehrenburg" in der Stadt neu aufgeführt und verlegte die Residenz in dasselbe (1547). Unter Herzog Johann Kasimir, dem Sohn des unglücklichen Johann Friedrich von Gotha, der in Folge der Grumbachischen Händel in der Acht starb, war die Veste zehn Jahre lang der Kerker seiner Gemahlin Anna, einer Tochter des Kurfürsten von Sachsen, welche eine wirkliche oder nur geargwöhnte Untreue mit lebenslänglicher schwerer Haft büßen mußte. Sie starb hier im Jahre 1613 nach Erduldung unendlicher Leiden; ihre entseelte Hülle wurde nach Sonnefeld geschafft und in der dortigen Klosterkirche beigesetzt.
Mehrmals im Lauf des dreißigjährigen Krieges traf die Veste Coburg das Schicksal, belagert zu werden. Sie hatte schwedische Besatzung eingenommen und wurde deshalb nebst Stadt und Land von den kaiserlichen Generalen feindlich behandelt, was bei den vielfachen Durchzügen von Truppenabteilungen und ganzen Armeen die größten Drangsale für die Bewohner, wie Brandschatzungen, Plünderungen, Einäscherungen und sonstige

Beschwernisse zur Folge hatte. Die Veste hielt sich indessen wacker und ergab sich sogar unter ihrem schwedischen Kommandanten dem mächtigen Wallenstein nicht, der sie zur Kapitulation auffordern ließ (1632). Ihre kriegerische Bedeutung hörte jedoch mit dem Jahrhundert fast gänzlich auf, und in den darauf folgenden Zeiten erlitt sie keine Anfechtungen mehr. Die hohen, alten, ehrwürdigen Mauern, die burgartigen Tore, Brücken und Bastionen woll-

Schloß Ehrenburg in Coburg um 1830

te die moderne Befestigungskunst nicht mehr als hinreichendes Bollwerk erkennen ...

Es war im vierzehnten Jahrhundert, als Veste, Stadt und Land weit und breit einer Gräfin von Henneberg angehörte, der Witwe des Grafen Heinrich, welche neben den reichen zeitlichen Gütern, womit der Himmel sie gesegnet hatte, auch noch vier schöner Töchter sich erfreute. An diesen vier Töchtern hing ihr Herz, so daß sie sich nicht entschließen konnte, sie von sich zu lassen, so viele Freier um die Hand der vornehmen Erbinnen sich auch einfanden. Früher als es irgendjemand fürchtete, ereilte aber der Tod die edle Witwe und die Schwestern standen nun allein. Da kamen die Freier wieder, und sie vermählten sich. Kunigunde, die älteste, reichte dem Landgrafen von Thüringen ihre Hand und brachte ihm schöne Länder jenseits des Gebirges zu, eine Heirat, die zwei Jahrhunderte später den Kurfürsten Friedrich zu der obenerwähnten Äußerung gegen Meister Lukas Cranach veranlaßte. Die zweite Tochter, Elisabeth, wurde Graf Eberhards zu Württemberg Gemahlin, und mit ihr bekam er Steinach, Sternberg, Königshofen und einen großen Teil des fruchtbaren Grabfeldes mit vielen Dörfern und Schlössern, ja sogar die ansehnliche Stadt Schweinfurt zur Hälfte. Nun kam Anna, die dritte, und auch ihr blieb noch ein reiches Hochzeitsgut. Stadt und Veste Coburg mit ihrem Gebiet, Hildburghausen mit der schönen Heldburg, Kissingen an der hohen Rhön, das weinreiche Königsberg. Schmalkalden, tief im Thüringer Gebirg gelegen, wo sie Schächte und Stollen graben, um kostbare Erze aus dem Schoß der Erde zu ziehen, und außerdem noch viele Ämter und Ortschaften. Nicht so reich war Sophia, die Jüngste, bedacht; ihre Güter sollten im Himmel sein, und nur der Ertrag von einigen Höfen und Dörfern war zu ihrem Unterhalt im nahen Kloster der Zisterzienserinnen, Sonnefeld mit Namen, bestimmt. Sophia war in dem Gedanken aufgezogen, eine Nonne zu werden, sie kannte von Kindheit auf keine andere Bestimmung und beneidete ihrer Schwestern weltliche Herrlichkeit nicht. Zärtlich hing sie an der noch zuletzt übrig Gebliebenen, an Anna, und wollte nicht eher nach Sonnefeld ziehen, als bis auch diese einem Gatten die Hand gereicht haben würde. Es fehlte gewiß nicht an Bewerbern, denen nach einer so übermäßig reichen Braut gelüstete, aber Fräulein Anna war wählerisch und konnte sich zu keinem entschließen. Da brachte eines Tages, wie eben die Schwestern beieinander saßen in ihrem Frauengemach, ein fremder Ritter Kunde und Botschaft von dem Burggrafen zu Nürnberg; es war dessen eigener Sohn, der junge Graf Albrecht von Hohenzollern. Zum ersten Male in ihrem Leben fühlte sich Anna beklommen, als der junge Ritter zu ihr sprach mit einer Stimme, mit Ausdruck und Gebärden, wie sie deren noch nie vor ihm gehört noch gesehen. „Der", sagte sie, nachdem der Jüngling abgetreten war, zu ihrer Schwester, die sie zärtlich umarmte, „der und kein anderer soll mein Gemahl werden." — „Aber du kennst ihn nicht," entgegnete Sophia.

„Ich will ihn kennenlernen," war Annas Bescheid, „und wenn der Adel seiner Seele nur im Entferntesten dem Adel seines Stammes und seines Äußern gleicht, woran ich nicht zweifle, und" — setzte sie stockend hinzu — „wenn sein Herz noch frei ist, so wähle ich ihn und nur ihn vor allen." Sie tat, wie sie gesagt hatte. Vielleicht war es auch nicht ohne Absicht gewesen, daß der alte Burggraf seinen einzigen Sohn, mit einer geringen Botschaft beauftragt, an den Hof der reichen Erbin sandte, mitten in den Haufen der fürstlichen Bewerber hinein, die er alle ausstach. Bald würde ihnen feierlich eröffnet, auf wen Gräfin Anna's Wahl gefallen war. Sie mußten gute Miene machen zum schlimmen Spiel. Viele zogen heim, andere blieben, um die Pracht des Hochzeitsfestes vermehren zu helfen, welches bereits anberaumt war. Da trat eines Tages Fräulein Sophia in der Erbin Gemach, die von Glück und Freude strahlte. „Schwester," sprach sie, „Gott und seine Heiligen mögen Euch segnen. Es war meine Absicht, wie Ihr wißt, in dieser Burg bis nach Euerer Vermählung zu bleiben, doch habe ich meinen Entschluß geändert. Ein Aufenthaltsort lärmender Freude sind diese Hallen und Säle geworden seit Euerer Brautschaft, Turniere und Bankett wechseln miteinander, und die Harfe des Minnesängers läßt ihre goldenen Saiten ertönen, wenn draußen die Trompete verhallt. Ich tadele das nicht, Schwester, denn warum solltet Ihr nicht glücklich sein? Aber der Himmelsbraut ziemt es nicht, bei so weltlichem Treiben zu verweilen und das glänzende Bild des Lebens mitzunehmen in ihre ewige Stille. Darum erlaubt, daß ich in mein Kloster ziehe. Ich

Die Veste Coburg

habe den Nonnen bereits Kunde zukommen lassen, daß sie mich erwarten."

Die Erbin erschrak und hielt inne mit dem Gewebe der prächtigen Feldbinde für den Geliebten, womit sie beschäftigt war. „Wie, meine liebwerteste Schwester," entgegnete sie, „Ihr wollt mich verlassen, nicht länger Zeugin meines unaussprechlichen Glückes sein? O tut nicht also! Belästigt Eueren frommen Sinn das fröhliche Getümmel meines Hofes, so soll es auf der Stelle anders werden. Auch still läßt es sich glücklich sein, meine Schwester. Ihr habt recht. Wozu diese Harfenschläger und Flötenspieler, wozu diese Turniere und Bankette, diese fremden Ritter und Damen? Fort mit ihnen allen! Allein für uns wollen wir die köstliche Zeit leben und tropfenweise ihre Seligkeit trinken. Nur geht noch nicht von mir, meine Schwester." Aber Sophia bestand auf ihrem Entschluß. Da glaubte die Erbin, sie unwissend gekränkt zu haben, nahm ihre beiden Hände und fragte sie, ob dem so sei. „Mein Himmel," sprach sie, ihr lange ins Antlitz schauend, „war ich denn blind, meine Sophia? Ihr seht bleich aus, es spricht ein geheimer Kummer aus Euerem Auge, auch seid Ihr seit längerer Zeit immer so still und ernst. Was fehlt Euch, um aller Heiligen willen? Seid Ihr krank, hat Euch jemand wehegetan? Ich selbst vielleicht — denn ich bin so unüberlegt und rasch — ach, seit Albrechts Hiersein kenne ich mich ja selber nicht mehr. Sprecht, und wenn dem so ist, will ich an Euerem Herzen, zu Eueren Füßen um Vergebung flehen und um Nachsicht für ein liebendes Mägdlein, das eben nur noch Augen hat, für einen — einen Gegenstand allein."

Sie sank auf ihre Knie und umfaßte die schöne, hohe Gestalt Sophia's; diese aber drängte sie sanft von sich und suchte sie mit bleichen, leise bebenden Lippen zu beruhigen, worauf sie sich schnell entfernte. Aber die reiche Erbin und Braut wurde den Tag über nicht ruhig. Immer sah sie die Schwester vor sich stehen mit dem leidenden Antlitz, und immer fühlte sie noch ihre schönen Hände in den ihrigen erkalten und zittern. Da es Abend war und der Mond heraufkam über den Rand des fernen Fichtelgebirges, suchte Fräulein Anna die Schwester in ihrer Kammer, auf den Basteien, im Weingarten, sie war nirgends zu schauen. — Nun liegt weiter abwärts von der Veste, tief im Bausenberg, eine Felsklippe, die Kanzel genannt, von wo der Blick auf Burg und Tal gar anmutig ist. Hier pflegte die künftige Klosterjungfrau oft im Gebet zu verweilen, denn ein Kreuz neigte sich über die Klippe, und es war, als müsse Fräulein Anna sie hier, fern vom Geräusch der Hofburg, im abendlichen Frieden aufsuchen. Sie machte sich daher los von ihren Frauen und wandelte, in Schleier gehüllt, hinaus in den Forst, der Kanzel zu. Da vernahm sie leises Geflüster an der Stelle. Sophia's weißes Gewand schimmerte durch das Gebüsch, und daneben leuchtete es im Mondschein wie Stahlglanz. Mit zurückgehaltenem Atem blieb die Erbin stehen; vor banger Ahnung erstarrte ihr das Herz in der Brust. „So lebt den wohl, so lebt denn ewig wohl!" klagte leise Sophia's Stimme. „Es muß geschieden sein! In das Kloster gehe ich, teurer, ach allzuteurer Jüngling, und nehme dein Bild mit dahin in meinem brechenden Herzen. Wehe, ach wehe mir!"

Da mußte Anna sich an einen Baumstamm lehnen vor Entsetzen, denn Albrechts Stimme wurde laut. „Leb wohl, Sophia," sagte er, „dich allein nur liebe ich, dich allein habe ich vom Anfang an geliebt. Aber deiner Schwester bestimmt mich meines Hauses Wille, ihr eigner, das Verhängnis selbst. Sie ist gut, wie eine Heilige, du aber, Sophia, bist schön wie ein Engel. Ich will sie ehren Zeit meines Lebens, wie eine Heilige und wie meine Gemahlin, aber dich, Sophia, hätte ich gehalten, wie mein geliebtes Weib. Ach, warum bist du für den Schleier bestimmt, die Lebensblühende, Reizende, und nicht sie?"

„Still, mein Freund," unterbrach ihn Sophia, „wecke in meiner Seele nicht den giftigen Wurm des Neides, die Schlange der Mißgunst und der Verzweiflung auf. Noch schlafen sie, aber sie regen sich schon in schaurigen Träumen. Es ist hohe Zeit, daß ich dich, und meiner Väter Schloß und sie, die Glückliche, fliehe, die alles besitzt, was auf Erden Herrliches ist und auch dich! Lebe wohl!" Da rauschte es wie eine Umarmung, und Gräfin Anna wankte hinweg aus der Nähe der Kanzel und auf dem Fußpfad zurück nach dem Schloß. Als sie ihr Gemach erreicht hatte, sank sie ohnmächtig in die Arme einer ihrer Zofen. Über den nächsten Tag sollte der Hochzeitstag sein. Sie rief am folgenden ihre vornehmsten Räte und Diener zusammen und beratschlagte bei verschlossenen Türen mit ihnen. Weder Albrecht noch Sophia noch sonstjemand wurde außerdem zu ihr gelassen. Aber endlich gegen Abend öffneten sich die hohen Türen des Saales, und Gräfin Anna trat daraus hervor im weißen Klostergewand, der einfache Schleier wallte vom Haupt, wo noch gestern eine Schnur von Diamanten im schönen Haare gefunkelt. In der Hand trug sie ein großes Pergament mit der Siegelkapsel, und alle ihre Räte folgten ihr mit nassen Gesichtern. So zog sie nach Sophia's Gemach, die sie mit Erstaunen auf diese Weise ankommen sah. „Schwester," sprach sie, „Gott sei mit Euch. Nicht Ihr sollt in das Kloster gehen, die Lebensblühende, Reizende; mich hat der Himmel dazu bestimmt. Ich scheide von dieser Welt, so ist mein unwandelbarer Entschluß. Empfangt, Schwester, dies Pergament aus meinen Händen; es setzt Euch in alle meine Rechte ein. Ich übergebe Euch alle, alle meine irdischen Güter, die wertlosen wie die höchsten, meine Liebe selber bringe ich Euch dar. Wo ist Albrecht, daß er Euere Hand aus der meinigen empfange?"

Der herbeigeeilte Graf stürzte beschämt zu ihren Füßen, Sophia dazu; sie weigerten sich so vieler Großmut, und niemand konnte sich den Grund dieses Schrittes vonseiten der reichen Erbin und Braut erklären. Sie aber kannte ihn wohl und verharrte bei ihrem Entschluß. Mit Fassung und Würde gab sie ihre letzten Befehle, nahm Abschied von allen, selbst von dem Bräutigam, ohne Groll, und zog noch des nämlichen Abends nach Sonnefeld in das Kloster. Sie hat daselbst, so erzählt die Sage, noch fünfzig Jahre als Nonne gelebt, still, fromm und fern von den Weltfreuden; Sophia ehelichte den Grafen Albrecht von Hohenzollern, aber der Himmel vergönnte ihr kein lange dauerndes Glück, denn sie soll im Kindbett nach der Geburt ihres ersten Sohnes gestorben sein.

Jean Paul
Die Testamentseröffnung

Aus „Flegeljahre"

Solange Haßlau eine Residenz ist, wußte man sich nicht zu erinnern, daß man darin auf etwas mit solcher Neugier gewartet hätte — die Geburt des Erbprinzen ausgenommen — als auf die Eröffnung des Van der Kabelschen Testaments. — Van der Kabel konnte der Haßlauer Krösus — und sein Leben eine Münzbelustigung heißen, oder eine Goldwäsche unter einem goldnen Regen, oder wie sonst der Witz wollte. Sieben noch lebende weitläufige Anverwandte von sieben verstorbenen weitläufigen Anverwandten Kabels machten sich zwar einige Hoffnung auf Plätze im Vermächtnis, weil der Krösus ihnen geschworen, ihrer da zu gedenken; aber die Hoffnungen blieben zu matt, weil man ihm nicht sonderlich trauen wollte, da er nicht nur so mürrisch-sittlich und uneigennützig überall wirtschaftete — in der Sittlichkeit aber waren die sieben Anverwandten noch Anfänger —, sondern auch immer so spöttisch darein griff und mit einem solchen Herzen voll Streiche und Fallstricke, daß sich auf ihn nicht fußen ließ.

Zwischen zwei Schlagflüssen hatt' er sein Testament aufgesetzt und dem Magistrate anvertraut. Noch als er den Depositionsschein den sieben

Präsumtiv-Erben halb sterbend übergab, sagt' er mit altem Tone, er wolle nicht hoffen, daß dieses Zeichen seines Ablebens gesetzte Männer niederschlage, die er sich viel lieber als lachende Erben denke denn als weinende; und nur einer davon, der kalte Ironiker, der Polizei-Inspektor Harprecht, erwiderte dem warmen: ihr sämtlicher Anteil an einem solchen Verluste stehe wohl nicht in ihrer Gewalt.

Endlich erschienen die sieben Erben mit ihrem Depositions-Schein auf dem Rathause, namentlich der Kirchenrat Glanz, der Polizei-Inspektor, der Hofagent Neupeter, der Hoffiskal Knoll, der Buchhändler Paßvogel, der Frühprediger Flachs und Flitte aus dem Elsaß. Sie drangen bei dem Magistrate auf die vom seligen Kabel insinuierte Charte und die Öffnung des Testaments ordentlich und geziemend. Alles Notwendige geschah, und schließlich konnte das Testament — nachdem der Stadtschreiber über alles eine kurze Registratur abgefaßt — in Gottes Namen aufgemacht und vom regierenden Bürgermeister so vorgelesen werden, wie folgt:

„Ich, Van der Kabel, testiere 1791 — den 7. Mai hier in meinem Hause in Haßlau in der Hundsgasse ohne viele Millionen Worte, ob ich gleich ein deutscher Notarius und ein holländischer Dominé gewesen. Doch glaub' ich, werd' ich in der Notariatskunst noch so zu Hause sein, daß ich als ordentlicher Testator und Erblasser auftreten kann.

Testatoren stellen die bewegenden Ursachen ihrer Testamente voran. Diese sind bei mir, wie gewöhnlich, der selige Hintritt und die Verlassenschaft, welche von vielen gewünscht wird. Über Begraben und dergleichen zu reden, ist zu weich und dumm. Das aber, als was ich übrig bleibe, setze die ewige Sonne droben in einen ihrer grünen Frühlinge, in keinen düstern Winter.

Die milden Gestifte, nach denen Notarien zu fragen haben, mach' ich so, daß ich für dreitausend hiesige Stadtarme jeder Stände ebenso viele leichte Gulden aussetze, wofür sie an meinem Todes-Tage im künftigen Jahre auf der Gemeinhut, wenn nicht gerade das Revüe-Lager da steht, ihres aufschlagen und beziehen, das Geld froh verspeisen und dann in die Zelte sich kleiden können. Auch vermach' ich allen Schulmeistern unsres Fürstentums, dem Mann einen Augustd'or, sowie hiesiger Judenschaft meinen Kirchenstand in der Hofkirche. Da ich mein Testament in Klauseln eingeteilt haben will, so ist diese die erste.

Zweite Klausel:
Allgemein wird Ersatzung und Enterbung unter die wesentlichsten Testamtentsstücke gezählt. Demzufolge vermach' ich denn dem Herrn Kirchenrat Glanz, dem Herrn Hoffiskal Knoll, dem Herrn Hofagent Peter Neupeter, dem Herrn Polizei-Inspektor Harprecht, dem Herrn Frühprediger Flachs und dem Herrn Hofbuchhändler Paßvogel und dem Herrn Flitten vor der Hand nichts, weniger weil ihnen als den weitläufigsten Anverwandten keine Trebellianica gebührt, oder weil die meisten selber genug zu vererben haben, als weil ich aus ihrem eigenen Munde weiß, daß sie meine geringe Person lieber haben als mein großes Vermögen, bei welcher ich sie denn lasse, so wenig auch an ihr zu holen ist. — —"

Sieben lange Gesichtslängen fuhren hier wie Siebenschläfer auf. Am meisten fand sich der Kirchenrat, ein noch junger, aber durch gesprochene und gedruckte Kanzelreden in ganz Deutschland berühmter Mann, durch solche Stiche beleidigt — dem Elsässer Flitte entging im Sessionszimmer ein leicht geschnalzter Fluch — Flachsen, dem Frühprediger, wuchs das Kinn zu einem Bart abwärts — mehrere leise Stoß-Nachrufe an den seligen Kabel, mit Namen Schubjack, Narr, Unchrist usw., konnte der Stadtrat hören. Aber der regierende Bürgermeister Kuhnold winkte mit der Hand, der Hoffiskal und der Buchhändler spannten alle Spring- und Schlagfedern an ihren Gesichtern wie an Fallen wieder an, und jener las fort, obwohl mit erzwungenem Ernste:

Dritte Klausel:
Ausgenommen gegenwärtiges Haus in der Hundsgasse, als welches nach dieser meiner dritten Klausel ganz so, wie es steht und geht, demjenigen von meinen sieben genannten Herren Anverwandten anfallen und zugehören soll, welcher in einer halben Stunde (von der Vorlesung der Klausel an gerechnet) früher als die übrigen sechs Nebenbuhler eine oder ein Paar Tränen über mich, seinen dahingegangenen Onkel, vergießen kann vor einem löblichen Magistrate, der es protokolliert. Bleibt aber alles trocken, so muß das Haus gleichfalls dem Universalerben verfallen, den ich sogleich nennen werde. —"

Hier machte der Bürgermeister das Testament zu, merkte an, die Bedingung sei wohl ungewöhnlich, aber doch nicht gesetzwidrig, sondern das Gericht müsse dem ersten, der weine, das Haus zusprechen, legte seine Uhr auf den Sessionstisch, welche auf 11½ Uhr zeigte, und setzte sich ruhig nieder, um als Testaments-Vollstrecker so gut wie das ganze Gericht aufzumerken, wer zuerst die begehrten Tränen über den Testator vergösse.
— Daß es, solange die Erde geht und steht, je auf ihr einen betrübtern und krausern Kongreß gege-

ben als diesen von sieben gleichsam zum Weinen vereinigten trocknen Provinzen, kann wohl ohne Parteilichkeit nicht angenommen werden. Anfangs wurde noch kostbare Minuten hindurch bloß verwirrt gestaunt und gelächelt; der Kongreß sah sich zu plötzlich in jenen Hund umgesetzt, dem mitten im zornigsten Losrennen der Feind zurief: „Wart' auf!" — und der plötzlich auf die Hinterfüße stieg und zähnebleckend aufwartete — vom Verwünschen wurde man zu schnell ins Beweinen emporgerissen.

An reine Rührung konnte — das sah jeder — keiner denken, so im Galopp an Platzregen, an Jagdtaufe der Augen; doch konnte in 26 Minuten etwas geschehen.

Der Kaufmann Neupeter fragte, ob das nicht ein verfluchter Handel und Narrenspossen sei für einen verständigen Mann, und verstand sich zu nichts; doch verspürt' er bei dem Gedanken, daß ihm ein Haus auf einer Zähre in den Beutel schwimmen könnte, sonderbaren Drüsen-Reiz und sah wie eine kranke Lerche aus, die man mit einem eingeölten Stecknadelknopfe — das Haus war der Knopf — klistiert.

Der Hoffiskal Knoll verzog sein Gesicht wie ein armer Handwerksmann, den ein Gesell sonnabendabends bei einem Schusterlicht rasiert und radiert; er war fürchterlich erbost auf den Mißbrauch des Titels von Testamenten und nahe genug an Tränen des Grimms.

Der listige Buchhändler Paßvogel machte sich sogleich still an die Sache selber und durchging flüch-

Jean Paul vor seiner Dichterklause "Rollwenzelei"

tig alles Rührende, was er teils im Verlage hatte, teils in Kommission, und hoffte etwas zu brauen; noch sah er dabei aus wie ein Hund, der das Brechmittel, das ihm der Pariser Hundarzt Hemet auf die Nase gestrichen, langsam ableckt; es war durchaus Zeit erforderlich zum Effekt.

Flitte aus dem Elsaß tanzte geradezu im Sessionszimmer, besah lachend alle Ernste und schwur, er sei nicht der Reichste unter ihnen, aber für ganz Straßburg und Elsaß dazu wär' er nicht imstande, bei einem solchen Spaß zu weinen. —

Zuletzt sah ihn der Polizei-Inspektor Harprecht sehr bedeutend an und versicherte: falls Monsieur etwa hoffe, durch Gelächter aus den sehr bekannten Drüsen und aus den Meibomischen und der Karunkel und andern die begehrten Tropfen zu erpressen und sich diebisch mit diesem Fensterschweiß zu beschlagen, so wolle er ihn erinnern, daß er damit so wenig gewinnen könne, als wenn er die Nase schneuzen und davon profitieren wollte, indem in letztere, wie bekannt, durch den ductus nasalis mehr aus den Augen fließe als in jeden Kirchenstuhl hinein unter einer Leichenpredigt. — Aber der Elsässer versicherte, er lache nur zum Spaß, nicht aus ernstern Absichten.

Der Inspektor seinerseits, bekannt mit seinem dephlegmierten Herzen, suchte dadurch etwas Passendes in die Augen zu treiben, daß er mit ihnen sehr starr und weit offen blickte.

Der Frühprediger Flachs sah aus wie ein reitender Betteljude, mit welchem ein Hengst durchgeht; indes hätt' er mit seinem Herzen, das durch Haus-

und Kirchenjammer schon die besten schwülsten Wolken um sich hatte, leicht wie eine Sonne vor elendem Wetter auf der Stelle das nötigste Wasser aufgezogen, wär' ihm nur nicht das herschiffende Flöß-Haus immer dazwischengekommen als ein gar zu erfreulicher Anblick und Damm.

Der Kirchenrat, der seine Natur kannte aus Neujahrs- und Leichenpredigten, und der gewiß wußte, daß er sich selber zuerst erweiche, sobald er nur an andere Erweichungs-Reden halte, stand auf — da er sich und andere so lang am Trockenseile hängen sah — und sagte mit Würde, jeder, der seine gedruckten Werke gelesen, wisse gewiß, daß er ein Herz im Busen trage, das so heilige Zeichen, wie Tränen sind, eher zurückzudrängen, um keinem Nebenmenschen damit etwas zu entziehen, als mühsam hervorzureizen nötig habe aus Nebenabsichten — „Dies Herz hat sie schon vergossen, aber heimlich, denn Kabel war ja mein Freund", sagt' er und sah umher.

Mit Vergnügen bemerkte er, daß alle noch so trocken dasaßen wie Korkhölzer; besonders jetzt konnten Krokodile, Hirsche, Elefanten, Hexen, Reben leichter weinen als die Erben, von Glanzen so gestört und grimmig gemacht. Bloß Flachsen schlugs heimlich zu; dieser hielt sich Kabels Wohltaten und die schlechten Röcke und grauen Haare seiner Zuhörerinnen des Frühgottesdienstes, den Lazarus mit seinen Hunden und seinen eigenen langen Sarg in der Eile vor, ferner das Köpfen so mancher Menschen, Werthers Leiden, ein kleines Schlachtfeld und sich selber, wie er sich da so erbärmlich um den Testaments-Artikel in seinen jungen Jahren abquäle und abringe — noch drei Stöße hatt' er zu tun mit dem Pumpenstiefel, so hatte er sein Haus.

„O Kabel, mein Kabel", — fuhr Glanz fort, fast vor Freude über nahe Trauertränen weinend — „einst wenn neben deine mit Erde bedeckte Brust voll Liebe auch die meinige zum Vermod" — —

„Ich glaube, meine verehrtesten Herren", sagte Flachs, betrübt aufstehend und überfließend umhersehend „ich weine" — setzte sich darauf nieder und ließ es vergnügter laufen; er war nun auf dem Trocknen; vor den Akzessit-Augen hatt' er Glanzen das Preis-Haus weggefischt, den jetzt seine Anstrengung ungemein verdroß, weil er sich ohne Nutzen den halben Appetit weggesprochen hatte. Die Rührung Flachsens wurde zu Protokoll gebracht und ihm das Haus in der Hundsgasse auf immer zugeschlagen. Der Bürgermeister gönnt' es dem armen Teufel von Herzen; es war das erstemal im Fürstentum Haßlau, daß Schul- und Kirchenlehrers-Tränen sich, nicht wie die der Heliaden in leichten Bernstein, der ein Insekt einschließet, sondern, wie die der Göttin Freia, in Gold verwandelten. Glanz gratulierte Flachsen sehr und machte ihm froh bemerklich, vielleicht hab' er selber ihn rühren helfen. Die übrigen trennten sich durch ihre Scheidung auf dem trockenen Weg von der Flachsischen auf dem nassen sichtbar, blieben aber noch auf das restierende Testament erpicht ...

Friedrich Panzer
Serpentina und Heinrich oder Der Ursprung des Kinderfestes in Dinkelsbühl

Vor mehreren hundert Jahren lebte in dem Städtchen Dinkelsbühl ein reicher Hopfenhändler, der einen sehr tugendhaften und gutgearteten Sohn hatte, der neben seiner schönen Seele auch ein sehr angenehmes Äußeres besaß und deswegen nur der schöne Heinrich von Dinkelsbühl genannt wurde. Zur gleichen Zeit lebte in Dinkelsbühl ein sehr stolzer und hochmütiger Bürgermeister, der auch eine sehr schöne und gutgeartete Tochter hatte, die Serpentina hieß. Diese beiden jungen Leute liebten sich, aber sie hatten keine Hoffnung, daß sie je ihren Zweck erreichen würden, weil der Bürgermeister jeden Freier abwies und ihm keiner vornehm und reich genug war. Daher getraute sich auch der schöne Heinrich nicht, seinen Wunsch laut werden zu lassen; nur seinem Vater, der sein ganzes Vertrauen besaß, entdeckte er sich. Dieser lächelte und sagte: „Lieber Heinrich, wenn du keine andere Sorge hast als diese, von dieser Sorge will ich dich befreien; der Bürgermeister ist weiter nichts als stolz und vornehm und bildet sich wunders viel auf seinen Titel ein. Nun aber weiß ich, daß er unersättlich habsüchtig ist; habe ich keinen vornehmen Ahnen aufzuweisen, so habe ich doch tausend Schock harte Taler, die die Ahnen ersetzen sollen." Gesagt, getan. Der Hopfenhändler warf sich in seinen Feststaat, zog seinen hellblauen Samtrock mit den großen silbernen Knöpfen an, nahm seine silbernen Schnallen und ging mit seinem stark mit Silber beschlagenen spanischen Rohr nach dem Haus des Bürgermeisters und hinterbrachte seinen Antrag. Letzterer, ganz außer sich vor Freude über den gemachten Antrag, willigte sogleich ein, weil er den Hopfenhändler als den reichsten Mann in der ganzen Gegend kannte und der schöne Heinrich ein sehr wohlgearteter Jüngling war; er verlangte, daß die Sache sogleich richtig gemacht werde. Niemand war vergnügter als Heinrich und Serpentina, und schon wurden alle nur möglichen Anstalten zur Hochzeit gemacht, als mit einem Male Heinrichs Vater ganz unvermutet am Schlagfluß starb. Heinrich, der sich bisher gar nicht um das Geschäft des Vaters angenommen hatte, war sehr bestürzt, weil er in seinen Geschäftsbüchern nichts fand als ein Verzeichnis aller seiner ausstehenden Kapitalien und Schulden, aber keine Dokumente. Wie vom Blitz getroffen stand nun der arme Heinrich da, und ein Schuldner nach dem andern kam und machte seine Forderung geltend. Heinrich konnte nicht bezahlen, und bald wurde der verstorbene Hopfenhändler als ein Betrüger ausgeschrien. Dieses konnte nun dem Bürgermeister nicht verborgen bleiben, und er kündigte deshalb dem Heinrich die Heirat auf, und es wurden alle Anstalten getroffen,

Dinkelsbühl: Nördlinger Tor und Stadtmühle

daß das Haus des Hopfenhändlers verkauft und die Schuldner bezahlt würden. Heinrich konnte nun nichts weiter tun, als sein Glück in der weiten Welt zu suchen. Er machte daher auch sogleich Anstalten, seine Abreise aus der Vaterstadt, wo er nur das allgemeine Gespräch des Tages war, zu beschleunigen, und schon am nächsten Sonntag, als die schöne Bürgermeisterstochter in ihrem schön vergitterten Kirchenstuhl saß, hörte sie die Bitte des Predigers von der Kanzel herab, für einen Jüngling, der auf Reisen gehen wolle, zu beten, und ihre Tränen flossen in ihr schneeweißes Sacktuch. Schon am anderen Morgen wanderte der schöne Heinrich unter den Segenswünschen seiner geliebten Serpentina aus Dinkelsbühl und nahm seinen Weg nach dem benachbarten Hesselberg; er beschloß, nach Nürnberg zu reisen. Als er auf dem Hesselberg angekommen war, beschloß er, noch einmal haltzumachen. Mit Wehmut erblickte er noch einmal die Türme seiner Vaterstadt, und noch einmal sagte er seiner heißgeliebten Serpentina ewiges Lebewohl. Er setzte sich auf den Stein eines alten Gemäuers, und nun sah er ein wunderschönes Schlänglein, das über und über himmelblau war, einen goldenen Gürtel um den Leib und eine kleine goldene Krone auf dem Kopf hatte. Da das Schlänglein gar nicht schüchtern war, so fing Heinrich an, es zu streicheln. Nun aber fiel ihm wieder seine geliebte Serpentina ein, und er rief dreimal „Serpentina!" Mit einem Male verschwand die Schlange, und eine sehr schöne, blühende Jungfrau in einem himmelblauen Seidengewand, einen goldenen, mit kostbaren Edelsteinen gezierten Gürtel um den Leib und eine goldene Krone auf dem Haupt stand vor ihm und fragte ihn, was sein Begehren sei. Heinrich erschrak über die Erscheinung nicht wenig und sagte, er habe sie nicht gerufen. Die Jungfrau aber sagte: „Hast du nicht dreimal mich bei meinem Namen Serpentina gerufen?" Und nun setzte sie sich zu ihm auf den Stein und bat ihn, ihr seine Geschichte zu erzählen. Nachdem nun Heinrich seine Abenteuer erzählt hatte, sagte Serpentina: „Gottlob! Wenn es weiter nichts ist, da will ich dir helfen." Sie befahl ihm, ihr zu folgen. Da stieß sie mit dem Fuß an einen großen Stein. Und augenblicklich öffnete sich eine Türe; Heinrich stieg mit der Jungfrau eine lange Treppe hinab, und nachdem sie durch ein finsteres Gewölbe gegangen waren, kamen sie in einen großen Saal. Die Jungfrau berührte einen an einer Marmorsäule hängenden Talisman, und augenblicklich war der Saal von vielen brennenden Wachskerzen erleuchtet. Von da führte ihn die Jungfrau in einen zweiten Saal, der noch köstlicher war; hier standen mehrere große Kisten. Sie öffnete eine derselben, die ganz mit großen Goldstücken gefüllt war, und befahl ihm, sein Felleisen auszuleeren und mit Gold zu füllen, so viel er zu tragen vermag. Dann nahm sie aus einem Kistchen einen von Gold und Edelsteinen gemachten Myrtenkranz und eine lange Schnur der schönsten orientalischen Perlen und sagte: „Nimm diesen Schmuck und gib ihn deiner Braut zum Brautschmuck; er ist der Brautschmuck meiner seligen Mutter; mit dem Gold aber löse dein väterliches Erbe aus." Heinrich dankte der Jungfrau auf das innigste; nun bat er sie noch, ihm doch auch die Geschichte dieses versunkenen Schlosses zu erzählen. Sie begann: „Mein Vater war der weit und breit bekannt gewesene Ritter Arno und hauste auf diesem Schloß. Er war ein ausschweifender Mensch und vergaß sich so weit, daß er mit dem Fürsten der Hölle einen Bund machte, der ihm zwar alle diese Reichtümer zuführte, wofür er ihm aber seine Seele verschrieb. Als dieses meine selige Mutter erfuhr, betete sie unaufhörlich für meinen Vater zu Gott. Um diese Zeit gebar sie mich; da erschien ihr die Mutter unseres Herrn und sagte ihr: ‚Wenn deine Tochter nie der Liebe eines Mannes folgen, sondern ihr Leben Gott und der Kirche weihen wird, so soll dein Gemahl von der Verdammnis befreit sein'. Meine selige Mutter gelobte dieses der Heiligen Jungfrau, aber ich hielt, als ich erwachsen war, nicht Wort, sondern verschenkte mein Herz an den Ritter Benno von Lenkersheim in meinem sechzehnten Jahre, und an dem Tag, als wir uns verlobten, spaltete sich der Berg und verschlang das Schloß mit allem, was es in sich hielt. Mein Vater wurde von höllischen Geistern in die Luft davongeführt, ich aber wurde in eine Schlange verwandelt und dazu verdammt, so lange hier auszuhalten, bis diese Kiste, aus der du das Gold genommen hast, geleert sein wird. Mir aber ist nur vergönnt, alle fünfzig Jahre auf einige Augenblicke menschliche Gestalt anzunehmen und solchen, die ohne ihr Verschulden in Mangel und Not geraten sind, zu helfen. Nun gehe zurück in deine Vaterstadt, morgen wird das Haus deiner Eltern versteigert; nehme von dem Gold, bezahle davon die Gläubiger deines Vaters und nimm Besitz von deinem väterlichen Erbe. Dann gehe in das Geschäftszimmer deines Vaters; dort hängt ein altes Ölgemälde, nimm es weg, und du wirst hinter demselben einen gemauerten Schrank finden, in dem alle in dem Geschäftsbuch deines verstorbenen Vaters eingetragenen Schulddokumente enthalten sind; damit wird auch die Ehre deines Vaters gerettet sein. Für mich hingegen lasse hundert Seelenmessen lesen und bezahle jegliche mit einem Goldstück." Dann führte sie ihn wieder zurück aus der versunkenen Burg, und die Öffnung samt der Jungfrau waren verschwunden. Heinrich wanderte nun getrosten Mutes seiner Vaterstadt zu, nahm sein väterliches Erbe in Besitz, und Serpentina, die schöne Bürgermeisterstochter, wurde bald seine Gattin, und beide führten die glücklichste und zufriedenste Ehe. Als sie starben, stifteten sie ein Waisenhaus für elternlose Kinder und verordneten, daß die Waisenkinder alle Jahre an dem Todestag der Stifter einen frohen Festtag feiern sollten, welches sich bis auf unsere Tage erhalten haben soll und das Kinderfest genannt wird.

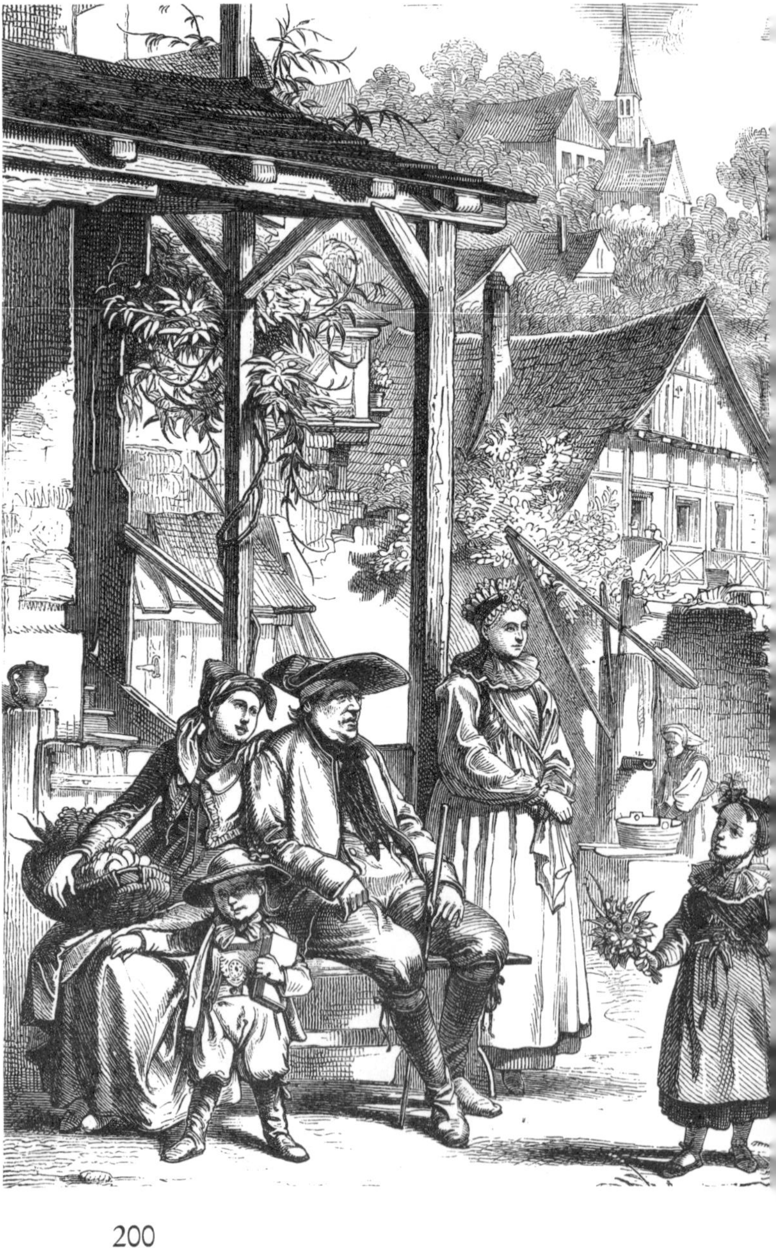

Ernst Penzoldt
Väterliches Bildnis

Mein Vater wurde im Jahre 1849 geboren in Crispendorf (Greiz-Schleiz-Lobenstein) unter der Regierung des Fürsten Heinrich des zweiundsechzigsten von Reuß. Mein Großvater war dort Pastor und Kantor. Er starb früh, und zwar — so diagnostizierte viele Jahre später sein Sohn — an chronischer Bleivergiftung, die damals wissenschaftlich noch kaum bekannt war. Pastor P. war starker Schnupfer und bevorzugte eine Tabaksorte, die in bleihaltige Zinnfolie verpackt war. Das Leiden begann mit unerklärlichen Lähmungs- und Verkrampfungserscheinungen, zuerst an den Fingern, was ihm bald das Orgelspielen unmöglich machte. Ein Professor in Jena, der vielleicht die Krankheit (ohne sie aber dem Patienten zu nennen) erkannt hatte, starb plötzlich, ehe er eine Behandlung eingeleitet und die eigentliche Ursache entdeckt hatte. Ahnungslos weiterschnupfend, führte der Kranke mit jeder Prise seinem Körper neues Gift zu, dem er 1859 erlag.

Mein Vater hatte als Kind aus solcher verhängnisvoller Folie Bleisoldaten gegossen. Seine Jugend verlebte er in Weimar. Die Erwachsenen von damals, und auch seine Mutter, hatten alle Goethe

Gegenüber: Fränkische Beschaulichkeit im 19. Jhdt.

noch mit eigenen Augen gesehen. Und nun verwunderte es mich, daß ich als Kind noch jener Frau Gesicht sah, das seinen Anblick behalten und sich seiner leibhaftig zu erinnern vermochte. Eckermann lebte noch, als mein Vater zur Welt kam, und Tieck, Arndt, Schelling.

Immer wollte ich wissen, wie er als Knabe war: Bilder aus jener Zeit, Zeichnungen und Photographien zeigen ein David-Copperfield-Gesicht mit klugem, erstem Blick und einem sehr schönen Mund. Die Kleidung ist von rührender Bravheit, und ihre Mode unwahrscheinlich lange her. Die kleine Rüböl-Lampe aus Zinn, bei deren kargem Lichte er seine Schularbeiten machte, ist noch vorhanden. Manchmal mußte ihm dazu der Schein aus der offenen Ofentür genügen. Bertuchs Bilderbuch mit seinen sieben Weltwundern der Fingalshöhle und allem Getier der Welt, den Schiffen und Blumen, liebte er besonders, vielleicht auch, weil seine Mutter als junges Mädchen mit dem Illuminieren der Stiche ihr Brot verdient hatte. Auch der Holzbaukasten, mit dem er spielte, ist noch vorhanden. Alle Möbel und Bilder aus seiner edlen und gestrengen Frau Mutter Besitz und auch er behielten etwas von jenem Weimar. Im Alter, besonders ganz zuletzt, waren Stirn und Augen, das weiße Haar, Haltung und Geist Überlieferung von damals.

Seltsam verwandelte sich des Knaben Antlitz, das dem seiner Mutter glich, in das seines Vaters, es lebendig überliefernd. Er wiederum gab davon mir und ich meinem Knaben. Manchmal spüre ich, wie dieses überkommene Angesicht und auch seine

Hände mich regieren, daß ich tun muß, wie ihnen ansteht. Ein paar Jahre trugen wir es gleichzeitig in drei Lebensaltern.

Mein Vater erzählte, daß er schon mit acht Jahren in die Quinta des Herder-Gymnasiums kam. Sein Vater, wegen jenes Leidens frühzeitig pensioniert, hatte ihn zu Hause unterrichtet. Er war es wohl auch, der den Knaben zur Naturbeobachtung anhielt, denn er war nach einer Urkunde Ehrenmitglied der Naturhistorischen Gesellschaft. Mein Vater züchtete und sammelte Schmetterlinge. Sogar mit dem Präparieren und Ausstopfen von Vogelbälgen beschäftigte er sich; und obgleich er zur Konservierung, weil es seine Mutter nicht duldete, kein Arsen verwenden durfte, haben sie sich bis auf den heutigen Tag erhalten: ein grauer und rosa Kakadu, zwei Gimpel und ein Star. Als ich einmal als Kind auf dem Speicher herumstöberte, fand ich mit Grauen eine Schachtel mit Glasaugen verschiedener Größen, die noch aus jener Zeit stammten. Mein Vater durfte auch Hühner halten, wobei er das Futter mit seinem Taschengeld bestreiten mußte. Dafür kaufte ihm aber die Mutter die Eier zum Tagespreis ab.

Er erzählte, er habe mit seinem Vetter Hochdanz und seinem Freunde Hummel (einem Enkel des Komponisten) des öfteren Hahnenkämpfe veranstaltet. Dabei geschah es einmal, daß sein kleiner schneidiger Zwerghahn Freund Hummels riesigen Cochinchina-Gockel in schimpfliche Flucht schlug. Dieser Hummel, obwohl ebenfalls ein eifriger Schmetterlingssammler, soll — dies führte mein

Vater lächelnd an — im Physikum nicht gewußt haben, wieviel Beine die Insekten haben.

Dickens'sche Gestalten scheinen die Verwandten und Bekannten um meines Vaters Jugend gewesen zu sein; die „Berliner Tante", die ein artiges Bild von ihm gezeichnet und viel für sein Studium getan, seine liebe Mutter, die nie nach der Mode ging und „wie ein Strich" in schwarzem Kleide und Witwenhäubchen zwischen den modischen Krinolinen wandelte; der starke Onkel Anton, der im Rausche kurzerhand einen schweren Kleiderschrank mit allem, was darinnen, zur Seite setzte, da er ihm im Wege zu seinem Bette zu stehen schien; und dann die alten Jungfern, die stets Handschuhe anzogen, ehe sie das Kabinettchen aufsuchten. Es ist hübsch für einen kleinen Jungen, einen großherzoglichen Silberdiener (mütterlicherseits) als Großvater zu haben, und es ist verdienstlich vor den Kameraden, einen Onkel an wirklicher Cholera zu verlieren.

Ein frühes Erlebnis — mein Vater war, als es geschah, etwa sechs Jahre alt — konnte ihn noch im Alter ekeln machen. Eine Konditorsfrau, die im selben Haus ihren Laden hatte, hielt ihm einmal ein Stück Kuchen hin, daß er hineinbeiße. Als er es herzhaft tat, streckte sie ihm statt des Kuchens rasch ihren Finger in den Mund, der so ganz abscheulich süß und klebrig schmeckte, daß er es nie mehr vergaß.

Ich staunte oft über meines Vaters Kenntnisse in den alten Sprachen (er hielt die humanistische Erziehung immer für die beste für den künftigen Arzt). Er rühmte besonders seinen Lehrer Otto

Heine, der seine Schüler wirklich zu fesseln wußte, namentlich durch seine Homer-Stunden. Als einmal ein sehr braver, aber ziemlich spießiger Schüler etwas nicht wußte, rief Heine: „Da sitzen Sie immer zu Hause und lesen Romane!" Worauf der Schüler ganz entrüstet erwiderte: „Ich lese nie Romane." Heine hinwiederum: „Das ist es ja eben, Sie sollten gute Romane lesen!" Er meinte auch, es genüge, in der Geschichte von jedem Jahrhundert eine Zahl zu merken. Ganz anders lehrte Professor Zeiß, der einmal bei dem von ihm beliebten Zahlenabhören die klassische Frage stellte: „In welchem Jahre nannte der römische Konsul Cäcilius Metellus die Ehe eine Last?" Fast ebenso gern zitierte mein Vater einen Satz aus einem Schulgeschichtsbuch jener Zeit: „Der Kaiser Heliogabal wälzte sich in viehischen Lüsten, bis man ihn erschlug." Besagter Zeiß soll auch einmal geäußert haben: „Mein Bruder ist Mechaniker, er macht Mikroskope, sie werden gelobt." Dieser Bruder war Karl Zeiß, der Begründer der Weltfirma.

Einen Lehrer erwähnte mein Vater als „besonders liebenswürdige Persönlichkeit", den aber die Schüler trotz seiner Milde oder gerade deshalb quälten und foppten, wo sie nur konnten; ja, sie verachteten ihn fühlbar. Denn er war der Sohn jenes unglücklichen Pfarrers, der die Franzosen vor der Schlacht bei Jena durch das Rauhtal geführt und so wesentlich mit zur Niederlage der Preußen beigetragen hatte. Die Sanftmut jenes Lehrers beweist die Antwort, die er gab, als die Bengels, während es draußen in Strömen goß, als Gebet vorschlugen:

„Herr Gott, gib einen milden Regen!" Er sagte nur: „Oh, das scheint mir ja nun aber eben doch nicht ganz passend zu sein, liebe Schüler."

In den oberen Klassen erhielten die Gymnasiasten Unterricht im Hieb- und Stoßfechten, und zwar vom Hofschauspieler Franke, der noch von Goethes Zeiten her an der Hofbühne wirkte.

Übrigens durfte mein Vater einmal bei einer Schulfeier „zu allgemeiner Ergriffenheit" den ‚Glockengießer zu Breslau' vortragen, ein andermal eine selbstverfaßte Übertragung ins Lateinische von Uhlands ‚Schloß am Meer' in Gegenwart des Großherzogs Carl Alexander.

Es ist eine Liebhaberphotographie aus meines Vaters Studentenzeit vorhanden. Sie zeigt ihn sehr jugendlich und mit in den Nacken fallendem lockigen Haar im Kreise zum Teil bärtiger Kommilitonen in der Jenenser Anatomie. Sie sind mit der Sektion einer Leiche beschäftigt und alle ein wenig unhygienisch im Straßenanzug ohne Präpariermantel. Im Hintergrund steht ein Gipsabguß des Apoll von Belvedere.

Als mein Vater auf die Universität ging, war er sechzehn Jahre alt und zwei Meter groß.

*

Mein Vater war zwei Meter groß, und ich machte mich damit zuweilen vor meinen Spielkameraden ein wenig wichtig. Fern und hoch über mir war sein Gesicht, als ich klein war.

Aus Wolken von Zigarrenrauch bückte er sich

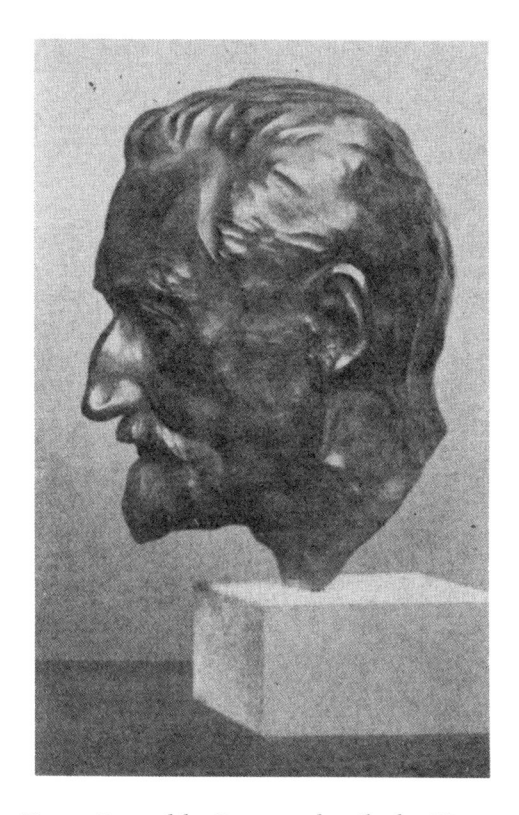

Ernst Penzoldt: Porträtplastik des Vaters

herab zu mir, und seine Wange war bärtig. Er war aber kein ungeschlachter oder lächerlicher Riese, sondern schlank und ebenmäßig gebaut. Gewöhnt, nach unten zu sprechen, und vorsichtig geworden unter zu niedrigen Türen, ging er immer ein wenig vorgeneigten Hauptes. Auch unter freiem Himmel hielt er sich so. Seine Größe gab oft Anlaß zu Scherz und Karikatur, die er sich mit Größe gefallen ließ.

Er hatte schon mehr als die Hälfte seines Lebens

hinter sich, als ich geboren wurde, und ich kannte ihn also nach kindlichem Gefühl nur „schon alt", sozusagen beruflich verkleidet und umgeben von dem ärztlich-aseptischen Geruch, der in mir dunkle und erschreckende Vorstellungen meist chirurgisch-blutiger Natur erweckte. Es dauerte wohl lange, bis sich für das Kind Vater und akademische Person klar schieden, bis seine Gestalt immer vertrauter und deutlicher wurde, ganz nah und groß zuletzt. Aus vieltausendfältigen Begegnungen, aus der Summe der Alltage und des gewohnten Anblicks behielt die Erinnerung ganz wenige Bilder als gesammelte feierliche Symbole.

Es läßt sich ein Gesicht nicht mit Worten beschreiben, daß es dich wirklich ansieht, mit Augen. Auch nicht solche Hände, die denkende Wesen zu sein schienen, besonders wenn sie untersuchten. Sie waren groß und schlank, den Bildern nach schon von Jugend an so, ja auch vielleicht von seinem Ahnen Christian Friedrich P., Lein- und Zeugwebermeister, her, geschickt, zu weben, zu forschen, zu bilden.

Mein Vater war zwei Meter groß, und selbst die, die an solchen Anblick gewöhnt waren, staunten immer wieder, wie dies wunderbare Haupt über die Menge ragte, weithin sichtbar. Oder wenn er etwa im Seebad im Bademantel mit Kapuze am Strand stand gleich einem weißen Mönche.

Als ich das erste Mal vom Felde in Urlaub kam, stand er wartend auf dem Bahnsteig, größer noch in seiner Uniform und, weil es regnete, im grauen Radmantel. Als er mich erkannte, breitete er die Arme aus, kam groß auf mich zu, wie fliegend, erzengelhaft, und schlug mich in seinen Mantel ein.

Es bildeten sich allerlei Legenden um seine Gestalt, etwa, daß er nur eine halbe Lunge habe und sich ausschließlich von Pferdefleisch ernähre; tatsächlich hatte er als junger Professor eine Tuberkulose durchgemacht. Das Pferdefleisch aber, das wir kauften, diente dem Uhu zur Nahrung, den mein Vater zur Aufjagd hielt. Es war ein wundervolles Tier. Wir hatten immer eine kleine Menagerie: Elstern, Krähen, Austernfischer und sogar einmal eine Auerhenne.

Es entstanden Anekdoten wie diese: Mein Vater hatte einen Assistenten, der in possierlichem Gegensatz zu der Größe seines Chefs klein und kugelrund war. Beide hatten echten Humor. Einmal berichtet der Kleine meinem Vater bei der Visite in der Klinik, ein Patient sähe doppelt. Hierauf mein Vater: „Das muß aber unangenehm für Sie sein, Herr Kollege!" Darauf wiederum der andere, lächelnd: „Er sieht übereinander doppelt!"

Bei einem Einbruch, den ein Hamburger schwerer Junge — diese Tatsache schmeichelte uns sehr — bei uns verübte, wobei er sich übrigens zur Beleuchtung für das Aufbrechen der Schubladen eines unserer barocken Kirchenleuchter mit ganz dicker Kerze bediente, spielte meines Vaters abnormes Körpermaß eine vergnügliche Rolle. Der Dieb nämlich hatte, da — wie er später bei der Verhandlung verächtlich und zu unserer Beschämung gestand — bei uns nicht viel zu holen war, unter anderem auch ein Paar Stiefel meines Vaters mitgehen, aber gerne wegen ihres verräterischen Formats irgendwo im Walde stehen lassen. Ein Waldhüter, der sie fand, lieferte sie selbstverständlich ohne weiteres bei uns ab.

Ich weiß nicht, wie es tut, so groß zu sein. Er aber spürte es wohl, wenn er uns zuweilen als: „Ihr da unten" anredete.

Ein Kollege aus der philosophischen Fakultät sprach von den Erlanger Kirchtürmen und ihm als ihresgleichen, und auf unseren Sommerreisen mußten wir immer eine passende Bettstatt mitführen.

Im hohen Alter, als seine Größe, die das natürliche Sinnbild seines Lebens war, ihm verhängnisvoll wurde, wenn ihn plötzlich schwindelte und wir ihn hielten, da spürten wir, wie wir ihm nur an die Schultern reichten und hin und her gerissen wurden von seinem Wanken.

Während er, fast ein Siebziger, im Felde war (als beratender Internist der sechsten Armee), begleitete ich ihn einmal, als er ein Feldlazarett besuchte. Wir fuhren in einem offenen Wagen mit zwei Schimmeln. Ein Dorf aber, das wir passierten, wurde schwer beschossen. Mich packte die kalte Angst und entsetzliche Phantasie um seine Gegenwart in solcher Gefahr.

Einmal, vor drei Jahren, kam ich in sein Studierzimmer, als eben der Haarschneider dagewesen war. Ein Stuhl stand für sich inmitten des Zimmers, das Leinentuch hing über der Lehne, und ringsum auf dem Fußboden lagen kleine bläulichweiße Büschel abgeschnittenen Haares. Dies Haar war dicht und fest, es hatte etwas Unvergängliches.

In den Tagen seines Sterbens ließ er ärztlich alles mit sich geschehen, „wenn nur damit der Wissenschaft gedient sei".

In der letzten Stunde, als er schon lange ohne Bewußtsein schien und schwer atmend, aber regungslos lag, hob er plötzlich langsam die rechte Hand. Es erschreckte uns fast die Bewegung. Und er hob sie wieder bis zum Munde und wir erkannten, daß es Durst bedeute. Wirklich trank er ein weniges, ohne daß seine Augen erwachten, aber er nickte danach leise, aber eindeutig zum Dank. Dies war das freundliche letzte Zeichen einer Beziehung zur irdischen Gegenwart.

*

Meines Vaters Weisheit lebte von der Beobachtung, von dem „mit eigenen Augen sehen", das ihm noch am unbestechlichsten zu sein schien. Er arbeitete nach der Natur, darin dem Hippokrates sehr ähnlich und dem herrlichen Michel de Montaigne. Denn er nahm sich wie jener selbst als ein wahrhaftiges Stück Welt und empfand darum z.B. das Erlebnis von Krankheiten an des Arztes eigenem Leib als besondere Forschergnade, so auch an ihm geschah.

Ich kenne einen durchaus glaubwürdigen Menschen, der von sich sagt, er habe noch nie im Leben Kopfweh gehabt, obgleich er schon fast 50 Jahre alt war. Der Mensch ohne Kopfweh muß ein namenlos glücklicher sein. Mein Vater kannte das Übelwohl. Er litt an Migräne. Er hatte sie überkommen und erbte sie weiter. Er hatte sie schon als Knabe, und sie befiel ihn bis zuletzt, meist im Einklang mit Gewittern oder Föhn, also wenn die Natur anfällig war, als sei ihm beschieden worden, den Wechsel der Gestirne und Gezeiten zu spüren und ihr Wohl und Wehe zu teilen.

Als er Anfang der Vierzig war, machte er eine Lungentuberkulose durch, in deren Behandlung er nachmals Meister wurde. Kurz vor seinem Tode noch bedauerte er, daß in der Medizin die genaue Charakterisierung und sprachlich ganz eindeutige, sozusagen musikalische Unterscheidung der verschiedenen Schmerzempfindungen als Hilfsmittel zur Diagnose leider noch zu wenig ausgebildet sei.

Mein Vater beobachtete immer. Es ist bekannt, daß der Rektor der Universität jeden neuimmatrikulierten Studenten durch Handschlag auf die akademischen Satzungen verpflichtet, und auch mein Vater mußte es tun, als er Magnifizenz war. Nur benutzte er, nie müde zu lernen, und Lästiges ersprießlich zu gestalten, die symbolische Handlung zu einer kleinen Statistik über das Vorkommen trockener und feuchter Hände bei Studierenden. Er hatte einen Zettel neben sich und machte seine Striche.

Zweiundvierzig Jahre lang lebte er in Erlangen, das eine geistvolle Frau (wegen seiner Architektur) das „fränkische Weimar" genannt hat, und es ist von tragischem Humor, daß er das dortige Klima, vor allem die zu weiche Luft, gar nicht vertrug. Aber man wird hornalt dabei, pflegte er zu sagen.

Es will mir scheinen, daß mein Vater die tiefsten Erkenntnisse aus seinem täglichen Umgang mit Kranken und Sterbenden nicht alle verriet, daß er

Einsichten verschwieg, zum Beispiel in das Wesen des Todes, damit er niemanden ohne Not ängstigte oder enttäuschte. Ich habe aber nie recht begriffen, wie mein Vater, dessen Beruf es war, Leben zu erhalten, der alle Natur und Kreatur über die Maßen lieb hatte, in seinen Mußestunden und zur Erholung auf die Jagd gehen mochte, also um Leben zu vernichten, Geschöpfe zu töten, die er nach seinen eigenen Worten schöner empfand als die Menschen: vor allem Rehe.

Das schöne Bildnis Darwins in seinem Studierzimmer war rings umgeben von allerlei Jagdtrophäen, Rehgeweihen vor allem, die mit einem ausgesägten Teil ihrer Hirnschale (darauf mit Tinte Ort und Datum ihres Todes geschrieben stand) an wappenförmigen Eichenbrettchen befestigt waren. Auch besaß er eine lehrreiche Sammlung von etwa 200 selbsterlegten Vögeln, vom wilden Schwan bis zum Zwergstrandläufer. Es ist verwunderlich, daß er diese mit Werg ausgestopften Bälge, diese glasäugigen, auf Draht gezogenen und auf schwarz- oder grüngestrichene viereckige Brettchen gesetzten schrecklich bewegungslosen, teils sitzenden, teils auffliegenden oder scheinbar nahrungssuchenden Vögel, diese ganze unnatürliche Natur so liebte und die Sammlung mit Eifer ergänzte, wo ihn sonst eigentlich nur das klassisch Schöne, die Antike besonders, zu erschüttern vermochte. Dies geschah aber in einem Grade, wie es vielen heute nicht mehr so gelingen mag, etwa vor dem Zeus von Otrikoli. Die Vogelmumien aber standen brüderlich unter den gelehrten Büchern, konservierte Körper bei konserviertem Geist, und Goethes vergilbte Büste (von Rauch) war von zwei Möven flankiert.

Unvergeßlich aber ist gerade dieses Waidmanns Gestalt, wie er, noch als Siebziger, winters mit großen ruhigen Schritten über gefrorene Äcker schritt oder, da ich, ein jagdlicher Pazifist, ihm als Auge diente, mit ihm sommers am Walde saß, auf Rehe wartend, schauend, lauschend, wortlos stundenlang. Man sah und hörte dann mehr als das Getier, die Bäume und den Himmel, und der schreiende Schuß erschreckte mehr als mein Herz nach solcher geistlichen Stille.

Irgendwo wartete die Jagdkutsche für die nächtliche Heimfahrt durch den Wald. Mein Rücken und meine Hände aber vergessen nie diese tote Wärme und Schwere, wenn ich das erlegte Tier im Rucksack zum Wagen trug. Wie ähnlich aber ist doch die Erregung des Jägers der Liebender! Die Mücken saßen oft wie ein Pelz auf dem Jagdrock meines Vaters.

Ein Erlebnis fällt mir oft ein aus den letzten Jahren seines Lebens, ein scheinbar unerfreuliches, ein Augenblick heftigen Zorns. Mein Vater war mit einem seiner ältesten Schüler und Freunde in heftigen Streit geraten. Die Stimmen der beiden Männer der Wissenschaft schrien homerisch durch das Haus. Man denke, es waren Herren von hohem Amt und Würden, Edelleute der Medizin, mein Vater ein Siebziger, weißhaarig, der andere gleichfalls Gelehrter und Arzt, ein feiner kluger Geist. Sie standen einander gegenüber, von einem Tisch geschieden, und zürnten wie Götter! Es war aber schön, daß sie sich durch den Jungen versöhnen ließen.

Wilhelm Pültz
Zwei Geschichten aus dem Steigerwald

Der Meineidbauer

Der Schwanberg, der als letzter der Steigerwaldberge mit jäher steiler Wand in die Ebene fällt, die sich über Rödelsee und Fröhstockheim hinüberzieht bis in den Maingau nach Kitzingen, birgt einen Wald, um den seit altersher die Streitigkeiten nicht ruhten. Genau auf der Gemarkung der beiden Dörfer Iphofen und Castell gelegen, scheint nie eine Kunde sich aus den alten Zeiten herüber erhalten zu haben, der Aufschluß über seine Zugehörigkeit gäbe. Abwechselnd bewirtschafteten ihn die Casteller und Iphofener und zogen ihre Erträgnisse daraus.

Einmal aber brach ein Jahr der Mißernte für die Iphofener heran. Stecknadelgroß nur hingen die goldenen Kugeln an den Stöcken, und die Reblaus war zu Tausenden in die Weinberge gefallen. Mit der Ernte war viel Arbeit, Mut und Geld vernichtet. Und die Iphofener weinten und wehklagten, gingen nach Castell und baten ihre Brüder um Christi Wunden willen zu helfen. Sprachen die Casteller: „Umsonst ist der Tod! Und der kostet das Leben! Wenn ihr uns den Wald für ewige Zeiten abtretet, soll euch geholfen werden!" Die Iphofener, die mit trüben Augen in die Zukunft sahen, mußten endlich in den Holzapfel hineinbeißen. Es wurde ein Papier hergenommen und darauf geschrieben, daß Castell aus dem strittigen Grenzwalde allein für alle Zeiten alle Einnahmen an Geld, Holz und anderen Erträgnissen ziehen dürfe. Dies Papier wurde von den Iphofenern feierlich unterzeichnet, und der Casteller Schultheiß schloß es zuhinterst in seine Lade. Die Iphofener bekamen Geld und Lebensmittel. Neue segensreiche Ernten ließen das dürre Jahr vergessen, so daß sich allgemach die Sache wieder zum Guten wandte.

Jedennoch: Täglich sahen es die Iphofener mit Neid, wenn Casteller Bauern Holz aus dem Walde fuhren und es drunten in den Mainstädten um teures Geld verkauften.

Und bald war der Tag da, an dem sie es bitter bereuten, den Wald fortgegeben zu haben. Da schmiedeten sie harte Ränke und Listen, und in ihren Herzen reifte ein schwarzer Plan. Der Holzerjakob versprach, das Werk zu vollbringen. Nächtens schlich er mit drei Spießgesellen, die Haar und Gesicht bis zur Unkenntlichkeit entstellt hatten, nach Castell und markierte im Hause des Schultheißen einen Einbruch. Der Schultheiß ward mit Stricken gebunden, so daß er sich nicht wehren konnte, und als man ihn am andern Morgen fand, war die Lade erbrochen und des Schultheißen Silbergeld verschwunden. Das Fatalste der Sache aber war, daß die Diebe auch den wichtigen Kaufvertrag hatten mitgehen heißen. Der Schultheiß schrie natürlich Zeter und Mordio; aber alle aufgebotenen Landgendarmen konnten den Dieben nicht auf die Spur

Das Einersheimer Tor in Iphofen

kommen. Drei Tage danach zogen die Iphofener singend und johlend in den Wald und brachen drei der herrlichsten Eichen. Das ward dem Casteller Schultheiß hinterbracht und gab das Signal zu einer allgemeinen Empörung. Der Schultheiß aber, der die Sache durchschaute, fackelte diesmal nicht lange und ließ die Iphofener vor das Kitzinger Gaugericht fordern. Eine Abordnung begab sich mit den strittigen Parteien an Ort und Stelle und dortselbst geschah das Furchtbare. Der Holzerjakob führte die Sache der Iphofener und tat einen feierlichen Ausspruch, daß Iphofen nie das Waldrecht an Castell abgetreten habe. „Habt doch einen Vertrag unterzeichnet!" fuhr der Casteller Schultheiß erregt dazwischen. „Der Mann ist nicht bei Sinnen!" rief der Holzerjakob. „Wo ist denn dieser Vertrag?" Und als der Schultheiß herausrückte, er sei ihm gestohlen worden, da lachten alle Iphofener auf, und selbst die hohen Gerichtsherren konnten sich eines Lächelns nicht erwehren. In diesem Augenblicke barg der Holzerjakob heimlich einen Schöpflöffel in seinem Hut — Iphofener Erde hatte er schon vorher in seine Schuhe getan —, reckte drei Finger gen Himmel und rief: „Ich schwöre bei Gott dem Allmächtigen: So wahr ein Schöpfer über mir ist, so wahr stehe ich auf Iphofener Boden!" Man nahm den Schwur zu Protokoll, und als das hohe Gericht nach drei Wochen den Spruch fällte, fiel der strittige Wald den Iphofenern zu. Die erhoben ein Freudengeheul, eilten ins Wirtshaus und tranken, bis sie allesamt unter dem Tisch lagen.

Sieben Tage darnach war der Holzerjakob mit

anderen Iphofenern beschäftigt, die größte Eiche zu fällen. Und die Eiche stürzte und erschlug den Meineidigen, daß er zerschmettert auf dem Boden liegenblieb und seinen Geist aufgab. Und der Meineidbauer ging um, solang man sich's denken konnte. In dem abgeschorenen Wald schreckt er die nächtlichen Wanderer und führt sie in die Irre. Er kann nicht leben und nicht sterben und muß harren bis zum jüngsten Tag, wo auch ihm der ewige Richter gnädig sein möge.

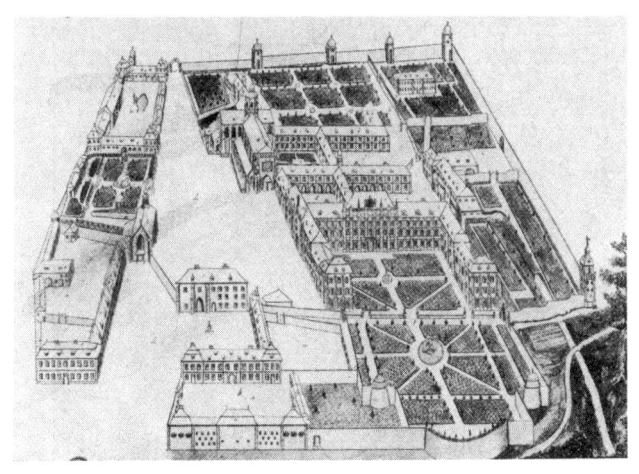

Kloster Ebrach im Jahre 1803

Der geraubte Klosterschatz

Das Kloster Ebrach in den Steigerwaldbergen konnte einst — das mag vor vielen hundert Jahren gewesen sein — an Reichtum der Zehnten, Domänen und Einkünfte mit den reichsten Bistümern der Umgegend, Würzburg und Bamberg, wetteifern.

Glaubhafte Kunde wurde uns hinterbracht, daß einst der Fürstbischof von Würzburg dem Prior von Ebrach gegenüber geäußert hätte, er könne, wenn er wolle, aus seinen Einkünften das Ebracher Kloster samt seinen ausgedehnten Gründen mit Korn zuschütten. Der Prior von Ebrach aber, nicht faul, versicherte dem hohen Amtsbruder freundschaftlichst, indem er ihm auf die Schulter klopfte und seine treuen Fettäuglein glänzten, er mahle das bißchen Korn mit rotem Weine fort.

Wenn nun der peinliche Fall eintrat, daß Kriegswetterwolken über das Frankenländlein stürmten, war es ein selbstverständlich Ding, daß die Mönche von ihren Gütern in sicheren Gewahrsam verbrachten, was vor den beutegierigen Augen des Feindes überhaupt zu retten war.

Also geschah es auch im Dreißigjährigen Kriege, als ein Bauer auf rasendem Wagen die Nachricht ins Kloster brachte, es rücke ein berittenes schwedisches Fähnlein aus dem Talgrunde gegen das Kloster an.

Eilends ließ der Prior reiche Schätze, Kelche, Leuchter, Ringe, dazu die silbernen Figuren der Apostel und Kirchenpatrone von Ebrach, goldenes Edelgerät und eine Menge wertvoller Münzen in Säcke und Fässer verpacken. Dann befahl er den treuesten Knechten, den gesamten Schatz mit den schnellsten Pferden in den Ebracher Hof in Würzburg zu verbringen, wo die Wertsachen vor allen forschenden Blicken des Feindes verborgen seien.

Solches geschah, und wie die Schweden in den Ebracher Klosterhof einritten, fanden sie das Nest von allem Gelde leer. Darob ergrimmten sie aufs höchste, schleppten die großen Weinfässer aus dem Keller und taten sich gütlich, bis ein schwerer Rausch ihre Sinne umnebelte. Weil aber der Abt ihren Plan vereitelt hatte, ließ ihn der schwedische Oberst binden und drohte ihn zu blenden, wenn er den Ort des Schatzes binnen dreier Tage nicht verrate. Dieweilen aber der Abt standhaft blieb und nichts über den Verbleib des Schatzes aussagte, nahm das seltsame Spiel, das jener in Szene gesetzt hatte, seinen Fortgang.

Der Pater Amtmann im Ebracher Hof zu Würzburg hieß einen vertrauten Mönch, der sich als Bettler verkleidete, ein Schreiben an den Ebracher Prior zu verbringen, worin er jenem mitteilte, daß der Schatz im Ebracher Hofe zu Würzburg vergraben und vor allen neugierigen Blicken wohl geborgen sei.

Nun ließ sich der Bote, ein äußerst zuverlässiger Mensch, von den Schweden unterwegs abfangen, bis die Feinde nach einer längeren peinlichen Untersuchung das wichtige Papier zutage gefördert hatten, das der Mönch in das Futter seines Bettlergewandes eingenäht hatte.

Rasch ward der schwedische Oberst, der im Ebracher Kloster lag, verständigt. Der schlug mit der Faust auf den Tisch, hielt frohlockend dem zu Tode erschrockenen gebundenen Prior das verräterische Blatt vor die Augen, und befahl augenblicklich, die Pferde zu satteln.

Wie die Morgenröte des dritten Tages über den Wäldern stand, war der Schatz gehoben. Jählings waren die Schweden in den Ebracher Hof zu Würzburg gebrochen, hatten die nichtsahnenden Wächter niedergemetzelt und die wertvollen Geräte an sich gebracht. Kloster Ebrach sah seinen Kirchenschatz nicht wieder.

Wie dem Prior die Unglücksbotschaft gebracht wurde, schritt der durch den Abzug der Schweden Freigewordene in den Keller, leerte mit den Mönchen auf eine gedeihliche Zukunft ein respektables Fäßlein des Roten und sagte: „Lala — ich bin froh, daß dies so gut abgelaufen ist. Und nun will ich euch auch sagen, wer daran schuld ist, daß die Kirchengeräte in die Hände der Schweden fielen. Ich war's, der den Brief von Würzburg an mich selber schrieb und damit die fortgeführten Schätze der Hand des Feindes überlieferte. Liebe Brüder, das hatten wir fein gemacht. Denn hätte ich dies alles nicht unternommen, so hätte der Schwed' das Kloster durchgestürt und den echten, richtigen, großen Schatz gefunden. Den aber laßt uns jetzt vergraben, daß ihn kein Mensch wieder findet!"

Also geschah es, und die Mönche schwuren einander, nichts von dem Geheimnis verlauten zu lassen. So kam es, daß der Ort, an dem der Schatz vergraben wurde, unbekannt blieb bis auf den heutigen Tag.

Wenn aber ein Siebenmonatskind, das an einem Sonntag zur Welt gekommen ist, in der Sonnenwendnacht, in der der Zauber lebendig wird, Kloster Ebrach durchforscht, dann wird es den ungeheuren Schatz heben, mit dem es sich zehn Schlösser am Meere erstehen kann.

Hans Raithel
Die Baumschule

1.

Als Assessor Guttherr endlich Bezirksamtmann wurde, da hatte er eine unendliche Freude, nicht etwa wegen der Gehaltserhöhung, obwohl er die keineswegs verachtete, sondern weil er nun freie Hand hatte, in einem solchen kleinen Königreich die Fülle des Guten zu wirken, die er sich in zehn Jahren ausgedacht; es lag zwar in einer Gegend, die als etwas rauh verschrien war, aber es sollte die gesegnetsten Main- und Donau- und Inngaue übertreffen, wo die Bezirksamtmänner eben nicht so auf dem Damm waren. Denn die Bauern, wußte er, kannten ja lange nicht alle ihre Hilfsquellen und was aus ihren Gütern zu machen war, geschweige daß sie sich solche Kenntnisse zu Nutze machten, und die anderen Bezirksamtmänner, nun ja, die ließen eben mit der Amtsroutine den Wagen laufen, wie er lief. Wenn er nun auch praktisch wenig von Landwirtschaft verstand, z.B. nicht selber ackern und mähen konnte, so glaubte er doch, der gute Wille tue viel, und er hatte sich aus Büchern hinreichend aufgeklärt, um einen Einblick in alle Tätigkeiten und Verhältnisse zu haben.

Als er daher seine erste Runde durch das Bezirksamt machte, tat er das nicht im Hui zu Wagen, sondern mit vielem Bedacht zu Fuß. Er sah sich jede Gegend aufs genaueste an und überlegte sich, was man da am besten treiben könnte. Sah er einen Bach, so setzte er Forellen drein, sah er einen Weiher, so zog er Karpfen drin; da waren mit ein wenig Kunstdüngung Weiden herauszubringen, für Zuchtvieh, das damals noch zu teuerem Preis ins Ausland ging, und dort war ein Fohlengarten anzulegen; diese Wiese mußte entwässert und jene bewässert werden. Hier auf dieser Bergplatte mußten Bauhölzer, dort unten im Sumpf Korbweiden aufs trefflichste gedeihen. Nicht selten endeckte er Lehm für eine Ziegelbrennerei, oder einen Steinbruch, den man aufgegeben hatte und aus dem man gewiß noch Tausende von Quadern brechen konnte, und so fort. Und das alles notierte er sich in ein Heft und erläuterte es mit ungefähren Plänen der betreffenden Landschaft.

So kam er an ein Dörfchen, das die Ortstafel vor ihm als Hoppelreuth bezeichnete. Eh er den Berg hinunter ins Dorf ging, setzte er sich der Tafel gegenüber auf einen Rain und betrachtete, den Rücken gegen die Höhe gewandt, das weite Tal vor ihm und überlegte sich, was wohl damit anzufangen wäre. Indem sah er, nicht weit von ihm, eine heckenumschlossene Peunt mit Apfelbäumen; in der Hecke war eine Lücke, und so schritt er hinein. Es war im September. Einer dieser Bäume hatte so herrliche rotbackige Früchte, daß er der Früchte halber ganz gut ins Paradies getaugt hätte, nicht freilich wegen seiner Gestalt; die war ganz vernachlässigt, da ein kahler Ast mit ein paar Seitenästchen hinaus und dort einer, und auch wenn keine Steine und keine Prügel dagelegen wären, hätte man's ihm angesehen, daß er, so oft er trug, schwer dafür büßen mußte. Unten lagen zwei Äpfel, und Guttherr, der das Obst sehr liebte, nahm sie sogleich auf und biß in einen hinein und es dünkte ihn, als hätte er nie etwas Köstlicheres gegessen. Und war auch kein Wunder. Der Boden da herum, hatte er gesehen, war Kalkboden, auf dem ja immer die besten Früchte wachsen. Und im Nu hatte er's, was mit dem weiten Hang nach dem Tale zu anzufangen wäre. Im Augenblick hatte er's in ein Paradies verwandelt, und er wunderte sich, daß er nicht gleich darauf verfallen war. Die Lage war wie dazu geschaffen. Der Nordwind ging da über und auch die Niederung, ja die ganze Gegend vom Berg herab bis zu den Hügeln gegenüber konnte ein früchtetragender Garten sein, denn von dem Bächlein weit da unten, das sich zwischen Erlen durch die Au wand und von überall her Nebenbächlein an sich zog, vermeinte er, es möchte ein tüchtiger Helfer zur Bewässerung der Anlage sein und ahnte nicht, daß das ein ganz tückischer Kunde war, der zwar mit seinen kalten Nebeln im Mai die Raupen nicht aufkommen ließ, dafür aber mit gelegentlichem Reif und Eis, die er an die Bäume hing, selbst die Fruchtblüten knickte.

Guttherr wollte gleich ins Dorf, aber sein Herz, das schwoll vor Freude, litt es nicht; zudem waren die Bauern ja nicht beisammen, daß er ihnen einen Vortrag hätte halten können. Er eilte der Stadt zu, um unterwegs den Plan auszuspinnen. Alles andere — Fisch- und Rindviehzucht — lag ihm jetzt nicht mehr so am Herzen wie die Obstbaumzucht in dem Ort. Hier in Hoppelreuth wollte er seine Tätigkeit beginnen und von da von Dorf zu Dorf geh'n mit seinen anderen Evangelien, der Fisch- und Rindviehzucht und so weiter. Er sah im Geist seine Bauern schon so steinreich, daß gegen deren Einkommen sein Gehalt dagegen ganz zusammenschrumpfte.

Doch nein! Ganz leer ging auch er nicht aus, wenn es auch nicht Mammonsgut war, was für ihn abfiel. Er war noch eine Viertelstunde von seiner Hauptstadt, da sah er auf einmal — in seiner Phantasie natürlich, denn kein anderer Boden existierte jetzt für ihn — einen Mann mit Sternen auf der Brust auf sich zukommen: es war der Herr Minister, der ihn mit Glückwünschen und Lobsprüchen überhäufte, auch ein Titel dabei. Dann war der Minister auf einmal verschwunden und an seiner Stelle stand die Majestät oder wenigstens ein Prinz und heftete ihm eigenhändig etwas an, das wie ein Orden mit Brillanten aussah, und mit einem Lächeln so huldvoll — dem Bezirksamtmann begann das Herz wieder zu schwellen, er mußte das Auge schließen vor dem ungewohnten Glanz. Es war aber wirklich nicht Eitelkeit und Eigennutz, weshalb er seinem Bezirksamt all die geplanten Segnungen verschaffen wollte, und er zankte sich plötzlich selber aus, daß er in solcher Unachtsamkeit die Schlange der Eitelkeit in sein Paradies gelassen hatte, und mit einem kräftigen Schlag mit der Hand streckte er das Ungeheuer zu Boden.

Blick auf Bayreuth

Schon nach ein paar Tagen ließ Guttherr den Hoppelreuthern die Nachricht zugehen, er werde in ihrem Wirtshaus einen Vortrag halten. Sie möchten zahlreich erscheinen. Es war damals noch die Zeit, wo die Bauern, in dieser Gegend da oben wenigstens, noch im Kirchenrock im Bezirksamt erschienen, wenn sie da amtlich zu tun hatten; nicht etwa, als ob sie das Bezirksamt besonders geliebt und verehrt hätten, wie der Bezirksamtmann dachte, der aus fortgeschrittenerer Gegend kam; sie hielten nur mehr auf Form als die dortigen Bauern; wie die Alten wenigstens damals noch tausenderlei Aberglauben hatten, und die Geister, von denen das Haus und Wald und Feld noch voll war, mit althergebrachter Förmlichkeit behandelt werden wollten und zornig wurden und dem Frevler allen Schabernack spielten, der diese Formen übersah, so hielten sie es auch mit der Regierung und allem was dazu gehörte. Auch die war etwas Unheimliches und gehörte somit zum Aberglauben; das Unheimliche trat vor das Ordnungstiftende und Segenbringende, was sie sein wollte. Wenn eine Regierung damals den Hoppelreuthern tausend Mark geboten hätte, etwa zur Regulierung des Baches oder zur Drainierung oder dergleichen, sie hätten's nicht dankbar angenommen wie die jetzigen Bauern, sondern ihr erster Gedanke wär gewesen, da steckt eine Heimtückerei oder Teufelei dahinter: vermehrte Steuern, Kommissionen, die in alles gucken, was sie nichts anging, Gendarmen und Kontrollierer, Strafmandate wegen Verfehlungen oder etwas dergleichen oder eine Heimtückerei, an die im Dorf noch kein Mensch dachte. So standen sie also mit der Regierung immer ein wenig auf dem Werda! Aber wenn der Bezirksamtmann anordnete oder einlud, sie möchten um die und die Zeit im Wirtshaus sein, da hätte keiner einen solchen Verstoß gegen die Form gewagt, nicht da zu sein. Guttherr hatte also die Freude, am bestimmten Tage die ganze Wirtsstube voll zu sehen. Die Hörer konnten sich gar nicht alle setzen, bis hinaus auf den Hausplatz, an die Haustür standen sie und horchten dem Bezirksamtmann zu, der ihnen in längerer Rede darlegte, wie man sich in die Zeiten fügen müsse; Obstbau sei gegenwärtig viel vorteilhafter als Feldbau, für sie wenigstens da in Hoppelreuth; sie möchten also zu ersterem übergehen.

Als er geendet, meinte einer der Bauern: „Sie haben sehr schön geredet, Herr Bezirksamtmann; ein Pfarrer hätt's nicht besser machen können." Und alle stimmten bei, daß er ein ganz vorzüglicher Redner sei.

Guttherr, dem bei solchem Lob das Gesicht leuchtete vor Vergnügen — so war er seines Sieges gewiß — nahm einen linierten Bogen aus der Mappe, die vor ihm lag und forderte die Herren auf, mittels eines Bleistifts, den er auf den Tisch legte, ihre Namen auf das Papier zu setzen und beizufügen, wie viel Bäume jeder wünsche. „Nun?" munterte er seinen Nachbar auf, als der zauderte, „warum schreiben Sie nicht?" — „Ja," sagte der, und kraute sich hinterm Ohr. „Ich muß mich halt erst besinnen, wieviel ich brauche." Und alle meinten, es wär gut, wenn man sich das erst überlegte.

„Gut," sagte der Bezirksamtmann ein wenig ärgerlich über dieses Zaudern; „es kommt auf eine Viertelstunde nicht an. So besinnt euch."

Jene, die im Hausplatz und in der Stube nur Stehplätze hatten, machten sich da sachte fort, sich's draußen im Freien zu überlegen, nur die auf den Stühlen und mit Bier vor sich blieben drin. Erst saßen sie fünf Minuten in stummer Überlegung, und die, die eine Pfeife hatten, bliesen mächtige Wolken hinaus. Auf einmal fiel einem Bauern ein, er müsse ein wenig hinausschau'n. Kaum war er hinaus, so hatte ein zweiter das gleiche Bedürfnis, dann ein dritter und ein vierter und so fort und zuletzt saß der Bezirksamtmann allein im Zimmer. Da die Bauern ihre Kappen dagelassen und auch ihr Bier nicht ausgetrunken hatten, hatte der Bezirksamtmann keinen Zweifel, sie würden gleich wieder kommen. Aber eine Viertelstunde verging und eine halbe und keiner kam wieder herein. Ungeduldig schaute er hinaus. Im ganzen Hof war kein Mensch zu seh'n. So ging er wieder hinein.

„Was soll das heißen, daß keiner mehr kommt?" fragte er den Wirt.

„Ich denk' halt," antwortete der, „ich denk' halt, Herr Bezirksamtmann, die brauchen meistens keine Bäume oder wollen sich erst mit der Frau bereden. Sie hätten halt erst sagen sollen, was sie kosten."

„Was werden sie kosten," sagte Guttherr. „Eine Mark das Stück und die Fracht. Machen Sie den guten Anfang," und reichte ihm den Bleistift hin. Der Wirt sah zweifelnd auf den Boden. Wahrscheinlich wäre auch er lieber draußen gewesen. Dann dachte er an den Spielzettel für Tänzchen, der vom Bezirksamtmann abhing, und an den allerhand Schabernak, den ein aufsässiger Bezirksamtmann einem Wirt spielen konnte; so nahm er den Bleistift und schrieb: zwei Bäume. Mehr konnte er halt vorläufig nicht brauchen, worauf ihn Guttherr mit einiger Geringschätzung anblickte, und um weiterer Versuchung ein Ende zu machen, schlich er sich sachte hinaus.

Mittlerweile kam auch ein Bauer wieder; es war einer von der Gemeindeverwaltung, der Bürgermeister selber, dem die anderen zugeredet, solle halt er was bestellen, damit der Bezirksamtmann nicht ganz leer heimgehe. So verlangte er den Bogen. Bereitwilligst legte ihn Guttherr vor. Sein Herz, das schon recht zweifelhaft geworden war betreffs des Erfolges, begann wieder Hoffnung zu fassen, und er betrachtete mit Wohlwollen den Bauern, wie der seine Buchstaben malte. Er hatte zuerst sechs bestellen wollen, aus Anstand, aber als er die zwei vom Wirt sah, ritt ihn der Teufel der Ermutigung oder der Sparsamkeit, auch zwei hinzuschreiben.

Als Guttherr aber den Bogen wieder nahm und las

Adam Schubert zwei Stück

ward ihm vor Zorn flimmerig vor Augen. Er zerriß das Blatt in acht Stücke, zerknüllte sie zu einem Ball und schleuderte ihn dem Bauern vor die Füße.

„Meint Ihr, ich laß mich von euch für'n Narren halten," rief er.

Schubert, der Hügelbauer, stand da wie ein armer Sünder. Der Bezirksamtmann entfernte sich mit einem Blick voll Grimm und Verachtung, befahl draußen seinem Kutscher anzuspannen und fuhr fort, fest entschlossen, die dummen Hoppelreuther von seinen Verbesserungsplänen gänzlich und für immer auszuschließen.

2.

Guttherr schob also fürs erste Hoppelreuth so völlig hinaus, als ob's gar nicht zu seinem Sprengel gehörte. Er versuchte sein Glück in den anderen Dörfern und hielt da Reden über Fisch- und Rindviehzucht und künstliche Düngung und so fort. Aber zu seinem Staunen mußte er die leidige Erfahrung machen, daß ziemlich alle seine Bauern — nur wenige Dörfer ausgenommen, und die waren auch reichlich zäh — vom Schlage der Hoppelreuther waren. Die Langeloher waren so wenig dazu zu bringen, Forellen zu bestellen, wie die Langeruher einen Zuchtstier und die Pelzauer künstlichen Dünger, und so fort durch fünfzig Dörfer. Guttherr wurde bleich vor Gram und Ärger. Er hatte schon vor, die Bauern ihrem Schicksal zu überlassen und seine Pläne gänzlich aufzugeben, aber er konnte die letzteren nicht aus dem Kopfe bringen; sie waren doch an sich gar zu schön und gut. So beschloß er denn nochmals von vorne anzufangen, doch diesmal diplomatischer und erzieherischer vorzugehen, und in diesem Sinn lenkte er seine Gedanken wieder auf seinen ersten Ausgangspunkt, Hoppelreuth zurück. Bauern sind doch auf den Groschen aus. Sie mußten doch dazu zu bringen sein, ihrem offenbaren Nutzen zuzustimmen! Was mochte sie nur geblendet haben, daß sie den nicht sahen. Da fiel ihm ein: der Fehler lag an ihm. Er dachte an den Wirt, der gemeint hatte, er hätte erst sagen sollen, wie viel ein Baum kostet. Er hatte ihnen nur gesagt, daß der Obstbau rentabler sei als der

Feldbau; er mußte ihnen vorrechnen, wie rentabel er sei; die Bauern wollten blanke Zahlen, wenn sie begreifen sollten. Das war's. Da lag der Hund begraben!

Nachdem er sich selbst in einem Handbuch orientiert, wie viel ein Obstbaum, ein rationell behandelter, im Durchschnitt trage und wie viel Geld man daraus erlöse, begann er seine Werbung aufs neue, und mit so vielen Hoffnungen wie das erstemal. Adam Schubert, der Hügelbauer, war der erste, dem er die Angel hinhielt: im Wirtshaus zu Hoppelreuth rechnete er ihm vor, wie er auf seinen dreißig Hektaren dreitausend Bäume pflanzen könne. Den Ertrag eines jeden Baumes nur zu zehn Mark pro Jahr angenommen, mache jährlich — der Bezirksamtmann erstaunte selbst — die Summe wollte gar nicht über seine Lippen — es war auch für ihn selber das erstemal, daß er dreitausend Bäume mit zehn Mark multiplizierte — dreißigtausend Mark. Der Hügelbauer hielt sich an den Stuhl, als er von dreißigtausend hörte, er konnte es kaum erwarten, daß der Bezirksamtmann ging, um seiner Alten die Botschaft zu bringen. Er werde gleich morgen einen Boten senden, Bäume zu bestellen, wenn auch nicht gleich dreitausend, weil dreitausend doch gepflanzt sein wollten, aber doch ein paar hundert.

Der Bezirksamtmann hätte heimwärts Viktoria singen mögen. Da hatte er sie bei der Habgier, seine Bauern. Der Hügelbauer war Bürgermeister von Hoppelreuth und sein Wort, hatte er erfahren, galt was in der ganzen Gegend. Vielleicht, daß nun alle

Bauern Bäume wollten, nicht nur in Hoppelreuth, auch in den anderen Dörfern, und sein ganzer Bezirk ward so zum Paradies. Dabei wollte sich wieder ein bißchen Neid in sein Herz schleichen, daß er den Bauern zu solchem Wohlstand verhalf, während für ihn nichts übrig blieb, als vielleicht hie und da ein Körbchen Obst, wenn er's erlebte. Aber wieder tröstete ihn der Minister, der ihm entgegenkam, und darauf der Prinz, der ihm den Stern anheftete. So mußte er sich wieder ärgern über seine Eitelkeit und das Phantasiegebild aufs neue zu Boden schlagen. Indes, was half's ihm diesmal? Er ging keine zehn Schritte, so war ein neues da: da wo er herkam, hatte man einem Bezirksamtmann ein Denkmal gesetzt wegen seiner Verdienste um den Straßenbau, einen Obelisk mit einem großen Relief, das den Kopf des Bezirksamtmanns darstellte. Und so sah Guttherr plötzlich sein Monument mitten in dem Paradies. Riesig stand er da, der Bezirksamtmann Guttherr, auf mächtigem Postament, und darum eine ungeheure festliche Menge und davor ein Mann in Frack und Zylinder, der eine Rede hielt. Guttherr war's sogar, als hörte er aufs deutlichste, was er alles sage.

Als am anderen Tage Hans, der Gemeindediener, vor ihm erschien, ihm in Gemeindesachen ein eiliges Schreiben zu überbringen, rief ihm der Bezirksamtmann schon von weitem zu: „Nun Hans, wie viel Bäume?", in der Erwartung, er höre jetzt wenigstens einstweilen zweitausend für das ganze Dorf. Er war daher wie vom Donner gerührt, als Hans erwiderte: „Ja so, Herr Bezirksamtmann, das hätt' ich bald vergessen. Der Hügelbauer läßt schön danken. Er kann halt keine brauchen."

Dem Bezirksamtmann stand der Verstand still. Er begriff verschiedenes nicht mehr. Vergebens sann er, als Hans fort war, hin und her, was für Gründe der Bauer haben könne, nicht zu mögen. Er kam überhaupt auf keinen Grund, geschweige auf den rechten, daß der Hügelbauer eine Frau hatte und daß sie wahrscheinlich schuld daran war.

Als der Hügelbauer heimkam, war seine Frau gerade überm Ausrühren, d.h. überm Buttermachen, und schien ihm gleich nicht in der besten Laune.

„Katharina," sagte er, „wenn's nicht so närrisch wär und sich bloß für Buben schickte, könne ich einen Juchzer nach dem andern tun und dich nehmen und einen mit dir tanzen." Und griff, mit den Füßen in Bewegung, an ihre Schulter, als wollte er sie wirklich dazu laden.

Sie aber schlenkerte seinen Arm weg.

„Ich glaub gleich, du hast zu viel im Kopf."

„Wohl hab ich ein wenig zu viel im Kopf," lachte er, „aber nicht wie du denkst, sondern ganz anders," und nachdem er sich erst gesetzt, fing er an, ihr zu erzählen, was ihm der Bezirksamtmann vorgerechnet und daß es, wenn die Sache einschlüge, aus wär mit aller Plagerei und Lumperei und daß sie leben könnten wie die Grafen und außer der Zeit der Obsternte kaum mehr was zu tun brauchten, als das bißchen Viehzucht zu treiben, das er denn doch nicht aufgeben wollte.

Aber der ganze Erfolg, den er damit erzielte, war der, daß sie geringschätzig sagte: „Dein Bezirksamt-

Oberfränkischer Bauer (Hummelgau)

mann versteht vom Obstbau so viel wie eine alte Kuh."

Auch der Hügelbauer war sonst der Regierung nicht sehr gut, aber eine solche Herabsetzung schien ihm doch zu stark.

„Das laß ihn aber nicht hören," sagte er, weil ihm keine andere Antwort einfiel.

„Ist's nicht wahr," rief sie erbittert —

Man muß denken, sie hatte schon dritthalb Stunden gerührt, hatte hundertmal ins Faß gesehen, ob sich's noch nicht tun wollte, war über und über mit Rahm bespritzt und im Begriff, vor Zorn zu wei-

Oberfränkische Bäuerin (Hummelgau)

nen, als der Bauer hereinkam. Nach der Meinung jener Zeit konnte daran, daß sich's nicht tat, nichts weiter schuld sein, als daß die Milch verhext war, und das konnte weiter niemand getan haben als eine gewisse Nachbarin, und da sie niemand gehabt hatte, mit ihm über diese Hexe zu schimpfen, so ergoß sich nun ihr Zorn über das Geweis des Bezirksamtmanns.

„Ist's nicht wahr?" rief sie also erbittert. „Und das Geweis sagst du mir, die aus einer Gegend ist, wo man Erfahrung hat, was Obstbau ist? Wo mein Pat' einen ganzen Garten voll Obstbäume hat, und was sagt er? ‚Wo nur die Alten hingedacht haben, das Zeug zu pflanzen, daß sie die schöne Wiese verderben mußten.' Zehn Mark der Baum? Ja, alle zehn Jahr einmal trägt einer so viel und da nicht, weil, wenn's viel Obst gibt, es nicht anzubringen ist. Wo schafft's denn hin, den Haufen Zeug? Wer tut's runter, daß dir die Brüh nicht mehr kost' wie die Brocken? Und zu der Zeit hast nach Erdäpfeln zu graben und Rüben herauszutun und zu säen und zu dreschen, daß du nicht weißt, worauf du zuerst zulaufen sollst. Alle zehn Jahr einmal hängen sie voll, und die anderen Jahr ruiniert der Frost die Blüh, oder es kommen die Maikäfer oder die Raupen oder der Meltau oder etwas, wo man nicht dahinter kommt, was es ist, oder die Bäume haben überhaupt keine Blüh. Und wenn an den Bäumen nur etwas hängt, was hast zu tun, um's nachts gegen Spitzbuben zu bewachen, das bißchen Obst. Und von der weiten Welt kommt's dann her und will ein bißchen Obst, es wächst ja für alle, sagen sie; keinem Menschen fällt's ein, eine Weizengarbe von dir zu wollen, weil er dir etwas bringt oder tut oder bei dir arbeitet. Aber jeder sieht auf einen Korb voll Obst auf, die Hefenfrau, der Postbot', der Rentamtsbot', der Schuster, der Schneider, die Mütter der Dienstboten, hundert Leut', mit denen du zu tun hast, daß dir zuletzt bei allem Reichtum selber nicht viel bleibt, und dankt dir's keiner, und nimmt's als schuldige Leistung; es ist halt da und wächst für alle.

Und zehn Mark der Baum? Wann denn einmal? In fünfundzwanzig Jahren, wenn wir tot sind. Und was kostet die Anlag'? Alle Jahr nur zweihundert sagst; sind vierhundert Mark das Jahr, und dazu die Leut', die du zum Löchergraben brauchst und die Baumpfähl' und die Drahtgitter, daß sie dir im Winter die Hasen nicht abfressen; rechne nach, so kommt's dich auf tausend Mark, die zweihundert und tausend sind fünftausend Mark, zweihundert schöne Mark Zinsen jährlich. Und was an Bäumen noch die Wühlmäus' ruinieren und was nicht angeht — na komm mir mit Bäumen, dich will ich treiben."

Vor dem Hügelbauern aber wuchsen die Gründe der Bäuerin, die Kosten, die Raupen, die obstwegtragenden Leut', zu einem Stamm von solcher Dicke zusammen, daß der Grund des Bezirksamtmanns dagegen dastand wie ein Sonnenblumenstengel neben einer hundertjährigen Linde. Und so schickte er denn den Hans mit der oben erwähnten Botschaft ins Bezirksamt, und vor den anderen Bauern empfahl er natürlich den Plan mit keinem Wort.

3.

„Ich möcht' nur wissen," sagte ein paar Wochen drauf Guttherr zum Hügelbauern, der in Amtsgeschäften vor ihm erschienen war, „ich möcht' nur wissen, warum in aller Welt Sie so bockbeinig sind und den Haufen Geld nicht mögen."

„Ja, Herr Bezirksamtmann," sagte der Bürgermeister, „das Geld möcht' ich schon, wenn nur die Anlagekosten nicht wären."

„Was mögen die paar Bäume kosten?"
„Ja, halt doch ein paar Mark."
„Wer wird denn mit dem Samen geizen?"
„Und wenn er nur nicht so schrecklich lange brauchte, um aufzugehen, der Same," meinte der Hügelbauer.

Einige Wochen nach diesem Zwiegespräch fiel Guttherr ein Baumschulkatalog in die Hände. Gleich sah er nach dem Preis der Apfelbäumchen, und las: 2 Mark pro Stück, erste Güte freilich, aber andere verlohnte es kaum. Sein Kopf mulitplizierte mechanisch die zwei Mark mit dreitausend Bäumen; er staunte. Nie hatte er geglaubt, daß die Anlage des Hügelbauern so viel kosten könnte. Da brauchte ganz Hoppelreuth allerdings zweimalhunderttausend Mark für Bäume, wenn es nach seinem Wunsch getan hätte. Und sein Bezirksamt — wenn es ein Apfelgarten werden sollte —, gar an die Millionen. Er war entsetzt über die horrible Summe.

Nun war er eigentlich froh, daß die Bauern noch keine Bäume hatten. Ihn selber reute das viele Geld. Der Garten Eden war billiger zu haben, wenn sich die Bauern ihre Bäume selber pelzten. Er mußte dann freilich länger warten auf die Vollendung seines Plans, aber sein Verdienst war umso größer. Der Mann im Frack und Zylinder — nun ja — aber er winkte ihm gleich ab — sein Ehrgeiz sollte nicht ins Spiel kommen, aber er konnte doch nicht hindern, daß er seiner alten Lobrede ein paar Worte hinzufügte, mit welch enormer Billigkeit der Bezirksamtmann Guttherr seinen Bezirk in einen

Obstgarten umzuwandeln verstand, gleichsam durch eine List, mit der er die etwas rückständigen Herzen der Bauern beschlich.

Nachdem er den Plan nach allen Seiten reiflich überlegt, unternahm Guttherr die dritte Rundreise um sein Bezirksamt, um seine Idee nochmals in allen Dörfern, die dazu taugten, klar zu machen. Diesmal aber war er sicher, daß sie folgten. Im Notfall wollte er energisch vorgehen und kein Machtmittel sparen. Das Bezirksamt hatte glücklicherweise so verschiedene Folterwerkzeuge für widerspenstige Gemeinden. Da waren die Gemeindewege, die gewöhnlich, gelind zu sagen, in mangelhaftem Zustand waren; da waren die Düngerstätten, die ihre Jauche über die Gasse fließen ließen, was streng verboten war, da hing oft ein Ziegel am Dach krumm und bedrohte die Leute; da liefen Hunde ohne ihre Medaille umher; da hielten die Hirten, wenn sie auf die Weide trieben, ihr Vieh nicht mitten auf der Landstraße, sondern ließen es neben aufs Bankett laufen; oft waren sie noch nicht eingetrieben, wenn es Sonntags zur Kirche läutete; da war die Polizeistunde; da waren die Spielzettel der Wirte, die versagt werden konnten; da war ein genauerer Einblick in die Einnahmen, der Steuern wegen, kurz hundert Dinge, die den Bauern recht empfindlich waren, wenn man sie dabei anpackte.

Und wirklich sah er sich, was er nicht geglaubt hatte, genötigt, zum Tyrannen zu werden, um die halsstarrigen Bauern zu einem Ja zu bringen. Es war staunenswert, wie sie sich zwicken ließen, bis es ihm endlich gelang, so was wie ein Baumschülchen aus ihnen herauszuquetschen. Und was war's oft für eins, wenn er es bei Licht besah, nicht ein Sechstel so groß, als er's gewünscht. Was er nur mit den Hoppelreuthern für Not und Plage hatte! Die waren allerdings die allereigensinnigsten; sie hatten keinen Platz im Gemeindegut frei, kein Geld, einen zu kaufen; keinen Mann, den Garten zu besorgen; kurz, sie fanden alle möglichen Ausflüchte. Der Bezirksamtmann ordnete aufs strengste an: Die Wege sind bis zu dem und dem aufs trefflichste herzurichten; so und so viele Fuder Steine sind einzubetten und auf den Tag ist's zu besorgen — sonst —. Dann, keine Jauche aus Stall und Dungstätte auf die Gasse fließen lassen. Ein Tropfen, und der Gendarm ist unerbittlich.

Die Hoppelreuther machten schleunigst — wenn auch unter Fluchen — ihre Wege und verbauten ihre Miststätten, pfiffen aber kein Wort wie „Ja" zu einer Baumschule.

Als der Bezirksamtmann sah, daß diese und ähnliche Daumenschrauben gar nichts fruchteten, schritt er zum Gliederdehnen. Sonst konnten die Hoppelreuther auch nach elf Uhr nachts im Wirtshaus sitzen bleiben — keine Polizei hatte sie je gestört — jetzt kamen fleißig die Gendarmen und nagelten jeden fest, der die Polizeistunde übertrat, und unweigerlich gab's für Wirt und jeden Gast einen Taler Strafe. Ferner — früher hatte man ungeniert getanzt, so lang man wollte. Wenn der Spielzettel auch nur bis elf Uhr lautete, man hopfte und walzte lustig, bis der Morgen graute. Jetzt, kaum war's Elf vorbei, waren schon die Wächter des Gesetzes da, sperrten das Wirtshaus hinten und vorn, daß keiner entwischen konnte, und notierten jeden, den sie drinnen fingen, für ein Strafmandat.

Die Hoppelreuther verkniffen sich ingrimmig das viele Trinken und das viele Tanzen, mochten aber noch immer keine Bäumchen; er bot sie umsonst an, auf Staatskosten, nur den Platz sollten sie hergeben und die Arbeit tun — sie blieben trotzdem bockbeinig.

Der Bezirksamtmann fand, daß die Bauern die eigensinnigsten Karnickel der Welt seien, und schreckte vor dem härtesten Zwangsmittel nicht zurück: er untersagte den Hoppelreuthern die Kirchweih. Nicht die Kirchweih an sich, aber das Tanzen und Wirtshausgehen. Die Handhabe dazu bot ihm eine Kirchweihschlägerei, die nach der Meinung der Hoppelreuther nicht einmal von Bedeutung war: einem Knecht wurde ein Stück Nasenbein eingeschlagen, und einem andern ein paar Zähne, und beide hatten sich bald erholt. Niemand nahm den Fall sonderlich schwer, die Blessierten selber nicht; aber des Bezirksamtmanns Entrüstung darob kannte keine Grenzen; er nannte Hoppelreuth eine Mördergrube und schwur, solchen Hottentotten könne man auch nicht ein Tänzchen mehr erlauben. Bald aber gereute ihn doch sein Schwur, und er ließ durchblicken, wenn sie einen Baumschulball halten wollten, z.B. nachdem sie eine Baumschul' angelegt — da würde dem Vergnügen nichts im Wege stehen. Denn der Obstbau besänftigt ja bekanntlich wie Blumenzucht die Sitten.

Zwei Jahre ertrugen die Hoppelreuther die kirchweihlose, die schreckliche Zeit. Endlich aber — erst aber nachdem der Bezirksamtmann in der ganzen Gegend die Quellen der Belustigung ein wenig verstopft hatte — hielten sie's nicht mehr aus — die Jungen wenigstens. Die drückten auf die Eltern und die Eltern auf den Hügelbauer als Bürgermeister, er möge in Dreiteufelsnamen so was wie eine Baumschule zusammenrichten. Er stimmte jetzt gern zu; seine Kinder, die auch gern tanzten, brachten ihn sogar so weit, daß er selber ein Stück Land zur Verfügung stellte, für eine Mark Pacht pro Jahr. „Die Platte ist so nichts weiter wert," tröstete ihn seine Frau, „und das bißchen Erde darauf kannst du ja erst wo anders hinschaffen, wenn sie dich reut."

4.

Seit der Mann im Zylinder wieder ausblieb, hatte Guttherr keine so glückliche Stunde erlebt, wie die war, da er die Hoppelreuther Baumschulballdeputation empfangen konnte. Sie waren also doch zu Kreuz gekrochen, die Sappermenter, und er betrachtete mit halb wohlwollendem, halb sarkastischem Schmunzeln die drei Karnickel, die demütig gesenkten Hauptes vor ihm standen. So hatten sie also doch auf eigene Kosten die Wildlinge gekauft, als daß sie sie sich schenken ließen, die Dickköpfe.

„Zuerst will ich sie aber halt anschau'n, eure Baumschule," sagte er.

„Ach, Herr Bezirksamtmann," erwiderte der Hügelbauer, „wir haben halt schon alles für nächsten Sonntag gerichtet."

"Wir konnten Sie denn so eigenmächtig sein," sagte er erst unwirsch, dann aber erbot er sich wieder freundlich, vor Sonntag noch zu kommen, auf der Stelle sogar, wenn sie's wünschten. Aber die Bauern hatten ihre Einwendung: Sie möchten ihm die Baumschule erst zeigen, wenn die Wildlinge wohlangewurzelt dastünden, was noch vierzehn Tage dauern könne.

Der Bezirksamtmann hatte schon so manches Pröbchen ihres Eigensinns gekostet. Was kam auch heraus, wenn er widersprach? Er konnte sie nur störrisch machen. So gab er den Ball ohne weitere Bedingung frei. Er werde bald zusprechen, schrie er ihnen nach und war ganz glücklich, daß er sie so weit gebracht.

Drei Tage hielten die Hoppelreuther Baumschulfest, obwohl nur ein Tag bewilligt war, nämlich von Samstag acht Uhr abends bis Dienstag vier Uhr morgens. Den Sonntag feierten die Jungen als Ersatz für die Kirchweih, und den Montag sie und die Alten mit als Ersatz für die Nachkirchweih.

Zwölf Tage darauf kam der Bezirksamtmann. Der erste Hoppelreuther, den er traf, war der Gemeindediener. Der stand da vor dem Dorf, als wollte er ihn erwarten. Ein guter Geist im Bezirksamt hatte den Hoppelreuthern den Tag verraten.

„Nun, Hans," sagte der Bezirksamtmann, „es ist mir lieb, daß ich dich gleich treffe. Führ mich einmal gleich zur Baumschul'."

„Wenn der Herr Bezirksamtmann befehlen," erwiderte Hans mit einer Miene, als müßte er ihn zu einer Unglücksstätte geleiten. „Sie ist etwas außerhalb des Dorfes auf dem Berg." Er traute sich gar nicht, die Kappe, die er abgenommen, wieder aufzusetzen — so voll Respekt und Angst war er —, und der Bezirksamtmann merkte, vor Begier, die Baumschule zu sehen, gar nicht, wie die Sonne auf Hansens Glatze niederbrannte, sonst hätte er ihn eingeladen, doch aufzusetzen.

Nach einer Viertelstunde blieb der Bezirksamtmann stehen und sah sich auf dem Berge um. „Aber Hans, ist's denn wirklich wahr, daß ihr eine Baumschule habt?"

„Ja freilich. Der Hügelbauer hat ein ganz großes Stück Feld dazu hergegeben."

„Also doch!"

Sie gingen weiter. Nach einer weiteren Viertelstunde hielt der Bezirksamtmann wieder und sah sich um. „Aber Hans, wenn Ihr sie so weit vom Dorf habt, könnt Ihr ja die Bäumchen gar nicht gießen."

„Doch, Herr Bezirksamtmann. Dazu ist eine Quelle da."

„Eine Quelle! Drum." Der Gedanke gefiel Guttherr; er ging weiter und malte sich die rieselnde Quelle aus. Die Sonne schien so heiß, daß er schwitzte, und nun ein Bergquell. Wie anmutend!

Er wollte eben fragen, ob ein Bassin davor wär, vielleicht drin zu baden, als Hans vor einem Stück Feld stehen blieb, das mit Wildlingen bepflanzt schien. Der Bezirksamtmann legte die Hand ans Auge: „Ist das eure Baumschul'?"

Hans nickte.

„Aber einen Zaun müßt ihr doch rummachen," sagte Guttherr, „wegen der Hasen; die fressen sonst im Winter die Bäumchen ab." Dann sah er sich nach der Quelle um, konnte aber nichts entdecken.

„Und wo rieselt eure Quelle?" fragte er.

Hansen kam beim Worte Rieseln beinahe das Lachen an.

„Ja rieseln tut sie nicht, nur im Frühling, wenn der Schnee aufleint und wenn's viel regnet, läuft sie ein bißchen."

Der Bezirksamtmann sah ihn grimmig an, so daß Hans wieder ganz wehleidig wurde. Dann wandte er sich zur Pflanzung. „Was habt ihr denn da für Boden? Das ist ja die reinste Bergplatte", sagte er und besah die Wildlinge näher. Da wenig Erde da war, hatten sie sie nur seicht pflanzen können, und die Wurzeln standen weit über den Boden heraus. Es waren vielleicht zehn oder zwölf ausgeschlagen, die anderen waren, als der Bezirksamtmann prüfend über sie wegsah, alle dürr. Die Hoppelreuther hatten eben das Pflanzen den jungen Leuten überlassen, und diese hatten sie eben eingepflanzt, und hätten es überdies auch die Alten getan, hätte keiner daran gedacht, daß sie auch eingegossen werden müßten.

Der Bezirksamtmann fand vor Zorn gar keine Worte. Er warf noch einen grimmigen Blick auf den immer datteriger gewordenen Hans und sauste dann hinab ins Dorf, so schnell er konnte.

Die sollten's kriegen!

Aber als er hinabkam, ließ sich kein Mensch blicken. Nur Hunde überall an den Häusern. Die bellten ihn an und schienen noch erboster als er selber.

Endlich traf er eine alte Frau.

„Wo ist der Bürgermeister?" forschte er ungehalten.

„Der ist vor einer Stunde über Land," erhielt er zur Antwort.

„Wohin?"

Sie glaubte in den Wald, nach Streu zu fragen.

„Und der Beisitzer?"

„War auch bei ihm."

Auch nicht einer von der Verwaltung war daheim. Voll Gift und Galle machte er sich auf den Heimweg, und je länger desto ärger wurde sein Grimm. Er kochte ein siedendes Donnerwetter. Hätt' er sie nur gleich damit begießen können. Aber bis er sie haben konnte, vergingen zwei volle Tage oder mehr.

Am Montag darauf sah man aus dem Bezirksamt drei Bauern kommen, den Kopf eingesenkt, und die Rockschöße wie nasse Wäsche schlaff hinunterhängend, kurz gleich begossenen Pudeln. Es waren die Hoppelreuther Gemeindevorstände, die der Bezirksamtmann geladen hatte und denen er's zu wissen getan, was sie für rückständige, beschränkte Gesellen waren. Ohne ein Wort zu reden, gingen sie zur Stadt hinaus. Aber draußen hielt auf einmal der Hügelbauer, der in der Mitte ging, einen Augenblick an, stupfte dann den zur Rechten und nickte dem zur Linken mit pfiffiger Miene zu.

Die hielten gleichfalls, um zu hören, was er wisse.

„Aber gemocht haben wir halt doch nicht," sagte er und lachte triumphierend. Und die zwei schlugen sich aufs Knie und lachten mit, daß sie eigentlich die Sieger waren. Dann schwangen sie lustig, um weiter zu geh'n, die Stöcke in die Luft und hieben die Beine kräftig hinaus. Die Köpfe hielten sie nicht mehr wie vordem gesenkt, sondern kerzengerade, und die Rockschöße flogen wie die Lämmerschwänze.

Guttherr aber hat von dem Tage an das Monument im Paradies und den Mann im Frack davor auch im Traum nicht mehr geseh'n.

Marktbreit: Maintor und Rathausgiebel

Alois Josef Ruckert

Die Schnorrechristina

'n Wabersnik'l sei Fra, die Christina, wua als leini'a Tuch- und ba'wölli'a Schnür-, Fod'n-, englischa Nad'l-, Hak'n und Schlinga-Hannlera vo Dorf zu Dorf hausier'n gäat, it neulist mit ihr'n Annamiala und mit ihra Schwester ihr'n jüngst'n Mädla, 'n Schmiedsheinersvroala, vo Däit'lboch auf Neusi ganga, ihr'n Huckapack mit Zitz, Gedrückt's und Benu'l voulgepframpft.

Sie it a-n-unnersetzta Person gwa in die mittlera Jahr'n, hat odder för a Wei'sbild schier a wengl zoviel Stupf'lfald ins Gsicht ghot, vo dest'rwag'r sie als die Schnorrechristina weit-a-brät bekannt gwa it. Ihr Mon hat gwiß nit zo die Prophet'n ghöart, odder ke Mensch hat instament 'n Strät mit'n ou'gfanga, wenn'r gsogt hat, sei' Alta hätt' die Gscheidi'kät nit mit Löff'l gass'n.

Ihr Hausiergschaftla it deunist nit schlacht ganga, und wenn-sa in a Dorf kumma it, hat-sa „alla Puf" a-n-Äiln Zeug oder Schnür oder a Rölla Fod'n oder „es ower's anner" verkäfft ghot.

Wia-sa son langs'm mit die zwä Kinner 'n Neusemer Berg auferi schnauft, kumt der Pater Aquilin zo-ra, akrot wua der Klosterwag auf der Schosseh stöaßt. Dar hat si' alsamal garn die Gaige'd in schöana Meetol vo die Höa aus ougsahn.

Dar fengt glei 'n Dischkursch mit die Schnorrechristina ou. Ar fröagt-sa, wua-sa undsa har it, wos-sa treibt, wos-sa für Gschaft'n mecht, über ihr'n Via- und Familiastand, und wos mer halt sou auf'n Wag mit'r Leut redt.

Üb'rawäll kumt'r ah auf die zwä Mädli zo räid'n. Und wäl ees just sou groaß gwa it wia's anner', und wäl-sa schier ah-n-awengl an-anner ähnli gsahn höm, za fröagt'r:

„Die beiden Mädchen sind gewiß Zwillinge?" Da antwort die Christina: „Ja freili gwiß, sou it's, Harr Houchwörd'n, 's senn Zwilling — odder 'as ee vo die zwä Zwilling, dees da hest, ghöart meiner Schwester, und 'as anner', dees da gest, ghöart mei'!"

„So, so," hat der Pater gelach'lt und nemmt a Pris, und a Gollicht hat'n gedammert. Na langt'r nei sei Kutt'n, thuat a Zäanerla raus, geit's der Christina und säigt: „Da hat Sie eine Kleinigkeit, kaufe Sie sich auf dem Rückweg beim Buchbinder Bosch für zehn Pfennig Bohnenstangensamen!"

Die Christina war von Harrn Pater seina Leutseli'kät und Aufmerksamkät ganz awack und hat gor nit genungt Aufhäibe's dervon mach könn.

Der Bosch odder hat si'n Bauch ghalt'n vor Laches, wia die Christina abeds Bohnastangasama verlangt hat.

„Tut mir wahrhaftig recht leid," hat'r gsogt: „Bratwörstbenn'l, Dukatastopfzwifeli und Bohnastangasama sind mir für heuer ausganga!"

Dees hat odder die Christina wädli gewormt. „'s Malsjahr", hat-sa in Fortgähn gsogt, „vergass' i's odder nit!"

Friedrich Rückert

Der Besuch in der Stadt

Neulich kam ich auch gefahren
In die Stadt hinein,
Wo ich selbst vor zehen Jahren
Soll geboren sein.

Mag es sein, mir ist's geschwunden,
Wo man mich gebar;
Selbst hab' ich mich hier empfunden
Seit dem sechsten Jahr.

Nicht der Main war mein Vertrauter,
Der so breit dort fließt,
Du, o Leinach, die so lauter
Sich am Dorf ergießt!

Doch nun gleich der Stadt Wahrzeichen
Ging ich zu besehn,
Daß ich draußen meinen Eichen
Könnte Rede stehn.

Sah ich an der Rathauseinfurt
Ausgehau'n in Stein
Das Geschöpf, von dem du, Schweinfurt,
Sollst benamet sein.

Kann man eine Stadt erbauen,
Um den Namen dann
Ihr zu geben, den mit Grauen
Man nur singen kann?

Hättest Mainfurt, hättest Weinfurt,
Weil du führest Wein,
Heißen können, aber Schweinfurt,
Schweinfurt sollt' es sein!

Doch die Schuld nicht des Erbauers
Brachte dir die Schand',
Ach, nur eines Steinbildhauers
Ungeschickte Hand.

Lammfurt wollte man dich taufen,
Friedlich wie das Lamm,
Das sein Hirte führt zu saufen
An des Flusses Damm.

Und der Bildner sollte graben
In den Stein das Lamm,
Um vor Augen stets zu haben
Edel-reinen Stamm.

Lamm ist um ins Tier geschlagen,
Welches wühlt im Schlamm;
Und den Namen mußt du tragen,
Schweinfurt, nicht vom Lamm.

Doch ich ließ die Rathauspfosten,
Und dem Mühltor zu

Das Rathaus in Schweinfurt

Ging ich, wo auf deinem Posten
Bist, o Eule, du.

Von dir, Eul', an deiner Säule,
Ernsten Angesichts,
Die, befragt: „Was magst du Eule?"
Gibt zur Antwort: „Nichts!"

Hat mir viel erzählt die Mutter;
Gott belohne sie!
Frühe gab sie Speis' und Futter
Meiner Phantasie.

In des Torgewölbes Schauer
Wie erwartungsvoll
Trat ich, was mir von der Mauer
Eule sagen soll!

Und ich hab' an diesem Tage
Selber sie befragt,
Und sie hat auf meine Frage
Wirklich nichts gesagt.

Aber vor dem Mühlentore
Sucht' ich Mühlen nun,
Die sich meinem Aug' und Ohre
Kund nicht wollten tun.

Stracks den alten Stadtsoldaten
Hab' ich angerannt:
Wo die Mühlen hingeraten,
Die das Tor benannt?

Doch er sprach: „Am Mühltor Mühlen
Suchet nur ein Tor,
Mühlen stehn auf Holzgestühlen
Dort am Brückentor."

„Ei, so sollt' ihr Mühltor nennen
Jenes, dieses nicht!"
Aber rot in Zorn erbrennen
Sah ich sein Gesicht.

„Das ist keine müß'ge Grille,
Was verordnet hat
Einer freien Reichstadt Wille
Und hochweiser Rat.

Brückentor heißt jen's, und hieß' es
Mühltor noch dabei,
Keinen Namen hätte dieses,
Jenes aber zwei.

Und man beugte solcherweise
Übelständen vor,
Daß hier dieses Mühltor heiße,
Jenes Brückentor."

*Walldürn, der große Wallfahrtsort
des badischen Frankenlandes*

Benno Rüttenauer

Das Schwedenspiel

Unter der Schuljugend von Hinterwinkel gab es eine Klasse von Privilegierten. Es waren die zum Kirchendienst auserlesenen, die Handlanger des Priesters bei seinen sakramentalen Handlungen. Man hieß sie die Ministranten. An ihr Amt waren die wunderbarsten Vorrechte geknüpft.

Mit neidischer Bewunderung sah das Volk der „Kleinen" ihren Ornat, ihre fast priesterliche Gewandung, die roten Röcke mit den blauen Litzen und gelben Fransen, die scharlachfarbene pyramidale Kopfbedeckung mit dem blauen Wollballen auf der Spitze. Und mit andächtigem Grauen schauten sie hin nach den Verrichtungen der Ministranten, dem Tragen der Standarten bei der Prozession, dem Handhaben der Zymbeln beim Hochamt, dem Einschenken des Weines beim Offertorium, dem Küssen des Meßgewandes nach der heiligen Wandlung, dem Schwingen der goldenen Rauchgefäße beim Ecci panis oder beim Tantum ergo. Jeder ordentliche „Kleine" brannte vor Ehrgeiz, diese Geschäfte eines Tages ebenfalls ausführen zu dürfen.

Aber nicht nur die heiligen Handlungen der Ministranten wurden ehrfürchtiglich angestaunt. Ihre Freiheiten und Frechheiten, die sie sich herausnahmen, wurden es fast noch mehr. Eine ganz besondere Verlockung dazu lag im Dienste des „Kohlenschlenkerers". Zu seiner Aufgabe gehörte es, die Räucherkohlen während des Hochamtes glühend zu erhalten. Die Ministranten von Hinterwinkel bewirkten dies nicht mit einem Blasbalg: sie hatten sich hierzu eine eigene Methode erfunden. Der Kohlenwärter häckelte das Kohlenpfännchen des Rauchgefäßes mit seinem Henkel an ein eisernes Stänglein, und schwang es in der Luft hin und her. Wer das fertig brachte, ohne Kohlen zu verschütten, genügte seiner Aufgabe. Die meisten aber gingen darüber hinaus. Sie schwangen die lose befestigte Pfanne in weiten Kreisen über ihrem Kopf, so wuchtig, daß die Kohlen sich zur Flamme entfachten, die im Kampfe mit der hemmenden Luft ein lautes Fauchen hören ließ. Dieses Kunststück ausführen zu können, darauf tat man sich was zugute. Und der Kohlenschlenkerer stellte sich deshalb gerne so unter die Sakristeitüre, daß die „Kleinen" einen halben Blick nach ihm hinwerfen konnten. Die erbebten dann vor bangender Verwunderung. Die Phantasiebegabten glaubten den Cherub zu sehen mit dem flammenden Schwerte vor den Pforten des Paradieses. Von Zeit zu Zeit geschah es aber, daß dem Flammenschleuderer die Pfanne sich ausräckelte und in den Chor hinausfuhr, die Kohlen nach allen Richtungen auseinanderspritzend; dann bekam der Cherub Prügel.

Bei schönem Wetter hielt sich der Kohlenmann nicht in der Sakristei auf; er betrieb dann sein Geschäft auf dem Kirchhof, zu welchem eine Tür direkt hinausführte. Während die anderen, Sträflingen gleich, auf ihren Holzklötzen knien mußten, durfte sich der Feuerwerker im Grünen umhertreiben, in voller Freiheit.

In der Pflaumenzeit war das besonders schön, denn längs der Kirchhofmauer standen die Pflaumenbäume des Schulmeisters. Auch die noch harten Früchte waren dem Kohlenschlenkerer willkommen; er briet sie an seinen Kohlen.

In jeder Jahreszeit boten die Kohlen eine andere Annehmlichkeit. Im Spätherbst, wenn das Nußlaub von den Bäumen fiel und man die Nußblätter zu Zigarren drehte, konnte der Kohlenschlenkerer sie an seiner Pfanne dörren und anzünden. Wenn das widerspenstige Kraut auch hundertmal ausging, die Kohlen standen immer zur Verfügung. Im Winter hatte das Kohlenbecken gar sein Angenehmes, da konnte man die blaugefrorenen Finger darüber halten und wärmen. Und eines konnte man das ganze Jahr, nämlich die Schlenkerstange rot glühen und damit in Tische, Schränke und Vertäfelungen der Sakristei für ewige Zeiten seinen Namen einbrennen.

Was ein Fürstenhof für die Höflinge, das bedeutete die Kirche und der sie umgebende Kirchhof für die Ministranten. Sie durften sich hier frei tummeln, sie allein. Mit Höflingseifersucht hielten sie alles fern, besonders alle Geringeren oder Kleineren.

Nicht einmal mehr den Toten gehörte der Kirchhof. Ihnen hatte die neue Zeit ihre Ruhestätte draußen, mitten im Ackerfeld angewiesen. Die Grabhügel um die Kirche waren eingesunken, die Kreuze vermodert und in alle Winde verweht; nur ein haushohes steinernes Kruzifix, uralt aus gotischen Zeiten stammend, stand einsam und erhaben mitten auf dem grünen Plan. Der ganze Kirchhof gehörte den Ministranten. Über den Toten der vergangenen Jahrhunderte wuchs Gras, auf dem Gras tummelten sich die Ministranten. Die unter dem Rasen verhielten sich mäuschenstill, die darüber gebärdeten sich umso lärmiger. Die wildesten Spiele spielten sie auf dem Kirchhofe, erlaubte und unerlaubte.

Das aufregendste von allen war das Schwedenspiel. Es gab nämlich in dem Kirchhof auch ein Schwedenloch, und in dem Loch gab es Schwedenschädel. Sehr logisch waren die Benennungen nicht, aber sie waren historisch. Das Schwedenloch war eine schmale Öffnung in der dicken Giebelmauer der Sakristei und führte in einen finstern Raum, wo man über gebleichte Schädel und Beinknochen stolperte. Auf den mürben Rebspalieren des Schulmeisters konnte man zu der Öffnung hinaufklettern, aber nur ganz waghalsigen Kletterern gelang das schwere Stück.

Nach einer lebendig erhaltenen Überlieferung soll sich im Dreißigjährigen Kriege der Pfarrer mit den Seinen in diesen Schlupfwinkel geflüchtet haben, der damals noch üppiger als heute von Reben verdeckt war. Dennoch haben die Schweden das Versteck aufgespürt, sie haben die weiblichen Angehörigen des Pfarrers zu Tode gekitzelt, dem Pfarrer den Leib aufgeschlitzt und den alten Mann, seinen Vater, haben sie an die Dachsparren genagelt. Daher hieß das Loch Schwedenloch und die Schädel, seltsamerweise, Schwedenschädel. Und im Zusammenhang damit stand das Schwedenspiel der Ministranten.

Seine Zeit war der Advent, die vier letzten Wochen vor Weihnachten und der Wintersonnenwende, die Tage, in denen es nie Tag wird. Und so ist es am Morgen, bei der Messe, noch stockfinstere Nacht. Dennoch geht zu dieser Zeit alles in die Messe, jeden Tag, denn es ist eine heilige Zeit, und täglich nach dem heiligen Opfer erhebt der Priester seine Hände zum Himmel und fleht: „Rorate, coeli, justum", Tauet, Himmel, den Gerechten.

Da es finster ist, zündete sich jeder Kirchenbesucher ein eigenes Licht an. Ein Licht anzuzünden in der Kirche ist zugleich eine symbolische Handlung der Andacht. Kein weibliches Wesen kommt darum in die Kirche ohne einen Wachsstock, diese dünnen und unendlich langen Kerzen, die kunstreich gewunden und verschlungen und mit Gold und schönen Farben geziert sind. Die Wachsstöcke der reichen Bäuerinnen wiegen viele Pfund, die der armen Leute sind geringer. Bei ihnen muß die Muttergottes Nachsicht haben. Denn ihr zu Ehren vor allem werden die Lichter gebrannt. An sie denkt auch der Priester, wenn er betet: „pluvant nubes eum", Wolken regnet ihn herab. Doch manche Frauen denken an andere Heilige, an den heiligen Antonius von Padua, um etwas Verlorenes wiederzufinden, an den heiligen Florian, daß er Haus und Hof vor Feuer beschütze, an den heiligen Wendelin, daß er das Vieh bewahre vor Krankheiten und bösen Seuchen. Und dabei ist kein Unrecht, denn alle sind ja Heilige Gottes.

Für ein Kinderauge ist das sehr schön, eine Kirche mit vielen Hunderten von flimmernden Lichtlein, das gibt ihm eine Vorahnung des Weihnachtsbaumes. Und viel Wachs tropft beim Brennen zu Boden. Und beim Aufwickeln der wächsernen Windungen in der kalten Kirchenluft springen ganze Stücke vom Wachsstock ab. Diese Abfälle gehören den Ministranten. Sie sammeln sie ein; unmittelbar nach der Messe machen sie sich daran. Die Lichter sind ausgelöscht; die Kirche ist wieder nächtlich dunkel. Wie eine Schar großer Ratten huscht es da durch das Kirchengestühl und raschelt und kratzt und scharrt, wie in hungriger Hast; denn die „Wachsschaber" müssen sich beeilen, um rechtzeitig in die Schule zu kommen. Von dem erbeuteten Wachs verfertigen sie sich selber kleine Kerzen. Sie werden zu Lichterziehern, alle ohne Ausnahme. In jedem Haus, an jedem Ofen sitzt einer und schmilzt und formt. Und was er um den Docht zusammenklebt, das wälzt er mit der Handfläche auf Tisch oder Bank und gibt ihm Festigkeit und Glätte. Die also gewonnenen Kerzen finden ihre großartigste Verwendung im Schwedenspiel.

In den Abendstunden, wenn es bereits Nacht ist, wird das gefährliche Spiel heimlich eingeleitet. Der schönste Schnee ist gefallen, die Gelegenheit günstig, man trifft alle Verabredungen. Die Ministranten sind wie verwandelt. Gleich Verschworenen stecken sie die Köpfe zusammen. Niemand scheint etwas zu merken. Nur die weibliche Schulhälfte steckt auch die Köpfe zusammen, aber mit erschrockenen Gesichtern. Doch die Mädchen müssen sich vor den Buben fürchten, sie schweigen. Sie schweigen schon aus bloßer Neugierde.

Dann ist die Stunde gekommen. Auf dem Kirchhof wird es lebendig. Die Ministranten bis auf den letzten Mann sind versammelt. Bei großer Schweigsamkeit beginnt ein reges, geschäftiges Treiben. Schnee rollen sie auf und machen Schneemänner, ein halbes Dutzend an der Zahl, schön im Kreise herum, doch alle ohne Köpfe.

Indessen wächst die Aufregung, die Ministranten scharen sich unter dem Schwedenloch zusammen. Sie scheinen zu zögern. Sie schauen sich ängstlich um. Einige machen Gebärden, als ob sie die übrigen warnten. Da hat sich einer entschlossen. Er hängt sich einen Sack auf den Rücken, und, von den andern unterstützt, beginnt er an den Spalieren hinaufzusteigen. Im Schwedenloch verschwindet er. Ein dumpfes Gepolter dringt eine Zeit lang aus der finsteren Höhle.

Dann erscheint der Eindringling wieder in der Öffnung. Sein Sack ist nicht mehr leer. Behutsam steigt er nieder. Und mit enthusiastischen Lobsprüchen und rückhaltloser Bewunderung wird er von den Kameraden empfangen. Alles vollzieht sich in gedämpftem Flüstern. Dann nimmt sich jeder seinen Anteil aus dem Sack — einen Schädel. Jedem Schneemann wird ein Totenkopf auf den Hals gesetzt. Ihre Kerzlein haben die Ministranten schon über dem Hals auf einem Stück Holz befestigt, sie brauchen sie jetzt nur anzuzünden.

Und wie erschrocken vor ihrem eigenen Werk weichen sie zurück. Es graut ihnen vor den grinsenden Phantomen mit den feurig glotzenden Augen, und je weiter sie sich entfernen, desto grausiger ist der Anblick. Aber sie haben es so gewollt. Ihr selbst bereitetes Entsetzen ist ihnen ein großer Genuß. Auch wissen sie, daß vorn an der Kirchenstaffel eine Anzahl Mädchen mit noch tieferem Grauen dem gespenstischen Spiel heimlich zuschauen ...

Ein allgemeines Schneeballenwerfen nach den weißen Männern mit den feurigen Augenhöhlen beschließt das Schauerstück.

Doch manchmal kommt der Schulmeister dazu oder gar der Herr Pfarrer, und gibt, als ein richtiger deus ex machina, dem Spiel eine neue unerwartete Wendung.

Friedrich Schnack
Eine Heimkehr
(Aus „Sebastian im Wald")

Es war an einem Vormittag im März. Sebastian Ungemach, den ausgebleichten Reisesack über die Schulter geworfen, einen schwarzen, verkratzten Reisekoffer in der linken, einen verhüllten Vogelbauer in der rechten Hand, den breikrempigen dunkeln Hut fest in die Stirn gedrückt, sprang vom Trittbrett des soeben angekommenen Zuges und ging, ohne Eile und Unruhe, durch das kleine Bahnhofsgebäude. Leute und Kinder standen gaffend da und musterten ihn, wie jeden Reisenden, mit schwerfälliger Neugierde. Er blickte die Leutegasse flüchtig und gutmütig-verächtlich an und drängte sich, mit seinem Gepäck ein unvorsichtiges fremdes Knie anstoßend, hinaus auf die Straße.

Er war ein hübscher junger Mann von mittlerer Größe, kräftig und flink. Sein fränkisches Rundgesicht war scharf gebräunt, was in der bleichen Vorfrühlingszeit der Landgesichter recht auffiel. Noch dunkler waren seine Hände. Sein grauer Anzug trug die Spuren der langen Eisenbahnfahrt und der noch längeren, nun zurückgelegten Seereise: er war abgeschabt, zerknittert und ein wenig von Schiffsteer beschmutzt.

Schubkarren und Wagen rollten an ihm vorüber.

Vor der Bahnhofswirtschaft standen Holzfuhrwerke, und die derben Fuhrleute lehnten an den glänzigen Leibern ihrer Pferde. Sie hatten die Hände in den Taschen, die Pfeifen zwischen den Zähnen, und ließen die Angekommenen vorbeihasten. Verwundert betrachteten sie Sebastian, der in einer fremden Sprache auf seinen Vogelkäfig beruhigend einredete, denn Joko, der brasilianische Papagei, der die große Reise gut überstanden hatte, war plötzlich unruhig geworden. Er begann zu toben und plärrte einigemal hintereinander schnell: „Good morning Sir"; wahrscheinlich erschallte heut zum erstenmal auf dieser staubigen Straße ein fremdländischer Gruß.

Sebastian beeilte sich und gewann einen Seitenweg, der um den Ort herumführte. Der Weg lief zwischen Zäunen an einem schmalen Wasserfaden entlang. Ja, da stand ja noch die alte, klägliche Turnhalle, in der er als unglücklicher Lateinschüler geturnt und die Beine im Staub der Gerberlohe geschleudert hatte. Der Turnlehrer war längst hinüber. Bei einer Riesenwelle hatte ihn der Herzschlag geworfen.

Gras wuchs an der Schwelle, von zahllosen Knabenschuhen ausgetreten. Altes Laub lag in einem Winkel. Dünn und langweilig ragten die nackten Bäume im Hof. Die Gärten, die sich anschlossen, waren leer. Es war noch früh im Jahr. Doch schien die Sonne, und die Erde duftete herb verstohlen. Niemand begegnete ihm. Soeben schlug es elf mit blechernen Glockenschlägen.

Der Läuseturm tauchte auf, an seinem Sockel

klebte das Armenhaus, ein Stück Stadtmauer aus der Schwedenzeit stand noch, verwittert und schief, heuchlerisch gelehnt ans Armenhaus, das sich unter der Last der steinernen Geschichte krümmte.

Wie immer war der Kindleinsbrunnen, aus dem das klare Wasser in kräftigem Strahl floß, von lachenden Weibern umlagert; sie klapperten mit ihren Eimern und ließen die Zeit verrinnen.

Das glitzernde Wasser hatte er aus hohler Hand geschlürft, wenn er nach heißem Herumstreunen mit seinen Spielgefährten aus den Äckern und Weinbergen kam.

Aber wie hatte sich das Bild der Heimat gewandelt! Er trug in seinem Gedächtnis eine schimmernde Erinnerung, in bläulichem Morgenlicht strahlend, eingefaßt vom Grün der Bäume, die von allen Landstraßen her gegen die Stadt aufmarschierten. Zwischen den Häusern flirrte zärtliche Luft, der Flußgeruch der Saale wehte hinein. Traubenstöcke, festlich und reich, rankten sich an den Hauswänden empor bis an die Dachtraufe. Doch nüchtern und ärmlich lagen jetzt Ort und Straße vor ihm. Ein paar Hühner hackten im Staub. Einen Augenblick durchspukte ihn das kalte Gefühl: was will ich denn hier? Hier ist doch nichts zu holen. Die Stadt hat einen komischen Namen, der auf allen Bewohnern lasten muß: Hammelburg. Ich bin in Hammelburg an der Saale, Regierungsbezirk Unterfranken. Kaum war ich in Brasilien, mitten in der großen Welt.

Eine blaue, sausende Wasserbahn spannte sich

vor seinem inneren Gesicht von Kontinent zu Kontinent.

Du liebes, wildes Meer, sann er im Vorwärtsstreben, auf dir fuhr ich mit Wogen und Winden, beim Gelächter der Möwen und der Matrosen, mit Fischen und Sternenhimmeln. Jetzt bin ich hier. Was wissen die von Möwengelächter!

In Hammelburg. In Hammelburg ...

Er schwenkte in Zweifelluft den Käfig, und Joko schimpfte. Der Vogel stieß einen scharfen Pfiff aus wie ein Schiffsmaat beim Ankerlichten, und schlug mit den Flügeln aufgeregt gegen die Stäbe seines Bauers.

Schon gut! Schon gut, Joko! besänftigte Sebastian. Wir sind nun einmal hier, wir sind in meiner Geburtsstadt. Grund genug, unzufrieden zu sein. Aber warten wir ab, was Mutter sagt, wenn ihr Sohn durch die Tür stelzt. Die fränkischen Giebeldächer reckten sich hinter kahlen Zwetschgen- und Nußbäumen. Auf den Dächern säulte dünner Mittagsrauch. Sebastian schlenderte an den schiefen Zäunen vorbei. Brennesselwälder wucherten hier in den Sommern, wilder Hopfen und Pfennigkraut. Er erkannte wieder den Zimmermannsplatz, wo es nach frischen Harzspänen roch. Ein pfeifender Zimmergeselle kantete mit dem Flachbeil einen Balken. Sebastian lächelte. Er dachte an gefällte Urwaldbäume, deren Holz steinhart war. Man schlug mit der Axt gegen die Riesen und glaubte, die Fäuste müßten einem wegprellen. Zum Teufel! Es tat ihm gut, kräftig auszuspucken und rascher dahinzustreben. Brasilien war kein Kinderspiel.

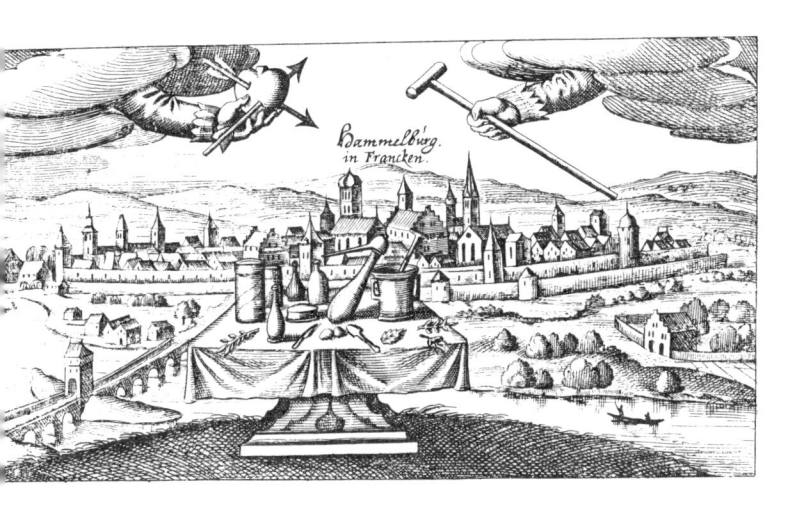

*Darstellung Hammelburgs in einer alten
Beschreibung des Fränkischen Kreises*

Der Vogel gackelte. Er verübte ein indianisches Gelächter. Die Straße war menschenleer.

Was wird nun Mutter sagen? Ach die gute, alte Frau! Auch schon in die Siebzig. Wird sie zu essen haben? Hungrig bin ich wie ein Gummipicker. Die Därme kleben mir schon zusammen. Schnell, Frau Ungemach, ein paar Eier aus dem Hühnerstall in die Pfanne! Speck dazu oder fränkischen Bauernschinken. Die Heimat hat auch ihre Reize. Brot mit Butter, fingerdick. Ein Kalb wird nicht geschlachtet. Erstens hat sie keines, zweitens kommt kein verlorener Sohn nach Hause Sebastian war guter Stimmung, er freute sich auf seine Mutter. Er bekam ein ausgelassenes Seemannslied zwischen die Lippen, besann sich aber eines Besseren und pfiff leise vor sich hin.

Seine Freude war nicht unbegründet. Seit zehn Jahren hatten Mutter und Sohn sich nicht mehr gesehn. Mit sechzehn Jahren war er über die See gegangen, in das gleißende Wunderland Amerika. In Brasilien hatte er sich herumgebalgt. So gut gelaunt wie heute war er damals nicht gewesen. Die Härte und Strenge des Vaters hatten die Scheidestunde, weiß Gott, nicht freundlicher gemacht. Der Vater ruhte da hinten, im flachen braunen Feld, im Friedhof. Heute schien die Märzensonne auf sein Grab. Mit den Toten sei man ausgesöhnt. Sie geben einem immer recht. Von dorther, winkte er in Gedanken, kommt keine Widerrede, kein Hieb ins Kreuz. Nun, unter uns: ich war ja auch ein Tunichtgut, ein Strick.

Der Vorfrühlingswind wehte aus der Richtung des Friedhofs und umtanzte mit kaltem Hauch den heimkehrenden Sebastian.

Siehst du, flüsterte er seinem Vogel zu, er schickt mir den Wind vom Friedhof. Er weiß schon, der Alte, daß ich da bin. Er hat noch die scharfen Ohren. Der Tote hört meinen Schritt, und die lebende Mutter hat keine Ahnung. Die Frau hat keine Ahnung. Hoffentlich erschrickt sie nicht, hol mich der Kuckuck!

Mittlerweile war er in die Nähe des Häuschens gekommen. Die Mutter wohnte am Rand der Stadt, im Vorland an der Stadtmauer. Ihre Nachbarschaft waren Kartoffeläcker und Getreidefelder, die im Sommer grün und golden an den Zaun brandeten. Es war ein winziges Häuschen, das sich schlicht zusammenduckte. Aus den Spargroschen des Vaters erbaut. Der braune Türrahmen schnitt unter der schwärzlichen Dachlinie ab. Auf dem flachen Ziegeldach hockte ein herausgeschobenes Mansardenfenster.

Sebastian verlangsamte seine Schritte, als wirkte der Bannkreis des Hauses auf ihn ein. Scharf äugte er hin: da oben werde ich also schlafen. Bei schönem Wetter hänge ich Joko zum Fenster hinaus.

Unten, rechts von der Haustür, glänzten zwei schmale Fenster. Rotbraune Blumentöpfe standen auf den Fensterbrettern. Die Bank war noch da. Im Gärtchen lagen die kleinen Beete in Ordnung. Die Zwetschgenbäume hatten noch keine Lust auszuschlagen. Das Gebüsch ließ sich Zeit. Die Rosenstöcke — er zählte sie: eins, zwei, drei, vier — waren schon säuberlich aufgebunden. Richtig: der Lebensbaum. Donnerwetter, wie hoch er schon war!

Lächerlich, wie die Zeit vergeht. Zehn Jahre wie ein Nichts. Inzwischen war man in Amerika gewesen . . .

Er klinkte das Gartentürchen auf, trat mit leichten und scheuen Diebesschritten in den Garten. Das Blut schoß ihm in die Schläfe. Er bekam Herzklopfen. Spähte nach der Tür. Gleich wird der Kopf der alten Mutter erscheinen. Der Garten begann ringsum sanft zu schwanken. Auf und ab. Sebastian empfand sich in einem wogenden Traumbild stehn. Verflucht!

Da tat er einen schnellen Schritt auf die Haustür zu, faßte den Drücker, um leise zu öffnen: ach, die Tür war verschlossen, die Mutter war nicht daheim.

Ungeheuere Enttäuschung erfaßte ihn. Unmutig warf er den Reisesack ab, stellte Koffer und Käfig zu Boden und ließ sich auf die sonnenbeglänzte warme Schwelle fallen.

Den Rücken gegen die Tür seines Vaterhauses gekehrt, saß er da, stumm, ernst, tief verhorcht in das schlichte und süße Geheimnis des verschlossenen Hauses, und wartete geduldig auf die Heimkehr seiner Mutter.

*

Er hockte auf der Schwelle, betrachtete in müder Erinnerungsfreude den kleinen Garten, dann ließ er den Kopf sinken. Die Mittagstille lastete dämmernd auf den Feldern. Sebastian schloß die Augen, auf einmal war er eingeschlafen. Er hörte nicht seinen Vogel, der die Sonnenwärme spürte, an die Stäbe stoßen. Seine Hände lagen auf seinen Schenkeln, das Kinn neigte sich gegen die Brust, der Hut glitt ihm in die Stirn.

Er hörte nicht, daß sich das Gartentürchen öffnete und seine alte, leicht gebückte Mutter, die Deichsel eines kleinen Handwagens führend, in das Gärtchen trat. Sie richtete sich auf und blieb beim Anblick des fremden, schlafenden Mannes überrascht stehn. Unschlüssig sah sie bald auf ihre Last, einen grauen Sack, der prall gefüllt war und doch nicht schwer zu wiegen schien, denn der kleine Wagen gehorchte mühelos einem schwachen Ruck ihres Armes, bald blickte sie auf den merkwürdigen Besucher, der einem Hausierer mit Sack und Pack ähnelte. Aber beherzt zog sie ihr kleines Gefährt herein, schloß hinter sich das Türchen und trat näher.

Mit strengem Gesicht musterte sie den Schlafenden und seine Habe. Doch der Papagei, der das Geräusch der Räder und ihrer Schritte vernommen hatte, schrie gell auf spanisch:,,Olá hombre!"

Betroffen wich die alte Frau einen Schritt zurück, Ahnung durchzuckte sie, jäh bückte sie sich, sah dem Schläfer forschend ins Gesicht. Die Entdeckung, die sie machte, ließ sie erzittern, sie mußte sich einen Augenblick an der Türklinke festhalten.

Tränen schossen ihr in die Augen, machtlos stand sie da mit wankenden Knien und flüsterte: „Bastian ... Bastian! Oh mein lieber Bub! Mein Sohn Bastian..." Sie getraute sich nicht, eine Bewegung zu machen. Die Hände ihres Sohnes waren braun, verbrannt von Wind und Sonne fremder Länder. Er war breit und stark, der Vorstellung, die sie sich die Jahre her von ihm gemacht hatte, entwachsen. Sie empfand eine grenzenlose Scheu, ihn zu berühren, zu wecken. Ihr welkes Antlitz verklärte ein verschämtes Mutterlächeln, in das ihre Tränen hineinkollerten.

Der Vogel schimpfte und wetterte. Da gab sich Frau Ungemach einen Stoß, sie löste sich vom Türpfosten, zog behutsam ihren kleinen Wagen über den Gartenweg und brachte ihn hinters Haus, wo die Holzlege war.

Immerfort schrie der Vogel. Sie näherte sich zaghaft wieder dem Schlafenden und zupfte ihn am Ärmel. Sebastian erwachte, blinzelte und schüttelte unwillig-benommen den Kopf. Er machte große, verlegene Augen, sprang auf, wollte seiner Mutter in die Arme stürzen, zögerte, ließ die halberhobenen Arme sinken und sagte: „Mutter, ich mußte einmal herüber. Grüß Gott, Mutter! Wir haben uns lange nicht gesehn. Wie gehts? Nun bin ich da. Ich hab meine Sachen mit." Und er deutete mit fast entschuldigender Gebärde auf sein Reisegepäck.

Frau Ungemach war so gerührt, daß sie kein Wort herausbrachte. Die Tränen rollten schneller über ihre Wangen, sie reichte ihrem Sohn die knochige, abgearbeitete Hand, die von verhaltener Zärtlichkeit bebte; er spürte ihren Arm erzittern.

Scheu und linkisch stand er vor der Mutter. Er konnte die milde und heiße Rührung nicht länger ertragen, hastig ließ er die mütterliche Hand los und griff nach seinen Sachen. Die Mutter langte eifrig nach seinem Koffer, er erwischte Reisesack und Vogelkäfig, erklärte beiläufig, dies sei Joko, sein Papagei, und drückte sich ins Haus.

Gerade hier, an dieser Stelle, hatte ihn einmal sein Vater durchgeprügelt; lebhaft mußte er daran denken, zugleich ernüchtert. Er warf den Sack auf die untere Stufe der schmalen Holzstiege, die steil nach oben in die Mansardenkammer führte, und zog die Hülle vom Käfig. Joko schrie und trompetete, blechern und abscheulich, er war ausgelassen vor Freude: endlich war die verwünschte Decke weg. Sebastian zeigte den Vogel seiner Mutter.

„Ein brasilianischer Papagei. Am liebsten frißt er Sonnenblumenkerne, Nüsse... Joko! Joko! Alter Strauchdieb!" lockte er. Der grasgrüne Vogel gurr-

*Burg Rieneck
über Friedrich Schnacks Geburtsort*

te und hämmerte mit kräftigem Hakenschnabel auf die Drahtstäbe. Sie bewunderte den schönen Vogel, dachte aber sogleich ans Essen und rannte in die kleine Küche.

Sebastian stellte den Käfig auf den Küchenstuhl

und schnupperte umher. Die alte Kindheitsluft des Hauses atmete er wieder. Es war der Geruch von Landbrot, saurer Milch und Most vom Keller. Aber die Stuben dünkten ihn kleiner, als er sie wähnte, sie schienen sich mit den Jahren verengt zu haben. Nichts weiter hatte sich verändert. Der Eisenofen, in dem an Wintertagen die Buchenscheite krachten, das mürrische Kanapee, das dunkle Blumenbild darüber, die Kommode mit den Messingschließen, die Großvätertruhe — alles war unversehrt.

Er lächelte nachdenklich und zugleich beglückt. Die Riesenwälder wischte er aus dem Gedächtnis, mit kaum je gefühlter Inbrunst gab er sich dem Zauber der mütterlichen Dinge hin. Mitten in der Stube blieb er stehn, schaute, sann und glühte verhalten.

Er trat an das kleine Schränkchen, in dem die Mutter ihre sorgsam gebügelte Wäsche aufzubewahren pflegte. Ob noch ein Stück Trockenbrot zwischen den Wäschebündeln stak? Das Abwehrmittel gegen Feuer und Blitz?

Wirklich, auch das alte Schwarzbrot lag noch in der Lade. Die tausend Blitze der Jahre hatten das sanfte Haus verschont. Auf Hoffnung und Vertrauen war es gegründet. Wogte auch draußen die heiße Welt, hier ruhte die sichere Mitte, die schöne Beständigkeit. Hier schlug das gute Herz seiner Mutter, an das er — wenn auch nur für eine Weile, wie er vorhatte — zurückgekehrt war.

Mit schamhafter Liebe empfand er so, nickte, nahm sein Reisegepäck und schaffte es nach oben in die Dachstube. Auch an ihr waren die mächtigen Jahre mit leichtem Flügelschlag vorübergezogen.

Die Kammer war noch wie einst. Selbst die geblümte Tapete war noch die alte.

Noch immer knarrte die Tür in den Angeln; ein holder Ton klang wie aus Träumen.

*

Eines Tages konnte Sebastian die niedrigen Stuben nicht mehr ertragen, Frühlingsunruhe war über ihn gekommen, er setzte den Hut auf und spazierte um die alte, von den auswuchernden Gärten gesprengte Stadtmauer. Er betrachtete, in unklarer Entdeckerlust, den verkommenen Stadtweiher, auf dem die breiigen Inseln der Wasserlinsen schwammen, ganz wie damals. Die Abwässer der Stadt flossen in dieses gärende Sammelbecken. Das dürre vorjährige Schilf schoß in steifen Lanzenbündeln aus dem fetten Schlamm. Sebastian witterte in den trägen Dunst, wünschte die Löffelreiher Brasiliens herbei, bückte sich über die Einfassungsmauer in halbem Wachtraum — da klopfte ihm jemand von hinten auf die Schulter.

Sebastian wandte sich um, ein lachendes Gesicht mit gesunden Zähnen glänzte ihn an, die Hand des Mannes war noch halb erhoben: „Grüß Gott, Bastian!"

Sebastian machte eine forschend-befremdete Miene. Das Gesicht kam ihm bekannt vor. Er wußte aber nicht, wohin er es zu tun hatte. Der andere fühlte dies und meinte: „Wirst in Brasilien nicht gerade an mich gedacht haben, Bastian. Ich bin der Christian Ponader."

„Was!" rief Sebastian. „Ja, Christian! Freilich, der Christian bist du. Fast hätte ich dich nicht wiedererkannt. Mein Gott, die lange Zeit!"

„Ja, die lange Zeit!" gab Christian Ponader zu. „Es werden so an die zehn Jährchen her sein." Sie reichten sich in herzlicher Aufwallung die Hände.

„Du hast dich sehr verändert", sagte Sebastian wie zur Entschuldigung.

„Wir haben uns alle verändert, Bastian. Es ist nicht anders. Nur hier", er deutete auf den versumpften Weiher, „hat sich nichts verändert. Der Rentamtsweiher ist noch so, wie er war."

Richtig, dachte Sebastian, Rentamtsweiher heißt die Schlammgrube, weil sie an den Garten des Rentamts stößt. „Wie sagten wir immer?" fragte er belustigt. „Fleischbrühe des Magistrats!"

Ponader entgegnete vergnügt: „Du bist aber doch noch der alte, Bastian. Das freut mich." Dann gingen sie weiter. Sebastian betrachtete seinen Jugendfreund von der Seite. Christian merkte es und sagte: „Ich bin Lehrer geworden, Volksschullehrer."

„Du bringst den Kindern das große Einmaleins bei?"

„Langsam!" antwortete Ponader und scherzte über sich: „Das kleine nur..."

„Eine zufriedenstellende Sache...?"

Ponader wich aus: „Du natürlich hast die Welt gesehn. Das ist halt etwas. Vor dir sind wir lauter hockengebliebene Dummköpfe. Hast recht, Bastian. Ich beneide dich um dein Brasilien und deinen Zaubervogel. Ehrlich gesagt, das ist doch etwas. Du hast doch etwas erlebt. Du hast das Meer gesehn, und ich den Rentamtsweiher. Da hast du alles. Das ist eben der Unterschied zwischen uns beiden."

„Meinst du, Christian?"

Ponader machte ein angestrengtes Gesicht: „Was denn?"

„Und das Opfer, mein Lieber?" deutete Sebastian vorsichtig an.

„Opfer? Worauf hast du verzichtet?"

Sebastian lächelte überlegen: „Aufs große Einmaleins und —"

„Und? Weiter!" drängte Ponader.

„Auf die Indianergeschichten!" erklärte Sebastian dunkelsinnig.

„Das eine verstehe ich", gab Christian zu, „wer drüben in den Urwäldern haust, lebt eben nicht hier. Das andere mit den Indianergeschichten ist mir, weiß Gott, unverständlich." Er lachte. „Entschuldige, was heißt das? Warst du denn nicht bei den Indianern?"

„Natürlich war ich!" erwiderte Sebastian, „aber nicht bei den richtigen..."

Überrascht rief Ponader: „Und welche Indianer sind nun die richtigen?"

„Deine Indianer!" antwortete Sebastian, „meine Indianer! Die Indianer unserer Jugend. Das sind die richtigen Indianer. Die wirklichen Indianer, bei denen ich war, das sind arme, verdorbene Burschen, die in den Indianergeschichten nicht vorkommen..." Christian schob die Brauen hoch und sagte lange nichts. Endlich meinte er, an seine Schulbuben denkend: „Da magst du wohl nicht so ganz unrecht haben, Sebastian..."

Unvermittelt erkundigte sich Sebastian nach einem Schulkameraden, der ihm gerade in den Sinn kam. „Was ist eigentlich aus Josef geworden? Wollte er nicht gewaltige Erfindungen machen? Elektrische Geräte? Wie?"

„Erfindungen, nein. Bewahre!" lachte Christian. „Er macht jetzt Würste. Josef hat in eine Würzburger Wurstfabrik geheiratet. Es geht ihm glänzend."

Sebastian hörte teilnahmslos zu: „Er dreht Schweine durch Maschinen? Zum Teufel noch einmal: ganz amerikanisch!"

Sie bummelten durch eine schmale Baumanlage, unten rauschte das Mühlenwehr des Flusses. Es war noch der gleiche Wassergrundton, der über das Wehr rollte. Sebastian hörte ihn mit heimlicher Liebe. Sie blickten in einen langgestreckten, terrassenförmigen Garten am Wallgraben. In diesem Garten hatte Sebastian manchen Jugendnachmittag verfaulenzt.

„Schau!" rief er und lugte durch den Zaun, „der alte Seilermeister lebt ja auch noch. Dreht er noch immer Glockenseile? Es scheint mir fast, als hätten ihm die Jahre nichts anhaben können. Sie wollten ihn gewiß nicht in seinem edeln Handwerk stören. Zu komisch! Der eine macht Würste, und der andere spinnt Seile." Er mußte auflachen. Ihn erheiterte diese sauber eingeteilte Welt.

„Schöner als Würstemachen ist doch das Seiledrehen", entschied Christian. „Müßte ich wählen, käm ich nicht lang in Verlegenheit."

„In seinem schönen Apfelgarten hat er Zeit, über vieles nachzudenken. Ein schnurriger Mann, ein

spinnender Grübler!" sagte Sebastian und rief durch den Zaun ins Klappern der Seiltrommel: „Grüß Gott, Meister! Wie geht das Geschäft?"
Der alte Seiler blickte flüchtig auf, ohne sich in seiner Arbeit zu unterbrechen, und antwortete: „Immer rückwärts! Rückwärts!" „Die Antwort hab ich erwartet", bemerkte Sebastian. „Schon zu meiner Zeit gab er sie. Er bleibt im Bilde. — Er scheint mich aber nicht erkannt zu haben", fügte er, etwas enttäuscht, hinzu.
Christian überging die leichte Enttäuschung seines Freundes und sagte, seinen Gedanken von vorhin wieder aufnehmend: „Im Grunde genommen, gibt es im Leben nur zwei Entscheidungen: Würstemachen oder Seiledrehen. Beim Wurstmachen gehts vorwärts, bei der Seilerei dauernd rückwärts."
Ihr Weg führte sie an Säge- und Lohmühlen vorüber. Scharfer Holz- und Rindendunst stand zwischen den Werken. Sie kamen in eine enge, dämmerige Gasse.
„Trinken wir einen Schoppen!" schlug Ponader vor.
Sebastian nickte kurz. Sie kehrten in einer Mosthecke ein, wo billiger und guter fränkischer Hauswein ausgeschenkt wurde. Über der Haustür hing an einer Stange ein Fichtenbäumchen mit der Krone nach unten, dem Zeichen des Ausschanks. Aus dem Keller roch es gärig. Die niedrige Gaststube war halbdunkel.
Da tönte auch schon die Zauberfrage von den Lippen Sebastians: „Weißt du noch?" Und er flü-

sterte, als wäre ein glühendes Geheimnis auszusagen: „Weißt du noch, wie wir den Wald anzündeten? Es ist niemals herausgekommen."

Der Lehrer rückte seinen Stuhl näher und hauchte: „Das war eine gefährliche Sache. Der teuflische Wind schmiß das Feuer in den Wald."

Sebastian schnippte die Hand über den Tisch. Waldbrände könnten ihn heut nicht mehr aufregen. Er hätte in Brasilien genug erlebt. „Es war ein schönes, wildes Indianerspiel."

„Ich hatte eine Hundeangst!" sagte Christian. „Du übrigens auch. Auf dem Nachhauseweg hast du sie eingestanden."

„Angst ja!" meinte Sebastian. „Und doch bekam ich auch Mut, ungeheuern Mut. Damals sagte ich mir: das war ein Kinderspiel, du mußt in die wirklichen Urwälder. Und, lieber Christian, ich ging. Daran war das Feuer schuld."

Sie leerten ihre Gläser, Christian zahlte, sie verließen die Mosthecke. Auf der Straße verabschiedeten sie sich voneinander. Ponader sagte: „Der Waldbrand war unser letzter gemeinsamer Streich. Ich kam dann bald auf die Präparandenschule nach Arnstein."

„Und ich", sagte Sebastian, „blieb noch eine Weile der Taugenichts von Hammelburg, bis mich mein Vater nach Amerika schickte ..." Er gab dem Freund die Hand und machte sich auf den Heimweg ...

Eugen Skasa-Weiß
Die Rothenburger Katze im Konditorfenster

Einen freilich hat es in Rothenburg ob der Tauber gegeben, der uns hin und wieder auf die Schliche kam. Das war unser Ordinarius Jörg-Ulrich Rothgangel, genannt der Freilich.

Damals muß der Freilich in seinen besten Jahren gewesen sein, ein langbeiniger Altmühltal-Alpinist, der uns kurz vor dem Einjährigen auf den Rathausturm hinaufjagte, um uns einen Haufen Gotik an der Jakobskirche von oben herab zu erklären, den wir von unten schon auswendig kannten. Unter den Rothenburger Studienräten, die dem Pinsel des alten Spitzweg gerade noch entkommen waren, war der Freilich der einzige, der sogar die lebensgefährlichen Treppchen zu den Wehrgängen bestieg, um zur Schlafenszeit der Internatsschüler in den Mond überm Taubertal hineinzuträumen. Er schreckte vor nichts zurück, denn er machte kleine fränkische Heimatgedichte. In unseren Augen aber waren seine Umtriebe nicht lyrisch, sondern hinterhältig.

Wie ein Geist konnte der Freilich plötzlich vor einem Schüler auftauchen, der während der Schlafenszeit in einer Nische der Wehrmauer sein erstes Tabakspfeifchen probieren oder einer Mitschülerin zeigen wollte, wie ungefährlich das Städtchen unter dem Wehrganggebälk den Mondscheinabend verschlief.

Nur in der winzigen Apfelmoststube des Peter Horndasch waren wir vor dem Freilich sicher. Für Getränke und Schleckereien gab er nichts aus.

In dieses Apfelmoststübchen hatte Peter Horndasch sechs runde Marmortischchen und zwölf bockbeinige Schneewittchenstühle hineingezwängt. Davor ließ ein Schaufenster das Gassendämmer herein. Es war etwas größer als eine Butzenscheibe — „freilich...", hätte der Freilich unaufgefordert dazu bemerkt. In diesem Apfelmoststübchen löffelten wir Sahne, knackten kandierte Mandelhippen und tranken zu den zuckergepuderten Krapfen süßen Apfelmost. Brrr — aber so hart denke ich erst heute.

Durch das schmale Schaufenster beobachteten wir Postboten, Kartoffelhändler, gleichaltrige Schülerinnen und Lehrpersonen, die wie im ersten Teil des Faust mit ihren Bürgerinnen spazieren gingen. Es gab Lehrpersonen, die mit ihrem immerwachen Argwohn Peter Horndaschs Gardine hinter dem Schaufenster zu durchdringen versuchten, aber sie war zu schmutzig, denn geraucht haben wir auch. Die Apfelmoststube selbst hat keiner von ihnen je betreten, sie war im Sinne der kleinen Stadt nicht comme il faut, und dieser Sinn war streng.

Manchmal verirrte sich in Peter Horndaschs kleine Mostkonditorei eine noch viel kleinere Katze. Sie humpelte ein wenig und haarte.

Um dem strengen Sinn der Kleinstadt unter die Arme zu greifen, verbreiteten wir das Gerücht, die-

Rothenburg, Gesamtansicht

se unschöne Katze säße auf der untersten Stufe zur Backstube, um mit ihrem haarigen Schwanz die Sahne zu schlagen. So blieben wir jahrelang unter uns.

Eines Tages saßen wir in Horndaschs Mostkonditorei am Ecktischchen, das hinter dem Schaufenster stand. Ulli, der nur in Chemie was taugte, roch wie ein Kenner an einem großen Mostpokal, den wir gemeinsam bestellt hatten. Ich kaute dazu an einer Mandelhippe.

Uns gegenüber brütete ein Herr mit einem schwarzgeränderten Zwicker am Bändchen vor sich hin, ein Unbekannter, gegen den wir sofort etwas hatten. Von außen sah er ein wenig nach Lehrpersonal aus, gehörte aber nicht in unsere Landschaft.

„Vielleicht ein Maxe vom Film", flüsterte Ulli zu

mir herüber, „der einen verbröselten Pauker spielt. Jetzt macht er Brotzeit." Die Brotzeit bestand aus einem Steingutkännchen Kaffee und einem Käsekuchen mit Sahneklacks.

Nun muß man wissen, daß in unserer Jugendzeit die Filmregisseure wie versoffene Jungfern hinter Faultürmen und Butzenscheiben her waren. In Rothenburg steckten sie Komparsen in rostige Ritterharnische, und zwischen diesen Rittern und Burgfräulein vom Nürnberger Stadttheater machten Kameramänner mehr Spektakel als heute die Omnibustouristen. Der Film, den sie draußen vor der Mostkonditorei gerade drehten, war ein historischer mit schwedischen Reitern, Panduren und Kroaten; Lehrpersonen konnten darin nicht vorkommen, weil die Kulissen von Rothenburg nur für Grausamkeiten zwischen dem Mittelalter und den Metzeleien an der Schwelle der Neuzeit brauchbar waren.

„Im ganzen Leben spielt der keinen Pauker", flüsterte ich zurück. „Nach so einem spinnerten Zwicker haben die Flimmerfritzen lange inserieren müssen. Den hat der Nusch nach dem Meistertrunk in den Humpen fallen lassen!"

„An einem schwarzen Trauerbändchen — wie bei Tilly die Gerichtsräte...!" Ulli schüttelte den Kopf und ich nickte, weil ein Gerichtsrat eher einen Zwicker braucht als ein Henker oder ein Landsknecht.

Im Ofenwinkel rührte eine alte Dame in einem Teeglas und las in einer „Gartenlaube", die schon bröckelte.

Plötzlich schlich die Humpelkatze behutsam durch die Stube und verdrückte sich unter einem Tischchen. Sie lugte mit zuckendem Schwänzchen hervor, denn der Zwickerherr war ihr völlig unbekannt. Er lächelte ihr zu, tunkte den Zeigefinger in seine Sahne und begann ihr heimlich zu winken. Der alte Peter Horndasch schlurfte herein und bildete sich ein, die Humpelkatze schliefe im Keller oder fräße ihm zuliebe Mäuse.

Tillys Gerichtsrat machte ein listiges Gesicht, nahm seine Kaffeetasse in die Rechte und schlürfte. Die Linke mit dem Sahneklümpchen ließ er lässig herabhängen und lockte mit dem Finger. Die kleine Humpelkatze näherte sich vorsichtig, packte den Sahnefinger mit den Pfoten und leckte ihn schnurrend ab.

„So ein Schwein", sagte Ulli bewundernd. „Mit dem Finger langt er wieder in den Zucker."

Die Humpelkatze war fertig. In der Schaufensterauslage standen Blätterstöcke, Kornblumen aus Wolle und ein Rodonkuchen mit Schokoladeguß. Auf dem Rodonkuchen saß eine Stubenfliege. Die Katze leckte sich das Schnäuzchen sauber und starrte durch die Gardinenfransen auf die Stubenfliege. Die putzte sich die Hinterbeine.

Da der Herr mit dem schwarzen Kneifer der Meinung war, sie habe ein Auge auf den Rodonkuchen geworfen, hielt er sie am Schwanzende fest und drehte es mahnend um den Zeigefinger. „Nötigung", sagte Ulli, fast etwas zu laut.

Der Kuchen hatte Schokoladeguß, überdies war es draußen sonnig. Die kleine Humpelkatze, die nicht am Schwanz gedreht werden wollte, machte beleidigt miau.

Dadurch animiert, glitt vom Schoß der alten Dame hinter der „Gartenlaube" ein schwarzer Dackel. Sie war die Mutter eines Rangierers vom Bahnhof vor dem Tor. Wir kannten sie, aber wir waren zu jung, um ihr bekannt zu sein. Der Dackel schnupperte sich dem Marmortischchen des Zwikkerherrn näher und fiepte wie ein ungezogenes Kind. Tillys Gerichtsrat hielt schutzengelhaft die Katze am Schwanz, sein Zwicker bebte, und die Katze fauchte gegen den Dackel.

Mit halboffenen Lippen erwarteten wir eine Explosion von Katze, Dackel, Zwicker, Sahne und Kaffee. „Bubi, komm", zwitscherte die Mutter des Rangierers.

Der schwarze Dackel trottete neben unseren Tisch, klapperte mit den Zehen und fiepte, weil er Kätzchen suchen wollte. Die Humpelkatze stemmte sich gegen den Boden, um ihren Schwanz aus der Faust des Gerichtsrats zu ziehen und knurrte wie ein Puma.

In diesem Augenblick zuckte Ulli mit dem Knie, gab dem Dackel einen blitzschnellen Schubs und, ich weiß heute noch nicht, wie es kam, auf einmal schloß sich das knurrende Dackelmaul um den Sahnefinger des Gerichtsrats, der schwarze Kneifer lag im Kaffee, und die Humpelkatze saß mit einer dicken Schwanzborste auf Ullis Kopf und machte einen Buckel. Die Mutter des Rangierers zog sich schneuzend auf die Toilette zurück.

Während der Gerichtsrat den Dackel, der sich

In Rothenburg

entsetzlich aufregte, von seinem Sahnefinger wegschleuderte, griff ich unter den Katzenbuckel auf Ullis Kopf und setzte die Humpelkatze in das Konditoreifenster, gerade hinter zwei Blätterstöcke, Hokuspokusmalokus — weg war sie. Nur mein Jackenärmel war bis zum Ellbogen voller Katzenhaare.

„Wo ist die nette kleine Katze?" erkundigte sich Tillys Gerichtsrat und blickte verdutzt über den schwarzen Kneiferrand, an dem noch drei Kaffeetröpfchen hingen.

„Ich glaube, die haben Sie verscheucht", antwortete Ulli vorwurfsvoll. „Das ist ein ruhiges, altes Tier. Es ist seine Ordnung gewöhnt."

„Aber ich habe doch . . ." schnaufte Tillys Gerichtsrat und suchte über den Zwickerrand hinweg ein Schlupfloch, in dem die Humpelkatze verschwunden sein konnte. Wir sahen angestrengt unter die Truhe, Ulli studierte sogar die niedere Balkendecke. Unsere Ohren horchten ins Schaufenster.

Die Sonne schien herein. Die Humpelkatze war entzückt von soviel Wärme, besonders aber von den Blätterstöcken, den wippenden Wollkornblumen, der bröseligen Topferde, dem Rodonkuchen und der Stubenfliege.

Wie wir hörten, fing sie die Stubenfliege zuerst. Dann entdeckte sie deren dicke Urahne in den Wollkornblumen und jagte sie hoch. Dadurch erweckte sie die Aufmerksamkeit eines eleganten Herrn auf der Straße, der angeregt stehenblieb und blinzelte. Es war wieder einer vom Film, ein Ratsherr oder ein Kurbelmensch. Er sah abschätzig auf das Firmenschild der Moststube, schüttelte den abgeschminkten Kopf und ging in sein Hotel, um das Neueste zu erzählen.

Während sich der Dackel schimpfend hinter den Schirmständer verkroch, fielen die Schatten von sieben johlenden Straßenjungen in die Moststube.

Tillys Gerichtsrat blickte beunruhigt auf. Die kleine Humpelkatze, die der Urahne der Stubenfliege am Fenster entlang nachjagte, wurde von der Gardine vor seinen Blicken geheimgehalten.

Die sieben Lausbuben liefen vor dem Schaufenster hin und her und machten miau. Sie zappelten mit den Fingern und mimten Mäuschen. Der kleinen Humpelkatze machte das einen Riesenspaß. Sie sträubte das Schnurrbärtchen, schlug Tätzchen, duckte sich und fuhr wollig an den Blättertöpfen vorbei. Einer davon fiel um. Es gab einen gedämpften Knall. Tadelnd sah ich zu dem schlechten Schauspieler mit dem schwarzgeränderten Zwikker hinüber, der zusammengezuckt war. „Ihre Katze ...", erläuterte Ulli, ohne Kommentar. Tillys Gerichtsrat begriff, zitterte ein wenig und rührte überkorrekt in seinem Kaffee.

„Weißt du, damals", tuschelte ich Ulli mit Souffleurstimme zu, denn die Filmmenschen in Rothenburg wuchsen uns längst schon zum Hals heraus, „der kleine Sohn von unserem Hausmeister? Der hat eine Katze auch mit Sahne gefüttert, in einem öffentlichen Lokal — und zum Dank dafür hat sie der Stadträtin am Nebentisch mit dem Schwanz den Sahneklecks von seiner Nußtorte ins Gesicht geschleudert. Was hat der Bengel damals für eine Tracht Prügel bekommen!"

„Der konnte das ja wirklich noch nicht wissen", erwiderte Ulli nachsichtig, „ein Knirps von acht Jahren!"

„Oder damals, wie deine Cousine die Hühner in dem Ausflugslokal bei Dinkelsbühl mit Emmentalerrinde gefüttert hat, weißt du noch — auf einmal ist eine fette alte Henne in den Pfeffer gestiegen und danach einem Gast ins Auge getreten."

Ulli nickte. „Er hat gebrüllt wie ein Stier."

„Ist er nicht blind geworden?" fragte ich dumpf. „Gezeichnet fürs Leben — wegen einer solchen Dummheit!"

Dem Gerichtsrat lief über dem Kneifer eine blaue Ader in den Haaransatz. Ein miserabler Schauspieler, bestimmt nur ein Komparse, fünf Mark pro Drehtag.

Vor dem Schaufenster standen auf einmal drei Kinderwagen. Drei Säuglinge kreischten fidel über einem Rudel tobender Knaben hinweg, emporgehalten von erlebnishungrigen Jungmüttern, die ihren Babys etwas so Schönes nicht versagen konnten. Das sorglose Toben der Humpelkatze rund um den Rodonkuchen brachte südliches Leben in die enge Kleinstadtgasse. Ein Schlotfeger kam vorbei, lehnte seine rußige Leiter an die Mauer und erläuterte denen, die nichts sahen, die Vorfälle im Schaufenster von der dritten Leitersprosse herab.

Unternehmungslustig gesellten sich zwei Handwerker hinzu, der Fischhändler rollte ein Heringsfaß aus seinem Laden und stellte sich drauf. Von der anderen Straßenseite trippelte die rothaarige Friedl Baumeister über das Katzenkopfpflaster, wippte auf den Zehenspitzen und hielt die Schulmappe gegen das Sonnenlicht vor die Sommersprossenbakken. Wir stießen uns an und wurden rot, denn sie war unser Typ. „Was wird sie von uns denken, daß

Rothenburg, Weißer Turm

wir in einem Lokal sitzen, wo sowas vorkommt", sagte ich dumpf zu Ulli.

Tillys Gerichtsrat rutschte auf seinem Stuhl und putzte den Zwicker. „Ich habe das Tier nicht mitgebracht", brummte er rechthaberisch. „Im Gegenteil ich habe sie . . ."

„Am Schwanz...!" wies ihn Ulli zurecht, „da wird die bravste Katze toll!"

Auf der Straße zog ein Mann ein Wurstende aus der Mappe und schwenkte es über dem Mützenrand hin und her. Die Humpelkatze stellte sich auf den Rodonkuchen und langte danach durch die Luft. An ihrem Pelz klebte Schokoladeguß.

Peter Horndasch zwängte sein Stoppelkinn durch das viereckige Guckloch in der Küchentür. Mit einem Blick, der mißtrauisch zwischen dem zwickerfunkelnden Gerichtsrat und uns hin und her ging, knurrte er ins Lokal: „Da is doch was los ... Habt ihr Muzzi nicht gesehen!"

Ulli zuckte die Achseln. „Zuletzt hat sie der Herr dort ..." Der Dackel schimpfte gegen Peter Horndasch.

Blitzig setzte der Gerichtsrat seinen geputzten Kneifer auf und funkelte Ulli an. Peter Horndasch stierte auf die heftig vor dem Schaufenster in der Luft hin und her pendelnde Wurst und rief rauh: „Sie, Herr — sagen Se Ihrm Kollegen draußen, wir sind hier nitt beim Film...!"

Wir machten dem alten Horndasch ein Zeichen, indem wir an die Stirn tippten und mit den Achseln zuckten. Er drehte sich mürrisch weg und tapste in die Backstube. Dort nahm er kleine Mostproben, wie immer, wenn eine Sache sein Verständnis überschritt.

Gebannt sahen wir auf die Zustände vor dem Schaufenster. Ganz Rothenburg war auf den Beinen. Der schwarze Dackel jaulte und wollte ins Fenster. Der Gerichtsrat am Fenstertisch nahm seinen Kneifer wieder ab und starrte zinnoberrot in eine Illustrierte.

„Das sind ausgemachte Flimmerfritzenstreiche", flüsterte ich Ulli zu, so daß es jeder hören konnte. „Neugierig bin ich nur, ob wir später auch auf solche Stücke kommen. Bei zunehmender Reife, wie die Pauker sagen."

„Eine lebende Katze in ein Schaufenster mit Eßwaren werfen . . .? Kaum."

„Wenn wir nicht dagewesen wären, hätte er den Dackel nachgeworfen . . ."

„Das ist doch ein ungeheurer geschäftlicher Schaden", sinnierte Ulli vor sich hin, während ich nicht mehr zu atmen wagte. Tillys Gerichtsrat bot einen Anblick, als wollte er durch die Zwickergläser hindurchplatzen.

„Den Rodonkuchen muß der arme Horndasch zu Punschballen machen. Zu ganz billigen, für Statisten. In dieser zertremmelten Form kann man ihn niemand mehr anbieten."

„Herr Horndasch, zahlen!" rief ich durch das Guckloch. Denn wir waren erst sechzehn und hatten keine Lust, eins hinter die Ohren zu bekommen.

In diesem Augenblick spazierte draußen unser Ordinarius vorbei. „Mensch, der Freilich . . .!" regte sich Ulli auf und packte den Dackel fest an der Nackenfalte.

Der Freilich blieb wie angewurzelt stehen, mischte sich unter den Menschenauflauf und suchte seine Eindrücke so weit zu ordnen, daß sich ein „freilich . . ." unterbringen ließ. In ihm kämpfte der Heimatdichter, der wenig zu sehen bekommt, mit dem Schulmann, der den Konditoreibesitzer auf einen solchen Skandal aufmerksam machen müßte. Diesen Kampf konnte man durch die Gardine deutlich mitansehen.

Nach einem Pfötchenhieb war die dicke blaue Fliege in den Mittelschacht des Rodonkuchens gefallen und surrte darin umher. Darüber geneigt, mit schrägem Köpfchen und gespitzten Öhrchen, stand die kleine Humpelkatze und bewachte den Kuchenschacht wie ein Mausloch.

Der Dackel quengelte und fiepte. Die Mutter des Rangierers, die ihn mitgebracht hatte, war durch den Straßeneingang der Toilette in die weite Welt geflohen. Der Dackel war straßenkundig und hätte seinen Weg allein gefunden. Aber Ulli hielt ihn an der Nackenfalte fest und starrte hinaus auf den versteinerten Freilich.

Vor dem Fenster erhob sich plötzlich das Pfingstbrausen eines großen Gelächters. Selbst der Freilich, der sonst so ernst wie Herzog Alba war, verschluckte noch ein Feixen. Die Katze langte mit der Pfote in den Schacht des Rodonkuchens. In fröhlichen Bogen flitzten Rosinen, Krümel und Schokoladensplitter über die Blumentöpfe. In der Apfelmoststube hörte sich das an, als sei eine Elektrisiermaschine im Betrieb.

Dann schritt sie gemessen zu dem Blätterstock, der auf einer Etagere über dem Kuchen stand, scharrte in der Erde und hockte sich darüber. Gelassen starrte sie dabei durch das Fenster. Draußen schimpften und lachten die Leute durcheinander.

Rothenburg, Koboldzeller Tor

Der Dackel winselte. Ich murrte: „Das hat noch gefehlt."

Ulli: „Kommt dort nicht ein Polizist?"

Der Gerichtsrat am Fenstertisch tat seinen Zwicker ab, legte ein Silberstück von ziemlicher Größe auf den Käsekuchenteller, machte eine eisige Kopfbewegung zu uns herüber und nahm seinen Hut vom Haken. Wir waren in unseren besten Flegeljahren, aber im Dämmer sahen wir hinter dem Mostpokal wie hochaufgeschossene junge Herren aus. Mit der Miene: „Man soll das Alter ehren, aber na ja!" verneigten wir uns zurück.

Bevor der Gerichtsrat draußen auftauchen konnte, schob Ulli den Dackel grob von unten durch die Gardine. Wir hörten gerade noch den Aufschrei der Straße, dann zitterte das Schaufenster. Als mir ein Wollkornblumenstrauß gegen die Krawatte flog, stürmte ich mit langen Schritten in die Backstube, Ulli hinterher. „Was sagen Sie dazu, Herr Horndasch!" rief er mir empört über die Schulter, „in seiner Kopflosigkeit schmeißt der Flimmerfritze den Dackel einfach der Katze nach und türmt! Die zwei machen jetzt Remidemi im Schaufenster!"

Peter Horndasch verstand kein Wort. Er fixierte uns mit schwimmenden Augen, mürrisch und mostbetäubt.

„Jedenfalls war es der mit dem Zwicker", schnitt ihm Ulli jede weitere Begriffsstutzigkeit ab. „Aber Sie sollten schon dazwischenfahren —"

„Der Rodonkuchen ist hin", fügte ich düster hinzu. „Aber den hat er wenigstens bezahlt. Ob der übrige Bruch..."

Da mußten Peter Horndasch einige Fetzen der Ungeheuerlichkeit, die in seinem Schaufenster stattgefunden hatte, ins Bewußtsein geflogen sein, denn er begann zu brüllen, einfach zu brüllen wie der Trojaner Stentor. Mit den Mienen Leidtragender gingen wir mit ihm in die Moststube zurück.

Draußen hing der Freilich mit Blicken, die Eindrücke sammelten, an dem Schauspiel, das über die Trümmer des Rodonkuchens hinwegbrauste. Die Humpelkatze hing schokoladebeschmiert oben in der Gardine und fauchte, der Dackel nieste Puderzucker und kläffte durch den umgefallenen Blätterstock.

Plötzlich zuckte der Freilich zusammen und drehte sich um. Der Gerichtsrat, dem der Zwicker von der Nasenwurzel gesprungen war, hatte ihn von hintenher angerufen und ruderte auf ihn zu. Der Freilich wurde leichenblaß, und wenn wir seine Mundbewegungen richtig übersetzten, sagte er ungefähr: „Soeben wollte ich hineingehen und den Besitzer aufmerksam machen, was hier vorgeht, Herr Direktor. Ein Skandal sondergleichen — glauben Sie ja nicht, daß so etwas jeden Tag in Rothenburg passiert."

Der Flimmerfritze, der unser neuer Schuldirektor war, was so wenig aus der Welt zu schaffen war wie unser Auftritt in der Mostkonditorei, mußte — den Lippenbewegungen nach — geantwortet haben: „Unglaublich, Herr Kollege — ich sehe mir das schon eine ganze Weile mit an. Was ist hier eigentlich los?" Er staunte jovial in das Schaufenster, und wir konnten sehen, wie seine Jovialität mit einem Ruck versteinerte.

„In Donauwörth", murmelte Ulli, während wir uns durch die Toilette in die Nebengasse verdrückten, „gibt es ein viel schöneres Internat..."

„Zu nah", schauerte ich zusammen. „Ob sie uns da noch nehmen? Die erfahren das doch spätestens, wenn wir uns anmelden..."

Wir hatten fast so viel Glück wie Verstand. Der neue Direx unterrichtete nicht in unserer Klasse, und in den Pausen packten wir unser Frühstücksbrot im Waschraum aus, wenn er mit seinem Zwicker im Schulhof auf und ab ging. Ulli hatte sich Koteletten wachsen lassen, bis er wie Mister Pickwick aussah, mir wuchs ein kümmelförmiges Bärtchen auf der Oberlippe.

Peter Horndaschs Lokal mied der neue Direx nach dem ersten Reinfall streng, und falls er sich einbildete, er hätte einen von uns dort irgendwann heimlich beim Most sitzen sehen, so war er auf dem Holzweg. Wir jedenfalls wußten viel mehr von ihm. Einem Schulmann, der auf sich hält, durfte sowas nicht passieren, nie. Eine arme kleine Katze mit Sahne locken, sie ins Schaufenster jagen und einen Dackel hinterherwerfen! Es war schwer genug, so etwas Scheußliches keinem Menschen außer dem alten Horndasch erzählen zu können.

Peter Horndasch war nie besonders gut auf den neuen Direktor zu sprechen, seltsam. Aber nach allem, was vorgefallen war, mußten wir ihm recht geben.

Nur wenn wir beim Most zu eifrig ausmalten, wie sich der neue Direx bei seinem Amtsantritt in seinem Lokal benommen hatte, kniff er die Augen zusammen, musterte uns mißtrauisch und raunzte: „Oder wart's vleichs ihr die Anstifter, ihr Hundrrrt-Dunnrrrwttrrkerrrls?"

Karl Stöber
Die Frau Ring

Die Hoffischerin Ring hatte vor mehreren Jahren ihren Mann verloren, aber noch wenig von der Bitterkeit geschmeckt, die schon damals in dem Witwenstande war, als das Weib des verstorbenen Abimelech sagte: „Heiße mich nicht Naemi, sondern Mara, denn der Allmächtige hat mich sehr betrübet."

Ihr Sohn Tobias war seinem Vater in allen Stücken gleich, wie ein Nelkenfechser dem alten Stock, von dem er genommen ist, ebenso stille, ebenso geschickt und fleißig auf seinem Webstuhl, nur stärker und kräftiger, daß er die schwerste und längste Schiffsstange so leicht führen konnte wie das Schifflein, das er durch den Zettel seines Gewebes hin und her schickte.

Und ihr Haus? — Simon Petrus war der Altmeister unter den Fischern am Galiläischen Meer; wäre er aber an der Altmühl gewesen, er hätte seine Hütte auf den nämlichen Fleck gebaut, wo die Hütte der Hoffischerin war. Sie stand auf einem Hochufer des Flusses zunächst der Brücke, die über denselben führt, und doch von allen Seiten frei. Nur wenn die Feuerbohnen in dem Garten daneben über ihre Stangen hinauswuchsen, und der große Apfelbaum auf der andern Seite in vollem Laube stand, und die

Weidenstümpfe ihre üppigen Zweige über das Schilf hinstreckten, hatte die Sonne zu tun, mit etlichen ihrer Strahlen durch all das Blätterwerk zu dringen. Im Winter aber konnte sie ungehindert duch die kleinen Fenster in Stall und Stube schauen, und auf keinem Dache in dem ganzen Städtlein schmolz der Schnee eher, als um den Schornstein des Fischhauses.

In dem Stalle der Frau Ring standen zwei Kühe von der kleinen, braunroten Art, wie sie an den Bergleiten des unteren Altmühltals geweidet werden, aber spiegelglatt, teils von der Seife, die auf sie verwendet wurde, und teils von dem guten Futter, welches sie in ihrem Barn fanden, wenn sie Sommer und Herbst von der Hut und im Winter von der Tränke heimkamen. Denn zu dem Fischwasser gehörte nicht allein der Sichelschlag, sondern auch die Wiese, die hinter dem Hause lag. Diese aber gab dürres und jener grünes Futter im Überfluß.

Die Milch, welche die Fischerin verkaufte, ließ sie nicht abholen, sondern trug sie selbst zu ihren Kunden, namentlich in die Küchen des Stadtvogts, des Pfarrers und des Kantors, und ging selten hinweg, ohne daß sie von den Frauen derselben mit einem freundlichen Worte beehrt und erquickt worden wäre. Ja, bei der verwitweten Rechtskonsulentin hielt sie sich manchmal länger auf, als für ihr Feuer daheim auf dem Herd oder im Ofen gut war, zum Beispiel damals, als diese Frau ihr von der unruhigen Nacht erzählte, die sie gehabt hatte.

Die Frau Rechtskonsulentin hatte nämlich Tags zuvor zu ihren Kindern gesagt: „Wer mich morgen zuerst daran erinnert, daß ich der Tante in Solnhofen ein Dutzend Bratwürste bestelle, der bekommt einen neuen Kreuzer." Und niemand ist wohl noch für einen Kreuzer besser bedient worden als die Witwe. Denn früh gegen ein Uhr, als in dem ganzen Städtlein noch kein Hahn gekräht hatte, kam das jüngste Söhnlein aus seiner Schlafkammer an das Bett seiner Mutter und weckte sie auf und sprach: „Vergiß es nicht, daß du der Tante in Solnhofen ein Dutzend Bratwürste bestellst." Dann legte er sich wieder und schlief ein. Aber nach anderthalb Stunden weckte der neue Kreuzer seinen Bruder, und weil er nicht acht hat, tritt er im Finstern in ein Gefäß der Unehre und tut einen schweren Fall, also daß die Witwe darüber erwacht, und nach der Kammer läuft, die neben der Schlafstube ist. Und als sie erschrocken fragt, was es gibt, reibt er sich das Knie und antwortet: „Mutter, vergiß nicht der Tante in Solnhofen die Bratwürste zu bestellen." Dann legt er sich wieder auf sein Ohr und träumt von dem neuen Kreuzer, den er gewonnen, und von den roten Kirschen die er dafür kaufen will. — Aber wiederum nach zwei Stunden rauschte es in dem Bett neben der Lagerstätte der Witwe. Und als sie ihr Töchterlein darin weckt und fragt, woher das Rauschen komme, antwortet es: „Mutter, ich habe einen Bogen Papier auf mein Hauptkissen gelegt, damit ich erwache, wenn ich mich das erste Mal umwende, und dir sage, daß du nicht vergessen möchtest, der Tante in Solnhofen ein Dutzend Bratwürste zu bestellen."

Doch blieb es nicht bei bloßen Worten, sondern

die Hoffischerin empfing von ihren vornehmen Kunden auch dies und das zu Weihnachten, ein Band an die Haube oder die Schürze, ein Halstuch, ein Paar durchbrochene Handschuhe und andere Kleinigkeiten, wie man sie damals trug. Und wenn sie ein Stück Leinwand, das ihr Tobias gewoben, heimtrug, empfing sie außer dem Weberlohn in guten Groschen auch ein gutes Gläslein Herzstärkendes, des wohlverdienten Lobes nicht zu gedenken, das die Hausfrauen ihrem Sohne zollten, wenn sie den Ballen, der mit einem übergebliebenen Unterband gebunden war, aufbanden und mit der flachen Hand über das gleiche und dichte Geweb hinstreiften.

Wobei dem Erzähler die Geschichte von dem jungen Weber einfällt. Der ließ von jeder Portion Garn, danach sie klein oder groß war, ein Stränglein oder mehr daneben fallen. Und als er derselben genug beisammen hatte, wirkte er sich davon ein Stück Leinwand, und seine Mutter machte ihm Hemden daraus. Deren eines zog er am Sonntag Palmarum an und ging zu dem alten Wiedertäufer nach Blümkingen, um dessen Tochter Judith zu werben, denn sie war schön und man hatte mit ihrer Hand einen ziemlichen Mahlschatz zu gewärtigen. Der Wiedertäufer empfing ihn sehr freundlich und ließ nicht eher nach, als bis er sich's bei ihm ganz bequem machte und seinen blauen Rock auszog, bevor er sich zu dem Krug Wein und dem Teller mit weißem Hausbrot hinter dem Tisch setzte. Der Weber wußte nicht, warum er seinen Rock abtun mußte, aber der Wiedertäufer wußte es. Denn er handelt mit Leinwand und Gestreiftem und verstand sich auf das Hausgewirkte wie Einer. Und als er die vielerlei Fäden an dem Hemde seines Gastes bemerkt hatte, gab er ihm seine Tochter nicht, da er fürchtete, sie könnten unter der Mitgift seiner Judith sein wie Schaben in der Wolle, zumal geschrieben steht: „Wehe dem, der sein Haus mit Sünden bauet und seine Gemächer mit Unrecht!"

Um aber zu der Frau Ring zurückzukommen, so gab es noch andere Dinge, die sie zu schätzen wußte, zum Beispiel den Stand in der Kirche nicht weit von der Kanzel, wo sie wie die andern Witwen, Weiber und Töchter der herrschaftlichen Dienerschaft Platz nehmen durfte. Wenn sich in dem gräflichen Hause zwei Augen schloßen, konnte sie Trauerkleider antun und damit zeigen, daß sie zu dem Hofhalt gehöre. Desgleichen, wenn die Köchin aus der goldenen Krone den Titel „Frau Hoffischerin" nicht sparte, um ihr einen Hecht abzulocken, der schon für die Schloßküche bei Seite getan war, machte sie ein strenges Gesicht, wie der Schulmeister von Kaltenborn, wenn sich fünf miteinander aus der Schule fordern. Aber das Herz im Leibe lachte ihr, wie der Bäuerin daselbst, als sie das Hennennest gefunden hatte und die verlegten Eier, eins um das andere, in ihre Schürze zählte.

Der Hoffischerin aber gehörte das Dach nicht, darunter sie wohnte, sondern der Herrschaft und zu dem Fischwasser, das sie in Pacht hatte. Und wurde ihr Pacht gekündet, so hieß es: „Gute Nacht, du Haus, und ihr Kühe, und du Stand in der Kirche, und du Fischkasten!" — Aber denkt der Sperling zur Kirschenzeit, oder mitten im Maikäferflug, oder in der Weizenernte daran, daß diese Tage vorübergehen und andere kommen werden, wo er wieder auf halbe Kost gesetzt wird? — Oder nimmt es die Goldammer sich zu Herzen, daß der längste Tag des Jahres vorbei ist, und wie es von nun an wieder bergab und dem Winter zugeht, wo sie an den Scheunen und Stalltüren der Bauern betteln gehen muß — oder denkt das junge grüne Blatt auf der Linde daran, daß es nicht immer da oben schweben und schaukeln kann, sondern über ein Kleines den Staub küssen muß? — Oder weiß es das Knäblein, das noch in Windeln gewickelt wird, daß aus der Wiege später ein Schifflein werde, darauf er in das offene Meer hinausfahren und mit Meer und Sturm kämpfen muß? So kam es der Hoffischerin nie in den Sinn, daß es mit ihr noch anders gehen könnte, als es bisher gegangen war. Und doch hatte schon das schmächtige, glatthaarige und schleichende Männlein, welches ihr Kartenhaus ausblasen sollte, den Mund gespitzt.

Die Dohle dagegen auf dem Dome zu Eichstätt saß einmal, da er nicht daheim war, vor dem Fenster des Türmers und schaute ihm in die Stube. Weil aber gerade ein großer Sturm ging, wankte der Turm hin und her, wie die hohe Fichte im Kernwald, und das Glas auf dem Tisch des Türmers blieb nicht voll, sondern wurde halb verschüttet, also daß das Wasser über den Tisch hinunter lief. Darüber tat die Dohle die ganze Nacht kein Auge zu und sagte zu ihrem Manne, daß sie um die ganze Welt nicht länger mehr auf dem Turme bleiben wolle. — Also zogen sie hinweg und bauten ihr Nest in einen Felsen an der Altmühl. Und als sie damit zustande gekommen sind, kann die Dohle nicht fertig werden, zu rühmen, wie gut es wäre, daß sie nun sicher wohnten. Aber ihr Mann sagte nicht Ja und nicht Nein. Sondern als der strenge Winter vorüber war und das Tauwetter gekommen, löste sich ein ziemliches Stück von dem Felsen und fiel mit großem Getöse in das Tal. Da entsetzte sich die Dohle über die Maßen und schrie: „Wo in aller Welt ist man denn sicher?" Aber ihr Mann hatte viel Wasser im Blut, und verwunderte sich nicht, sondern antwortete: „Nirgends."

Aber das schmächtige, glatthaarige und dünnbesohlte Männlein, das schon den Mund spitzte, das Kartenhaus der Frau Ring einzublasen, oder vielmehr die Feder, einen Strich durch die Rechnung zu tun, die sie ohne den Wirt gemacht hatte, war der Kastner der Herrschaft. Der hatte zwei Besen, einen kleinen und einen scharfen, der groß war. Mit dem kleinen fegte er die verborgenen Winkel und Taschen, und was er da fand, kehrte er mit dem großen und scharfen zum Haufen, so genau, daß kein Körnlein unterwegs blieb, ausgenommen die Mitze, die er für sich nahm, ehe er in den Beutel seines Herrn ablieferte. Und als er die glatten Kühe der Hoffischerin und die schönen Bänder an ihrer Haube und ihre vornehme Miene im Kirchenstuhl sah, schloß er daraus, daß der Nutzen, den sie als Pächterin aus dem Fischgut ziehe, noch beschnitten werden könne, und ließ ihr wissen, sie habe von nun an den doppelten Pachtzins zu entrichten oder an

Fastnacht des nächstkünftigen Jahres das Fischwasser der gnädigen Herrschaft zurückzugeben.

Als der Kastenamts-Bote diese Hiobspost gebracht hatte, blieb der Hoffischerin etliche Augenblicke die Zunge im Munde liegen, als wäre sie vom Schlag gerührt; als sie aber derselben wieder mächtig geworden war, legte sie Gottes Wort in ihre Schleuder und rief: „Wartet nur ein wenig mit eurer Schinderei! Es stehet nicht umsonst und vergebens geschrieben: ‚Er verachtet der Waisen Gebet nicht, noch der Witwe, wenn sie klaget. Die Tränen der Witwe fließen wohl die Backen herab; sie schreien aber über sich wider den, der sie herausdränget. Schindet nicht die Fremdlinge, Waisen und Witwen. Ihr sollt keine Witwen und Waisen beleidigen; wirst du sie beleidigen, so werden sie zu mir schreien, und ich werde ihr Schreien erhören.'"

Tobias aber, ihr Sohn, blieb ruhig und legte nicht einmal das Weberschifflein weg, das er gerade in der Hand hatte. Er überschlug die Sache bei sich, und als er so viel herausgebracht hatte, daß so für seine Mühe und Arbeit auf dem Wasser nichts mehr bleiben und seine Mutter von dem Fischverkauf nichts weiter haben würde als nasse Hände, unterbrach er sie und antwortete dem Amtsdiener: „Sagt dem Herrn Kastner im Namen meiner Mutter, daß wir lieber das Fischgut verlassen, und daß ich präzis am Aschermittwoch nächstkünftigen Jahres abliefern will, was mein seliger Vater von der gnädigen Herrschaft in Empfang genommen hat."

Darauf gingen der Sommer und Herbst nach ihrer Weise dahin; und als der Tag vor dem Aschermittwoch gekommen war, gab es bei der Frau Ring, in dem Bette der Altmühl und jenseits derselben in dem Hause des Kastners viele Unruhe.

Die Hoffischerin bereitete sich zum Aus- und Abzug. Sie lud mit ihrem Sohne das grüne Futter, welches der Winter übergelassen hatte, und das Hausgerät auf zwei entlehnte Leiterwagen, die von den Kühen in das neue Quartier gezogen werden sollten. Und als alles gepackt war, machte sich Tobias an ein trauriges Geschäft, wie er es nicht mehr gehabt, seitdem er die drei Schaufeln Erde in das Grab seines verstorbenen Vaters geworfen. Er lud auf den großen eichenen Kahn ein vierzig Schritt langes Netz, an welchem keine einzige Masche zerrissen war, eine Tragbahre, wie man sie hat, um das Netz in den Kahn und wieder zurück zum Trocknen zu tragen, eine kleine Tonne mit weiter Öffnung, worein man die Fische unmittelbar nach dem Fang zu tun pflegt, und ein Paar Wasserstiefel, welche ihn bis an die Lenden hinaufgingen, wenn er sie zur Arbeit anhatte. So wollte er morgen mit Tagesanbruch zu dem Kastner hinüberfahren und das herrschaftliche Fischgerät in seine Hände zurückgeben. Weil er aber aus allem abnehmen konnte, daß die Altmühl über Nacht stark wachsen werde, so stellte er das Fahrzeug nicht an seinen gewöhnlichen Platz oberhalb der Brücke, sondern befestigte es unterhalb an einer hohen Weide neben der Mauer, welche das Gärtlein vor dem Fischhause gegen den Fluß zu schützen hatte, wenn er hoch ging.

Als er damit beschäftigt war, fing die Sonne wieder an, durch die zerrissenen Wolken zu scheinen.

Vorher hatte es fast dreimal vierundzwanzig Stunden in einem Stück geregnet, und die Altmühl fing an, da und dort über ihre Ufer zu treten und in den Niederungen umher die ungeheuren Schneelagen zu heben, die der Regen noch nicht verzehrt hatte. Gierig fielen die Fluten darüber her und schwollen von den verschlungenen großen Bissen zusehends auf.

Auch in dem Hause des Kastners hart am rechten Ufer der Altmühl ging es unruhiger her als gewöhnlich. Er war zwar unbeweibt und wohnte alleine darin; aber seine Amtsstube hatte er im Erdgeschoß, und er räumte seine Akten aus den untern Fächern in der Registratur in die obersten, wegen des Wassers, das in das Haus kommen konnte, wenn es noch höher stieg. Ein Kästlein aber, das unter dem Fußboden verborgen war, nahm er mit sich hinauf in sein Schlafzimmer. Denn als ungerechter Haushalter führte er ein falsches Tagebuch für die Rechnung, die er der Herrschaft jährlich zu legen hatte, und die nötigen Bemerkungen für sich legte er in das Kästlein zu den Rollen mit Geldstücken, die er von dem gesammelt hatte, was an dem kleinen und an dem scharfen Besen für seinen Beutel hängen geblieben war.

Über dem allem wurde es Nacht, und als der neue Tag seine Kerzen nach und nach anzündete, hatten das Städtlein und das Tal umher ihre Sintflut. Die Altmühl schüttelte und rüttelte an der hölzernen Brücke, die über sie hinging, wie eine wild gewordene Kuh an ihrem Joch, und um mit ihr schneller fertig zu werden, hob sie in der Stadtmühle die schwere Sägeblöcke von ihrem Lager und führte sie als Mauerbrecher wider sie herab. Das wilde Wasser aber, das nicht mehr unter der Brücke durch konnte, legte einen Teil der unterwühlten Stadtmauer nieder und stürzte dann durch den Riß über den Markt hin, wie ein Heer, das nach einer langen und blutigen Belagerung einen Platz berannt und erstürmt hat.

Nun stand das Haus des Kastners mitten in der Sintflut, und zwar auf schlechten Füßen. Denn es bestand nach der Bauart jener Zeit von oben bis unten nur aus Fachwerk, und seine Hauptbalken ruhten ganz lose auf einer sehr niederen Grundmauer. Es wurde von dem Hochwasser gehoben und ächzte und krachte bald allenthalben, wo ein Balken in den andern eingelassen war. Es glich einem Menschen, den ihrer drei an den Rand einer Tiefe schieben, und der sich noch mit seiner letzten Kraft entgegen stemmt, aber doch in dem nächsten Augenblick den tödlichen Fall tun muß. Sein Dachstuhl verschob sich, und Ziegel um Ziegel rasselte über den andern, die noch eine Weile an ihrer Nase hängen blieben, hinab in den Strom. Im Erdgeschoß hatte das wilde Wasser schon alle Fenster eingedrückt. Von hinten drang es herein, im Innern nahm es mit, was es fand, und stieß es vorn hinaus. Was leicht war, Bank, Stuhl, Pult, Tischplatte, Vogelhaus und Zahlbrett, tauchten da noch einmal auf und wurden dann von dem Wirbel vor dem Hause wieder in die Tiefe hinabgezogen, als sollte ein Stück um das andere dem Kastner zeigen, wie es über ein Kleines ihm ergehen werde. Denn er stand

Pappenheim im Altmühltal

wie festgebannt an einem Fenster und starrte in die Flut, die er aus dem obern Stockwerk schon mit der Hand beinahe erreichen konnte.

Da drückte der Sohn der Hoffischerin seine Pelzmütze tiefer in den Kopf, nahm die längste und stärkste von den Schiffstangen, die an der Dachrinne des Fischhauses lehnten, und stieß den beladenen Kahn vom Ufer. Seine Mutter schrie ihm aus der Stube nach: „Um Gottes willen, was tust du!" Er aber rief nur zurück: „Dem Kastner abliefern," und fuhr weiter.

Anfangs schien es, als ließe er der wilden Altmühl volle Gewalt über sein Fahrzeug. Aber er überlistete sie nur, halb gab er nach, halb steuerte er nach seinem jenseitigen Ziel, und so kam er, ehe sie es sich versah, über ihren schaumbedeckten Rücken hinweg an das andere Ufer. Dort ließ er seinen

Kahn von einem Wirbel drehen, und fing dann an wieder bergauf zu fahren von einer Bucht zur andern, bald auf dem rückwärts strömenden Wasser, bald indem er die Stange mit großer Kraft und Gewandtheit gebrauchte, bis er das Vorderteil seines Fahrzeugs so unter das Fenster des Kastners brachte, daß dieser mit seinem Kästlein in der Hand leicht hineinspringen konnte.

Tobias ließ den Schiffbrüchigen auf dem Netze Platz nehmen und gedachte nun, heimwärts um vieles ruhiger zu fahren, als herwärts, weil er nun kein bestimmtes Ziel mehr hatte, sondern überall landen konnte, wo es weder mit Gefahr noch mit großer Anstrengung verknüpft war. Aber indem er sich diesem und ähnlichen Gedanken überließ, gab die Brücke endlich nach. Sie ging mitten auseinander, und Sägblöcke und Eisschollen, die sich hinter ihr gesammelt hatte, stürzten nun auf den kleinen Nachen los. Tobias stieß nun einen Schrei aus, wie es auch bei dem Mutigsten sein kann. Der Kastner aber sprang von seinem Sitz auf, verlor das Gleichgewicht und fiel in das Wasser. Im Fallen griff er nach dem Netz und riß es ganz mit sich in die Tiefe hinab, indem sein Leichnam von dem Strome mit fortgerissen wurde, während sich der Sohn der Hoffischerin durch einige kräftige Stöße mit der Stange aus dem Bereich der Blöcke und Eisschollen rettete.

Das Kästlein, das in dem Kahn zurückgeblieben war, trug Tobias, indem er weiter unten über den Strom fuhr, noch an demselben Vormittag in das herrschaftliche Schloß. Als man es in seinem Beisein mit Hammer und Stemmeisen geöffnet hatte, fand man den Schatz darin, dessen schon oben Erwähnung geschehen ist und worüber die Herrschaft so erfreut war, daß sie dem Jüngling die Bitte um eine Gnade frei stellte und es sogleich genehmigte, als er wieder das Fischgut um den alten Pachtzins verlangte.

Einige Tage nachher, als sich das Hochwasser wieder verlaufen hatte, fand man den Leichnam des Kastners auf der Geländerwiese und ganz in das Netz gehüllt. Denn er hatte es im Todeskampfe auch mit der andern Hand gepackt, und je weiter ihn der Strom auf dem Grunde seines Bettes fortrollte, desto mehr wickelte er sich in dasselbe ein, so daß nachher die Leute an der Altmühl sagten, er habe sich in seinem eigenen Netz gefangen.

Die Hoffischerin lebte nach dieser Geschichte noch über zwanzig Jahre; aber die Lehre, die ihr der Herr durch den Kastner gegeben hatte, vergaß sie nicht mehr, sondern hielt sich fortan ganz nach dem Worte: „Das sage ich aber, meine Brüder, die Zeit ist kurz. Weiter ist das die Meinung, die da Weiber haben, daß sie seien, als hätten sie keine, und die da weinen, als weineten sie nicht, und die laufen, als besäßen sie es nicht, und die dieser Welt brauchen, daß sie derselbigen nicht mißbrauchen. Denn das Wesen dieser Welt vergeht."

Die Altmühl aber verlangt jährlich nur ein Menschenleben zum Opfer, und man hörte in demselben Jahre 1580 nicht mehr, daß ein Knäblein beim Baden oder ein Pilger bei der Überfahrt ertrunken wäre.

Kuni Tremel-Eggert
Der Nikl vo' Böhra

Mitten in einer großen, blumigen Wiese, „Au" genannt, lag das Häuschen des Nikl vo' Böhra. Es lag da, wie wenn es einer verloren hätte, denn es lag ganz allein. Ein ganzes Stück mußte man noch gehen, bis man ins Städtchen kam, und hinüber zur Landstraße, wie auch hinüber zum Fluß, führte nur ein schmaler Fußweg.

Wenn's regnete, zog sich des Nikels Häuschen die braunrote, spitze Dachziegelkappe tief ins Gesicht und duckte sich in seine Wiese hinein wie ein Kücklein ins warme Nest. Und im Frühling war's ein „Paradeis" in der Au, wie der Nikl jedem erzählte. Um drei Uhr früh schon ging das Gezwitscher und Gedudel los und bis tief in die Nacht fand der Spektakel kein Ende — denn dann kripsten die Grillen und quakten die Frösche, die feist und wohlgenährt den tiefen Augraben bewohnten.

Am schönsten aber war es im Winter. Hei! Da war ein Leben in der Au. Als wäre das Häuschen des Nikl in eine riesige Spiegelscheibe gefallen, so lag es da, umflimmert, umglitzert, hatte sich eine dicke, weiße Pelzmütze übers rotbraune Dach gestülpt und da in der Gartenecke, wo die brüchige Dachrinne ins Traufenfaß gluckerte, hingen Eiszapfen, armsdick und meterlang.

In der Stube des Nikl hinter den winzigen Fensterlein saß die Käthl, seine Frau, wärmte ihren Buckel am Ofen, ihren Kaffee in der Röhre, und trank Kaffee, Kaffee den ganzen Tag. Der Nikl aber war draußen auf der spiegelglatten Eisfläche, fegte mit einem langstieligen Besen Schnee und Schilf fort und machte Platz für die Schlittschuhläufer.
Das war jedes Jahr ein Fest. Der Nikl verdiente an solchen Tagen einen ganzen Batzen Saufgeld, und seiner Käthl gab er keinen roten Heller davon heraus — mochte sie auch noch so schimpfen. Im Gegenteil — er tanzte vor ihr herum, klapperte mit dem Geld in der Hosentasche, lachte und sang immer das Gleiche, als sei's ein Refrain: „Versuffn wärd's, versuffn!" Darüber geriet sie so in Wut, daß sie vergaß, ihren Kaffee zu blasen und sich das Maul verbrannte. Das scherte aber den Nikl nichts. Er war 28 Jahre mit ihr verheiratet; das stumpft die Gefühle etwas ab, und dann ärgerte er sich über das ewige Gepumper des Kaffeehafens in der heißen

Röhre und hat's in seinem Zorn einmal geschworen, daß er ihn noch mit der Ofengabel aufgabelt und in den Augraben haut.

Aber da hat die Käthl gefaucht wie eine Katz, und da hat sich der Nikl nicht getraut. Das waren so der Käthl und des Nikl Sorgen, außer der einen großen, die sie alljährlich gemeinsam hatten.

Das war, wenn im Vorfrühling die große Schneeschmelze kam — denn dann lief der Main über und der Mühlbach, daß es sich stemmte und staute, dem Nikl sein Häuschen lag aber nur zwanzig Zentimeter höher als die Wiese, das wußte jedermann, denn der Nikl erzählte es in jedem Jahr:

„Die zwanzig Santimeter senn wieder amoll mei Rettung gewest." Auf diesen zwanzig Santimetern lag dann das kleine Haus, umgischtet, umbrandet von dem lehmgelben, schmutzigen Schneewasser der alljährlichen großen Talüberschwemmung, und wie die Arche Noah, die auf den strafenden Wassern schwamm, war's anzusehen vom hochgelegenen Städtchen aus.

Wenn das Wasser kam, liefen der Nikl und die Käthl ums Häuschen herum, viel hundertmal, holten herein, was nicht niet- und nagelfest war, und verrammelten Tür und Tor. Die Geis banden sie fest, damit sie sich nicht losreißen konnte, wenn's Wasser ums tiefer gelegene Ställchen rauschte. Aber einmal war es doch so arg, daß es in den Stall drang, daß die Geis mit ihrer vollgefressenen Ranze im Wasser schwamm wie ein Luftballon. Eine halbe Stunde später leckte das Wasser zur Stubentür herein, und die Käthl schrie, als wäre sie schon ersoffen. Der Nikl mußte zuerst die Käthl und dann die Geis hinauf zum Boden tragen und dort saß die Käthl im warmen, trockenen Heu und greinte, die Geis aber fraß soviel, daß sie bald zerplatzt wäre — der Nikl aber nützte die Situation und nahm seiner Käthl das Versprechen ab, nimmer zu schimpfen, wenn er mit einem Rausch heimkam, da er jetzt aus Liebe zu ihr und der Geis im eiskalten Wasser herumgewatet war.

Die Käthl versprach's, wußte sie doch, daß ihrem Nikl Vorwürfe waren wie Messerstiche, denn er hatte ein weiches Herz und konnte nicht leiden.

Aber beim nächsten Rausch, den er heimtrug, schwer wankend mit dröhnendem Gesang, zeterte sie los wie immer, und sie hatte recht, denn er hatte ja auch seinen Rausch wie immer — nein, nicht wie immer — schlimmer, schlimmer.

Das war das Traurige, und wenn er wieder nüchtern war und darüber nachdachte, hätte der Nikl gradhinaus darüber heulen können. Aber wenn er dann wieder bei lustigen Kumpanen im Wirtshaus saß und das Bier so würzig nach Malz und Hopfen schmeckte, dann war er machtlos und mußte trinken — trinken — solange der Wirt borgte.

Aber einmal war Schluß. Der Wirt borgte nimmer — denn des Nikls Rechnung war länger, als die Stubentür hoch war.

Weil aber der Nikl sonst nichts hatte, mußte er sein Häuschen verkaufen, um bezahlen zu können. Die Käthl weinte und schimpfte, dann saß sie in einer gemieteten Stube und ließ im gemieteten Ofen ihren Kaffeehafen pumpern.

Der Nikl aber hatte die Taschen voll Geld und den Kopf voller Pläne, und die besprach er mit seinen Freunden im Wirtshaus. Eines Tages aber langte er in die Tasche, und als er die Hand herauszog, war sie leer.

Zu der Zeit ersann einer seiner Freunde ein Verschen, das sang bald die Straßenjugend hinter dem Nikl drein, und das hieß:

„Nikl vo' Böhra
Hots Häusla verkafft —
Hots Geldla versuffn
Und Schulden gemacht."

Wenn der Nikl das hörte, setzte er sich auf einen Straßenstein und weinte bitterlich, denn er hatte ein weiches Herz, besonders wenn er nüchtern war, und das war er nun immer. Wenn er an heißen Sommertagen durch die Straßen des Städtleins stolperte,

Die Buben lachen den Nickl aus

mußte er halt seinen Durst am kühlen Brunnen löschen — — aber siehe, das Wasser, das er vordem nie versucht, mundete ihm immer besser, und eines Tages sagte er aus tiefster Überzeugung: „Het ich gewißt, daß es Wasser su gut is, het ich mei Häusla niet versuffn."

Leo Weismantel
Fürstbischof Hermanns Zug in die Rhön
Eine Legende

Fürstbischof Hermann von Würzburg veranstaltete einst ein großes, prunkvolles Fest; da kamen Gäste aus ganz Franken, selbst von Thüringen, von Schwaben und vom Rhein. Und als die Gäste vor des Fürstbischofs Schloß gezogen kamen, dem Herrn ihre Reverenz zu machen, der Fürstbischof auf die Terrasse kam, sie alle segnend zu empfangen, da schlüpfte der Hofnarr des Fürstbischofs vor ihm her und hub an, die Gäste zu verspotten.

„Ei seht, wie sie sich daheim ihren Reichtum vorgesucht haben an brokatenen Gewändern und seidenen Mänteln, an Waffen und an Perlenschnüren, an edlen Pferden, Rappen und Schimmeln, und an edlem Gezäum aus Gold und Silber, denn einer wollte vor dem andern protzen. Nun haben sie alle das gleiche getan in ihrem Hochmut, und keiner hat den andern übertroffen. Umsonst tragen sie die ganze Last, hätten all diesen Plunder zu Hause auf dem Speicher liegen lassen dürfen. Wären sie nackt gekommen, wie Gott sie geschaffen, wahrlich, einer unterschiede sich dann mehr vom andern denn jetzo. Ihr wolltet reich erscheinen, aber Ihr vergaßet, die Armut mitzubringen, auf daß sie Eures Reichtums Maßstab sei."

Die Herren und Damen schauten beschämt drein, und der Fürstbischof Hermann lächelte sein mildestes und versöhnendstes Lächeln, denn er selbst strotzte von Gold.

Und der Hofnarr bemerkte dies Lächeln und spottete auch das Fürstbischofs und sprach: „Seht, Euer Gewand strotzt so von golddurchwirkter Stickerei, daß es steil und starr stehen bliebe, auch wenn Ihr, mein erlauchter Herr, aus dem Gewande schlüpftet. Warum tragt Ihr selbst Euer Gewand heraus, damit diese es begaffen? Ihr durftet in Eurem Prunkbett liegen bleiben; es hätte genügt, wenn Eure dienenden Mönche Euer Gewand zum Empfange herausgetragen und hier aufgestellt hätten."

Der Fürstbischof aber lachte und sprach: „Mein lieber Narr, nun will ich dir sagen, warum ich mein prunkvoll Kleid nicht von den dienenden Mönchen habe heraustragen lassen, warum ich selber es heraustrug. Ich will reden, und kann mein Kleid denn reden?"

„Ja, auch es kann von Reichtum ein groß Getue machen."

„Ich aber", sprach der Fürstbischof, „will von der Armut reden. Ich will dich bitten, mein lieber Narr, daß du meinen Gästen und mir selber die Armut zeigtest, damit wir unsern Reichtum an ihr erkennen."

Und alle Gäste waren voll Freude und Jubel, daß dieser spöttische Empfang durch den Hofnarren um von des Fürstenbischofs hoher Weisheit nicht zu ihrer Schande geworden war, und jubelnd stimmten sie dem hohen Herrn mit Klatschen und Tücherwinken zu.

Und der Narr hinwiederum sprach: „So will ich euch mit all eurem Prunk in das Gebirge der Rhön führen, denn das ist der Armut Land."

Und sie machten sich scherzend und lachend auf und zogen in bunten Ketten maintalabwärts. Und springende Boten eilten ihnen voraus, und aus allen Städtchen, den mauerumgürteten, mit Toren und Zinnen geschmückten, an denen sie vorüberzogen, läuteten die Glocken, und viele der Gäste auch, edle Herren auf schwarzen Araberhengsten und Damen auf weißen Zeltern, ließen sich auf großbäuchigen, blumengeschmückten Kähnen stromabwärts treiben, weil es sie gelüstete, einmal reitend zu fahren.

Denn ihr Mutwille und die Luft nach immer neuen Einfällen nahm kein Ende.

Und die Bürger und Bürgerinnen kamen in bunten Trachten, die Jungfrauen mit grünseidenen Schürzen und großen goldenen Kreuzen auf den buntgesprenkelten Brusttüchern.

Dann bog der Zug dort, wo die Sinn in den Strom sich ergießt, vom Maintal nordwärts ein und stieg das waldreiche, immer enger werdende Sinntal hinauf.

Und einmal war es, daß sie durch ein Dorf kamen und der Hofnarr vor die vordersten der Pferde sprang und sie aufhielt, daß der ganze Zug stand.

„Sind wir nun in der Rhön?" fragten scherzend ein paar Lachende.

Schulmeisterlich lehrte der Hofnarr: „Seht, wie die Häuser von Stein sind — seht sie euch an."

Da lachten alle hellauf.

Einen Bürger, der am Wege stand, fragte der Fürstbischof: „Sind wir hier in der Rhön?"

Der Bürger aber schüttelte den Kopf und schukkerte sich und bekreuzigte sich, als sei ihm etwas Schreckliches gesagt worden — dann sagte er nur: „Weiter im Norden, weiter im Norden!"

Also waren sie noch nicht in der Rhön.

Die Salzburg über Bad Neustadt/Saale

Und als sie weiterritten, wurde das Tal enger und der Boden steiniger, und als sie wiederum zum ersten Dorfe kamen, siehe, da verstanden sie nun plötzlich des Narren Rede vom steinernen Haus — denn hier waren nur Hütten, mühsam aufgerichtet aus Holzgebälk und Geflecht, das mit Lehm beworfen war.

Um diese Hütten standen nun in Gruppen die edlen Damen und Herren und schauten. —

„Wie niedlich!" sagte eine Dame.

Und als sie dann endlich im ganzen Dorf einen alten Mann gefunden hatten, der ein paar Kinder hütete, da setzten sich die edlen Damen und Herren um diesen Armseligen, als wollten sie von ihm ein Märlein hören.

„Hier sind wir doch wohl in der Rhön?" begann Fürstbischof Hermann. „Nun beginne, mein lieber Narr, und zeige uns die Armut."

Der Alte schaute auf und seine Augen standen, als suchten sie den Fürstbischof ganz zutiefst zu verstehen, und seine Augen zitterten, und sein Mund zuckte von verschämter Armut und Eigenwillen und Trotz. Und da die scherzenden Damen und Herren dies sahen, wurden sie plötzlich mäuschenstill, als seien sie erschrocken. Und die Stimme des Alten war, da er sprach, majestätisch und voll Würde, und seine Gestalt richtete sich auf wie die eines Königs. „Nein, hier ist nicht die Rhön, der Armut Land — weiter im Norden, weiter im Norden!"

„Ihr seid der Älteste des Dorfes?" fragte der Fürstbischof Hermann.

„Ich bin es."

„Und wo sind die Frauen und Männer?"

Da führte der Alte sie hinaus vor das Dorf.

„Seht, dort sind die Frauen!"

Auf dem steinigen Boden der kargen Äcker hackten die Frauen die Erde um.

„Wir haben nur ein paar Kühe, Herr. Die sind zu schade, als daß wir mit ihnen pflügen dürften; sonst geben sie keine Milch. Wovon sollten unsre Kinder leben?"

„Und die Männer?"

„Die sind geteilt; die einen fällen Holz im Walde, die andern stehen auf Wache vor den Wölfen und wilden Sauen."

Da kamen drei Männer, groß, stark und sehnig, aus dem Steingeröll.

„Wer sind diese?"

„Meine Söhne," sagte der Alte; „sie haben sieben Tage gegen die Wölfe gewacht; nun kommen sie heim zur Rast, und meine andern Söhne haben sie abgelöst."

„Wo haben sie ihre Waffen?"

„Sie brauchen keine Waffen. Wenn sie mit den Wölfen zusammenkommen, da fallen sie mit ihren Armen über die Wölfe und erwürgen die Bestien."

Und als die drei vorübergingen ins Dorf, verneigten sich stumm alle die edlen Damen und Herren vor ihnen.

„Wahrlich," sagte der Fürstbischof Hermann, „hier sind wir noch nicht im Lande der Armut. Hier sind wir im Lande der Helden."

Und sie alle erkannten einen Reichtum, der größer war als der Reichtum all ihres Silbers und ihres Goldes, des edlen Gesteins und ihrer seidenen Gewänder; den Menschen, der im Kampfe mit der wilden, ungebändigten Natur die eigene Kraft erkennt in heldenhafter Wehr und wahrhaft König ist auf Erden.

Bad Kissingen im 19. Jahrhundert

Und sie machten sich weiter auf, die Rhön zu suchen, und gingen weiter nach Norden.

Uns sie kamen zum zweiten Lehmhüttendorf.

Es waren die gleichen Hütten, nur etwas kleiner, baufälliger, die Löcher der Wände zuweilen mit Moos verstopft und die Scheiben der Fenster matt und geschwärzt und düster vor Alter.

Es hockte aber vor einem der Häuschen ein Mann und schnitzte Schuhe aus Holz.

Als der Zug zu ihm herankam, stand der Holzschuhmacher auf und verbeugte sich tief.

„Hier sind wir nun doch wohl in der Rhön", sagte Fürstbischof Hermann; „zeigt uns die Armut der

Rhön, guter Mann. Sie zu sehen sind wir gekommen."

Blut schoß dem Holzschuhmacher ins dürre Gesicht. Er wollte sich umkehren und von hinnen gehen; dann aber besann er sich eines andern und sprach: „Ihr müßt weiter nach Norden, weiter nach Norden!"

Da drängten sich die edlen Damen und Herren an die Fenster, hinein ins Hüttlein zu schauen. Was sollte darinnen für ein Reichtum sein an Truhen und Schränken, an edlen Stoffen?

Die Wände waren kahl. Nur ein alter wackeliger Tisch stand in der Mitte, ein alter Stuhl hockte daneben, und in der Ecke hingestreckt war eine alte Liegestatt.

Doch dem Fenster gegenüber saß auf einem Baumstumpf eine junge Frau, die ein Kind an der Brust säugte, und um sie spielend wie junge Katzen wimmelte bunt durcheinander eine Schar Buben und Mädchen.

Sieben Kinder besaß der Holzschuhmacher.

„Seht", sprach er, „wenn ich Truhen und Schränke aus edlem Holz rings an den Wänden stehen hätte und viel Gold und Silber in den Kästen, ich schaute nur immer die Wände entlang und ich sähe vor all dem Blinken und Getue das eine nicht, was zu sehen mir nottut: daß uns Menschen als kostbarster Reichtum wieder Menschen gegeben sind."

Beschämt und stumm zog Fürstbischof Hermann und mit ihm sein ganzer Hofstaat aus diesem Dorfe weiter nach Norden.

Und als sie den Berg aufwärts stiegen am Talesen-

Der Kreuzberg in der Rhön

de, ward der Boden so kahl und öde, daß nur noch dürftiges Stoppelgras wuchs für dürre Ziegen, die zwischen immer mehr sich auftürmendem Gestein kletterten. Im Moor kauerte hie und da versteckt eine Hütte. Nur ein paar Holzstangen waren diese Hütten, oben zusammengebunden, zeltmäßig auf gespreizt und dann mit Reisig und Laub und Erdreich beworfen. Moos zog wie ein grüner Teppich drüberhin, wie Grünspan, der über ein Kupferdach gefallen ist.

„Aber hier doch sind wir in der Rhön, dem Lande der Armut", fragte der Fürstbischof ein Moormädchen.

Das Mädchen erschrak, dann sah es mit starrenden Puppenaugen die kostbaren Kleider an und die geschmückten Damen und Herren, und dann sah es sein eigen Kleid, seinen eigenen Rock, der dünn war von den Jahren und zerrissen von dem Wind und von den Dornen. Da erkannte das Mädchen seine Armut, und doch stieg Trotz und Bitternis in ihm auf, und es wollte seine Armut nicht bekennen.

„Nein", sagte es, „hier seid ihr nicht in der Rhön, der Armut Land, aber gleich jenseits des Gipfels, da seid ihr in der Rhön."

„Ja welchen Reichtum hättet denn ihr?"

Und wie ein Fisch, der aus dem Meer ans Land geworfen ward, nach dem Wasser ringt, so rang da dies Kind, dies arme, nach einem Reichtum.

Und das Mädchen kniete nieder in der Heide und faltete die Hände und betete: „Vater unser, der du bist in dem Himmel —"

Dann hielt es ein und lächelte den Erstaunenden zu.

Oben am Himmel jagten ein paar Wolken wie Schiffe auf blauer Flut.

„Hat einer von euch einen reicheren Vater als ich? Ist einer von euch aus königlicherem Blute, daß er sagen kann, er sei reicher und edler als wir Hirten und Moorleute?"

Stumm segnete Fürstbischof Hermann das Kind. Und sie alle zogen nordwärts auf den Gipfel des Felsens.

Der Feld reckte sich auf, nackt und kahl, und kein Hälmlein wuchs auf ihm.

Und sie sahen nordwärts, wohin sie gehen wollten, und sie sahen südwärts, woher sie gekommen waren, und sie sahen, daß sie in der Mitte angekommen waren zwischen Süden und Norden; daß sie, so sie nach Norden weitergingen, zuerst wieder zu den Hirten und Moorleuten, dann wieder zu den Holzschuhmachern und Besenbindern, dann wieder zu den Bauern kämen. „Und so wir nordwärts niederstiegen", sagte Fürstbischof Hermann, „und wir wieder einen Moorbuben oder einen Hirten fänden und sie fragten, ob wir bei ihnen in der Rhön, dem Lande der Armut seien, sie würden uns sagen, wir kämen ja aus der Rhön; wir müßten umkehren, so wir die Rhön finden wollten, und wir müßten wieder nach dem Süden gehen. So ziehet denn allein, um zu erfahren, ob ich recht geraten, und der Narr wird euch führen. Mich aber lasset auf dem Berg allein."

Und so geschah es.

Und als Fürstbischof Hermann allein war, da streifte er seinen goldbrokatenen Ornat vom Leibe und stellte ihn hin. Und er warf sich daneben nieder auf dem harten schwarzen Fels und gab sich nackt den Winden preis.

Und der Wind geißelte ihn und peischte ihn mit kleinen Steinsplitterchen.

Und er gab sich der Kälte preis, und sie fror ihn.

Und er gab sich den Wassern preis, und sie klatschten aus den Wolken auf ihn nieder.

Sieben Tage und sieben Nächte gab Fürstbischof Hermann seinen Leib preis, den nackten, armen, und lag vor Gott im Gebet.

Und er rief zum Himmel:

„Arm, o Herr, soll mein Leib sein vor dir, auf daß du reich machtest meine Seele."

Am Morgen nach der siebten Nacht aber kam der Narr wieder und brachte seinem Herrn zu essen und zu trinken und gebot ihm: „Nicht seid Ihr zur Armut, sondern zum Reichtum des Leibes bestimmt: kehret zurück, damit ein Hirte sei bei der Herde. Gott aber führte Euch in dieses Land der Armut, damit Ihr dessen Reichtum erkennet und wisset, daß vor dem Reichtum der Seele jener des Leibes zerfällt in Schutt und Asche."

Und der Hofnarr stülpte dem Fürstbischof Hermann wieder seinen goldbrokatenen starzenden Ornat über, und dann gingen sie beide den Berg hinunter, sinntalabwärts.

Als sie wieder das Maintal aufwärts ritten, sagte der Fürstbischof zu seinem Narren: „Ich will dich zu meinem Kanzler machen."

„Laßt mich Narr bleiben, denn so ist es Gottes Wille. Welcher Narrenpossen muß mit euch weisen Herren getrieben werden, damit ihr wahrhaft klug und weise regiert."

Da lächelt der Fürstbischof stumm vor sich hin.

Und so ritten sie stumm nebeneinander, bis sie nach Würzburg kamen, der Stadt des fürstbischöflichen Palastes.

Von jener Zeit an aber suchte der Fürstbischof Hermann die Rhön in seinen Besitz zu bekommen und führte manch heftige Fehde um dieses Gebirge, und in einem solchen Kampfe fiel er und liegt begraben auf dem Dammersfeld, der ehedem reichsten Alpe der Rhön.

Ludwig Zapf
Untreu

Erzählung aus dem fränkischen Volksleben

Eine tiefdunkle Nacht liegt auf der Erde. Nur der sternbesäte, in unendlicher Pracht flimmernde Himmel wirft ein mattes Licht auf Hügel, Wald und Tal, auf das kleine Pfarrdorf, das in der Einsenkung des Bodens sich ausbreitet. In schwarzen, undeutlichen Massen umringen die Baumgruppen die Höfe, welche ein Kirchlein mit niedriger, plumper Turmkuppel überragt. Ein schwacher, doch mehr und mehr wachsender Schein längs des östlichen Gesichtskreises zeigt das Herannahen des Mondes.

Stille herrscht im Dorf, nur von dem Hof an der nächsten Anhöhe drüben tönt anhaltendes Hundegebell herüber und widerhallt oftmals im Holze, das sich den Hügel entlang zieht. Dann schlagen auch zuweilen die Hunde im Dorf an, und die verschiedenen Stimmen der treuen Wächter vereinigen sich zu einem lärmenden Chor. Derselbe erstirbt allmählich wieder, nur einige Kläffer lassen regelmäßig, wie zu besonderem Vergnügen, noch lange ihren gellenden Laut erschallen.

Der beinahe volle Mond kommt allmählich herauf — als große rote Kugel, in der sich das Profil einer fernen Hügelwaldung scharfzackig abhebt, während zu ihren beiden Seiten die Gegend verschwommen, undeutlich bleibt. Die Umrisse der

Scheibe scheinen verkleinert. Sie ist mit den gesichtsähnlichen Erhebungen und Schattenbildern ihrer Oberfläche der „Mann" geworden, zu dem unsere Urväter in Ehrfurcht aufblicken, dessen Auge das Dunkel der Nacht durchschaut, den sanften Schlummer des Gerechten überwacht und zum Zeugen der geheimen Übeltat des Bösewichts wird.

Dies scheint auch der Bursche zu empfinden, dessen Gestalt jetzt an der Stirnseite eines Bauernhofes sichtbar wird. Er schrickt sichtlich zusammen, als mit einmal ein blasser Schein die weiße Wand des niederen Gebäudes vor ihm sowie die Nebenhäuser und den Turm erhellt, als sähe er sich bei bösem Werk ertappt.

Dann wendet er sich gegen das Fenster der erleuchteten Stube.

Es ist die behäbige Wohnung einer Bauernfamilie, die zu den begütertsten des Dorfes gehört, wie schon der Umfang des Anwesens, die solide altertümliche Bauart dartut. Das Hauptgebäude ist einstöckig und langgestreckt, die Mauern sind stark, so daß die kleinen Fenster in tiefen Nischen liegen.

Unverwandt blickt der Bursche, an den Laden geschmiegt, durch die Scheiben.

Die Arbeit ist getan, das Abendessen vorüber. Von den Bewohnern des Hauses fällt zunächst eine Gruppe von Mädchen ins Auge, welche sich im Vordergrund um den beleuchteten Tisch geschart haben. Drei davon haben Strick- und Nähzeug vor sich liegen; das dunkle Kopftuch mit den zu beiden Seiten des Kammes in die Höhe gewundenen Maschen, die den Gegensatz zu der jenseits der Saale noch üblichen wendischen Tracht bilden, läßt sie als hier heimisch erkennen; vor ihnen steht ein Mädchen, im Gespräch mit den drei Haustöchtern begriffen.

Das tiefrote Tuch, in eigentümlich spitziger Form über die Stirn aufsteigend, die breiten blauen Bänder auf dem kurzen, dunklen Rock kennzeichnen es als eine hier Fremde, eine Mainländerin.

Auf der blühenden Gestalt, auf dem schönen rosigen Antlitz der Tochter des Maintals haftet stechend, unheimlich flammend das Auge des lauernden Burschen, als wollte er die schmucke, jugendliche Erscheinung zu sich herausziehen. Keine ihrer Bewegungen entgeht ihm.

Er hat daraus erraten, daß das Mädchen, das zu den Bauerntöchtern „ins Dorf gegangen", nach Hause will, um sich gleichfalls eine Arbeit zu holen und dann bei ihren Freundinnen den Abend zu verbringen.

Diese Wahrnehmung erfüllt ihn mit wilder Freude. Jetzt ist der Augenblick gekommen; der Lauscher hört die Stubentür, dann die Haustür gehen, er rührt sich nicht, bis die flinke Gestalt zum Hoftor heraus, an ihm vorübereilt.

„Marget!" stößt er gedämpften Tones heraus. Das Mädchen fährt zusammen und taumelt fast, als sie ihre Hand erfaßt, zusammengepreßt fühlt und den Burschen vor sich sieht.

„Um Gottes willen, Frieder! Du bist noch da?! Hast mir's gestern doch so g'wiß versprochen, daß du gehst, ach du lieber Gott!" Und Tränen ersticken ihre Stimme.

„Ich hab' mich wieder anders b'sonnen: wo du nicht bist, kann ich nicht lebn, ich muß um dich sein, sonst hab' ich kein' Fried' und keine Ruh'. Ich laß mir's nicht wehrn, und wenn ich . . ."

„Kommst schon wieder mit dein' verworfenen Reden!" unterbricht ihn die Geängstigte. „Du weißt, daß der Vater deinetwegen daheim fort ist und Haus und Hof verkauft hat und daher gezogen ist, um mich von dir wegzubringen. Du mußt dich zeitlebens als Knecht rumschlagn; bist ein heftiger, ungebärdiger Mensch, und seit der G'schicht mit der Taschen ist der Vater außer sich, wenn er nur dein' Namen hört. Es hat ihm viel Kummer gemacht, seine Sach' drunten zu verkaufen und da rauf zu ziehn, wo es ihm kein' Augenblick g'fällt und die Mutter vor Heimweh sterben möcht', aber lieber hat er's getan, als wenn er uns beieinander g'sehn hätt'. Und jetzt kommst du nach und machst aufs neu' Unfrieden! Frieder! Nimm doch Vernunft an und mach uns nicht alle zwei unglücklich! Geh in dich, schau, daß du wieder fortkommst und denk nimmer an mich, es nimmt sonst kein gutes End'!"

„Ja, falsche Katz', du kannst recht haben; es nimmt kein gutes End'. Du, du allein bist schuld, gestern in der Nacht ist mir auf einmal ein Licht aufgegangen über dich, und ich weiß jetzt, wie ich dran bin. — Untreu! Untreu!" fuhr er heftig auf. „Untreu bist mir word'n, hast dir vielleicht da oben einen ausg'sucht, der mehr ist als ein armer Knecht! Hör mich an! Die G'schicht mit der Taschen wärmst du auf. Ja, dein'tweg'n bin ich zum Spitzbuben word'n, für dich bin ich sechs Wochen eing'sperrt word'n! Dein'tweg'n bin ich über Berg und Tal gelaufen, bis ich dich g'funden hab'; dir aber ist das alles einerlei, du selber willst nichts mehr von mir wissen! Heiliger Gott! Aber wart ..." Und der wilde Bursche preßt die Zähne aufeinander, daß sie knirschen. Marget antwortet nicht. Ein wehmütig lockendes Bild hat der Klang der wohlbekannten Stimme in ihrer Seele wachgerufen. Sie sieht den weiten grünen Maingrund mit den schönen Kirchdörfern, dem blanken Strom vor sich — die Heimat, die sie „genährt und großgezogen", der mit Goldflittern, roten Seidenblumen und Perlen reichgezierte „Kranz" schmückt ihr Haupt als Platzmädchen des Kirchweihfestes, vor dem Wirtshaus tanzen die auserlesenen Paare auf dem „Plan" unter den im Kreise aufgepflanzten Birkenbäumchen, ringsum strömen die Schaulustigen herbei; dann geht es ins Wirtshaus auf den Tanzboden, und Frohsinn und Lebenslust schwellt ihre Brust.

Da tritt er wie ein schwarzer Schatten in ihr rosiges Jugendglück.

Sie schaut empor, das sind nicht die Umrisse der heimatlichen Kirche, das ist anderes, fremdes Land, das sind andere, fremde Leute, zu denen sie das Geschick getrieben, das fressende Liebesfeuer des Burschen, der wie ihr böser Geist nicht mehr von ihrer Seite weichen will und ihr auch hierher gefolgt ist.

Rasch reißt sie sich jetzt los und eilt in das Haus zurück. „Untreu, untreu bist du mir!" tönte es ihr noch ins Ohr. „Und du mußt doch mein bleiben!"

Der Bursche nimmt seinen vorigen Standpunkt ein.

„Ha, da sitzt sie wieder bei den ‚Maikäfern‘ und erzählt ihnen alles; wart nur, du bist mich noch nicht los..." Und wie nach etwas suchend krallt sich seine Rechte in die Brusttasche.

Wild lodert in seinem Innern das Feuer der Leidenschaft auf. Er weiß sich verschmäht, zurückgeworfen von dem Mädchen, dessen Bild ihm Tag und Nacht vor der Seele stand, das er liebte, mehr als seine Mutter und Schwester. Jetzt war es ihm wie Schuppen von den Augen gefallen, er hatte sich einer törichten Einbildung hingegeben! Keinem andern aber kann er sie gönnen, und sollte er es büßen müssen hier und dort. Düstere Glut sprüht wieder aus seinem Auge, krampfhaft ballt sich seine Rechte.

Im vorigen Jahr war es, zur Frühlingszeit. Um die Mauern des ehemaligen Frauenklosters Himmelkron am Weißen Main toste der Kirchweihjubel; Musik und Liederklang scholl herauf zu der alten Stätte der Entsagung mit den ehrwürdigen Steinbildern frommer Äbtissinnen, neben denen in stiller Gruft die Prunksärge stolzer Markgrafen stehen. Da schritten drei Mädchen die Hecke entlang und sangen, wohl durch den alten Klosterbau angeregt, das schöne Lied:

„Stand ich auf hohem Berge,
Schaut' wohl ins tiefe Tal,
Sah ich ein Schifflein schweben,
Ja, ja, schweben,
Darin drei Grafen war'n.

Der jüngste von den Grafen,
Der in dem Schifflein saß,
Der bot mir an zu trinken,
Ja, ja, trinken,
Aus einem leeren Glas.

Was bot'st du mir's zu trinken an,
Und schenkst mir doch nicht ein,
Das g'schieht aus lauter Liebe,
Ja, ja, Liebe,
Weil wir zwei Liebchen sein . . ."

Frieder, der Sohn einer ledigen Tagelöhnerin in einem Bayreuther Dorf und seit kurzem als Knecht in der Nähe dienend, war eben auf dem Weg zum Tanzplatz, als ihm die Mädchen entgegenkamen. Die mittlere der Sängerinnen strahlte von Jugendreiz und Schönheit, das leicht entzündbare Herz des jungen Knechtes war im Nu berückt; wie er seines Weges zuging, wuchs der unsichere Funke schon zur hellen Flamme. Bald kamen auch die Mädchen ins Wirtshaus, und Frieder säumte nicht, die schöne Unbekannte sofort zum Tanz aufzufordern.

Er erfuhr, daß sie die älteste Tochter eines Mälzers und Bräumeisters in einem der nächstgelegenen Dörfer sei, der selber ein Gütlein bewirtschaftete, und liebeberauscht verblieb er den ganzen Nachmittag und Abend in der Nähe des unbefangen mit ihm verkehrenden Mädchens. Tanzte sie mit einem anderen Burschen, so haftete sein Auge auf ihr im dichtesten Gewühl.

Der Bursche ließ den Blick über die Frühlingslandschaft schweifen und jubelnd durchklang es ihn:

„Die Kirschlein blühen weiß und rot,
Und du bleibst mein Schatz bis in den Tod".

Aber er sollte bald bittere Erfahrungen machen. Als er nähere Bekanntschaft mit dem Mädchen anknüpfen wollte und schon am folgenden Sonntag in ihrem elterlichen Haus vorsprach, wurde ihm vom Vater, einem energischen, dazu leicht aufbrausenden Mann, die Türe gewiesen und die Wiederkehr ein für allemal verboten, der Tochter aber strenge Strafe angedroht, wenn sie, das „siebzehnjährige Kind", wie sie der Vater nannte, dem Burschen sich nur irgendwie freundlich erzeigen werde. Für sie werde sich wohl einmal ein anderer finden als dieser hergelaufene Knecht von schlechter Abkunft, der noch lange keine Frau ernähren könne.

Das gute Mädchen, das in keiner Weise Veranlassung hatte, dem elterlichen Willen entgegen zu sein, suchte dem unwillkommenen Anbeter schon bei dieser Gelegenheit zu beweisen, daß er von ihr nichts zu hoffen habe. Allein, immer und immer wieder wurde Frieder im Dorfe heimlich herumschleichend gesehen, wenn er sich auch nicht mehr traute, das Haus zu betreten, zu dem es ihn so mächtig zog. Er redete sich beharrlich die Gegenliebe des Mädchens ein, ließ ihm Grüße zukommen und sprach seine unbezähmbare Neigung unverhohlen gegen andere aus. In der Schroffheit Margets sah der Verblendete nur eine Folge des elterlichen Zwanges.

Eines Sommersonntags saß Marget allein im dunkelgrün beschatteten Gras des Baumgartens, während oben die Laubkronen und die Firste der umliegenden Gehöfte im Rotgold des sich neigenden Nachmittages prangten. Sie ließ, in Gedanken vertieft, die Nähnadel durch die weiße Leinwand gleiten, und tiefe Wehmut erfüllte sie ob des unglücklichen Zusammentreffens mit dem fremden Knecht, der sie unablässig verfolgte und ihr keine frohe, glückliche Stunde mehr ließ.

Da fiel mit Geräusch etwas neben ihr zu Boden; mit Erstaunen sah sie eine neue blanke Ledertasche vor sich liegen, wie sie zu jener Zeit von den Bürgermädchen und bald auch von einigen Bauerntöchtern getragen wurden, und deren Besitz sich Marget schon längst gewünscht hatte. Sie hatte dieses ihr heimliches Verlangen einigen Freundinnen gegenüber gesprächsweise erwähnt. Daß aber keine von diesen ihr die heutige Überraschung bereitet, das war klar. Von wem sollte letztere nun herrühren? So schnell sie nach allen Seiten gespäht hatte, sie konnte niemanden am dichtverwachsenen Zaun gewahr werden.

Das Mädchen faßte die Tasche und trug sie ins Haus. Ein zorniger Blitz fuhr über des Vaters Angesicht, er hatte sofort den Geber erraten, und einige Minuten später war die Tasche dem Ortsvorsteher übergeben, der, als feststand, daß diese niemand im Dorf zugehörte, dagegen bekannt wurde, daß auf dem letzten Markt in Berneck einem Galanteriewarenhändler eine Ledertasche entwendet worden sei, diese auf die Andeutungen des Mulzers hin unverweilt zu Amtshänden brachte.

Frieder wurde als der Täter ermittelt und in Haft genommen.

„Wenn der Mensch sich noch einmal hier blicken läßt", wütete der Mulzer, „so erschieß' ich ihn wie einen Iltis. Du mit einem Spitzbuben im Gered', das tät' mir noch passen!" Er ging düster und verschlossen herum, dann war er mehrere Tage abwesend, und eines Morgens teilte er den Seinen mit, daß er eine Bräuerstelle auf einem Rittergut bei Hof angenommen habe und sein Gütlein verkaufen werde.

„Wem ihr's zu verdanken habt", fügte er bei, als Frau und Kinder bei dieser Nachricht in Tränen ausbrachen, „das brauch' ich euch nicht zu sagen. Hier sind wir vor dem schlechten Burschen unser Lebtag nicht sicher; ich will ihm einen Riegel vorschieben!"

Da half keine Einsprache. Erst während des Winters aber gelang es, einen guten Käufer zu finden, und wenige Wochen später ging es aus der lieben Heimat fort, dem rauhen Vogtland zu.

Wie war das arme Mädchen zu Tode erschrocken, als sie nun gestern abend ihren Verfolger, vor dem sie und die Ihren endlich Ruhe gefunden zu haben glaubten, fast an derselben Stelle wie heute plötzlich vor sich stehen sah. Wie vor einer Geistererscheinung war sie zusammengeschauert!

Frieder aber ließ sie nicht los, sie mußte ihn anhören, wie er ihr hastig mitteilte, daß er endlich ausgemacht habe, wo sie sei, daß es ihn nicht mehr daheim gelitten habe und er nun den ganzen Nachmittag im Holze droben auf den Anbruch der Dunkelheit gewartet habe, um von ihrem Vater unbemerkt ins Dorf zu kommen.

Im gästeleeren Wirtshaus habe er eine Viertelstunde verweilt und da herausgebracht, daß Marget immer in diesem Bauernhof ihre Abendstunden verbringe. Er stehe schon eine gute Weile hier, nun sei er froh, daß er sie doch — und noch dazu allein — getroffen habe.

Flehentlich bat er sie jetzt, sich doch nicht abwendig machen zu lassen; er wolle alles aufbieten, um den Vater zu versöhnen. „Einem andern darf ich dich ja nicht lassen, und wenn's mich meine Seel' kostet!" Das war immer der Schluß seiner Vorstellung.

Das Mädchen wußte vor Todesangst nicht, wie ihm geschah und was es tun sollte. Zurück zum Rittergut, den erregten, leidenschaftlichen Burschen an der Seite, den sie scheute wie den Tod, das schien ihr zu gewagt. So entschloß sie sich denn schnell, das befreundete Haus zu gewinnen, und es konnte dies nicht leichter geschehen, als wenn sie Frieder einlud, mitzugehen.

„Frieder, ich bitt' dich um alles, wenn nun der Vater daherkäm' oder ein anderer und säh' mich bei dir —, das gäb' ein Unglück; geh mit rein, da kannst eine Weil' bleibn, und dann geh wieder deiner Wege! Tu mir's zulieb, Frieder! Wenn du mir das versprichst, so will ich mir nichts merken lassen, wie es zwischen uns steht. Ich will dir dann später Nachricht geben, ob der Vater noch so bös' ist auf dich; aber versprechen mußt du mir erst, daß du noch heut wieder aus dem Dorf gehst, sonst machst du uns alle zwei elend! Versprichst du mir das?"

„Ich versprech' dir's", antwortete Frieder, der in dem Mädchen eine versöhnliche Stimmung zu bemerken glaubte. „Aber ich komm' wieder, wenn du nichts von dir hören läßt, das schwör' ich dir!" Und er folgte der Voraneilenden in das Bauernhaus.

Die Einführung und Vorstellung ist auf dem Lande schnell beendet. Marget bezeichnete Frieder als einen Bekannten aus der Heimat, der sie, weil er gerade in der Nähe sei, aufsuchen wolle. Er sei ihr begegnet und sie habe ihn gleich mit hierher genommen. Im stillen aber harrte sie bang des Augenblicks, wo der ungebetene Gast das Haus verlassen werde und sie sich gegen ihre Freundinnen aussprechen könne. Sie konnte ihre Unruhe nur mit großer Mühe verbergen.

Frieder aber erfüllte seine Zusage und entfernte sich bald wieder, nachdem er von Marget besonders Abschied genommen und sie in versteckten Worten nochmals ermahnt hatte, ihres Versprechens zu gedenken.

Marget war wie von einem schweren Alp befreit, ihren Frohsinn aber vermochte sie nicht wiederzuerlangen. Eine düstere Ahnung durchbebte sie, als sie unter Begleitung ihrer Freundinnen, die nun alles wußten, unbehelligt die väterliche Schwelle erreicht hatte.

Und heute — dieselbe Begegnung! Abermals war er vor ihr gestanden, wie das Unglück selbst, das sich an ihre Fersen geheftet. Totenblaß war sie, als sie wieder in die Stube flog, die sie eben erst verlassen hatte, und die anderen errieten sofort, was sie hierher zurückgescheucht hatte.

Sieh, da tritt Frieder selbst ein. Sein Gruß wird von den Anwesenden erwidert, er sucht seinen gestrigen Platz am Ofen auf. Der Bauer, mit dem Frieder sich gestern fast ausschließlich unterhalten, ist noch nicht von Hof zurück, wohin er sich heute morgen begeben, die Frau, welche eben mit ihrem jüngsten Kind beschäftigt ist, richtet wenige Worte an ihn. So sitzt er still und wie unbeachtet auf der Bank.

Er schaut anscheinend gleichgültig der Bäuerin zu, die das Kleine in die Kissen wickelt. Es weint laut, die Mutter bekreuzt es, als sie die Hülle über ihm zusammenlegt, nimmt es dann auf den Arm und setzt sich zu den Mädchen.

Wilde Gedanken fliegen indessen durch den Kopf des Knechtes. Er war gestern, anstatt die Richtung nach der Heimat einzuschlagen, in der Mondeshelle wieder dem Wald zugeeilt und hatte hier eine schlaflose Nacht zugebracht.

Es war ihm klar geworden, seine Leidenschaft war hoffnungslos!

Gegen Morgen hatte er sein Versteck verlassen, einen daherkommenden Bauern nach dem nächsten Weg zur Stadt Hof gefragt und sich dort bis nachmittags herumgetrieben. Ein schrecklicher Gedanke, mit dem er schon monatelang gerungen, bemeisterte sich seiner, seit er gestern den Bauernhof verlassen.

Er hatte in der Stube auf den Querstangen oberhalb des Ofens ein Gewehr liegen sehen. Im Gespräch, das er darauf hingelenkt, hatte der Bauer erwähnt, daß es nicht geladen sei und schon lange unberührt da oben liege; er möge nichts vom Jagdlaufen wissen, der Bruder seines Vaters aber sei vor

Zeiten gern mit den Jägern hinausgegangen, ihm habe das alte Ding mit dem Feuerschloß gehört.

„Ha", so durchblitzte es Frieder in der gestrigen Nacht im Wald, „das macht sich ja prächtig! Wenn mich der Mulzer erschießen wollt', so erschieß' ich ihm nun seine Tochter, wenn er und sie es nicht anders haben wollen. Nicht umsonst trag' ich da die Kugel dazu schon seit dem Herbst in der Tasche rum! Pulver wird's in Hof zu kaufen gebn. Einmal will ich noch hören, was sie sagt — entweder, oder! Jetzt bin ich fest, ich laß mich nimmer hinters Licht führen!"

Und nun sitzt er wieder am Ofen, hat die Marget

vor sich, die Flinte über sich und Pulver in der Tasche!

Ohne daß die Weibsleute es bemerken, hat er, leise wie eine Katze sich emporreckend, das Todeswerkzeug herabgelangt. Er rückt tiefer in den Schatten, seine Hand zittert, als sie den Lauf umschließt, während die andere in die Tasche fährt. Ein Blick fliegt noch über das Mädchen, das dort mit den anderen scherzt, wenn auch wohl mit schwerem Herzen. Glüht er vor Liebe oder Haß?

„Die Kirschlein blühen weiß und rot,
Und du bleibst mein Schatz bis in den Tod."

Die Ladung gleitet in den Lauf.

Eben beginnt die älteste Tochter vom Hause ein Lied, und Marget fällt mit ihrer schönen Altstimme harmonisch ein. Erhaben und feierlich klingt die schöne Weise durch die Stube:

„Ist alles dunkel, ist alles trübe,
Dieweil mein Schatz ein' andern liebt;
Ich hab' geglaubt, er liebet mich,
Aber nein, aber nein, er hasset mich!

Was nützet mir ein schönes Mädchen,
Wenn and're sie zum Tanze führn
Und küssen ihr die Schönheit ab,
Woran ich meine Freude hab'."

Wie schneidiger Hohn dringt das in Frieders Ohr. „Nein, kein anderer soll dir die Schönheit abküssen, Ungetreue!" murmelt er mit bitterem Lächeln, während dort das schöne Lied arglos weiter gesungen wird. Nun ertönt die letzte Strophe:

„Dann kommen die schwarzen Brüder
Und tragen mich zum Tor hinaus,
Und legen mich ins kühle Grab,
Worin ich ewig Ruhe hab'."

Arme Marget, du hast dein eigenes Los gesungen! Eben schritt der Bauer auf dem Rückweg von der Stadt durch das Dorf seinem Hof zu, als er plötzlich das Licht in der Wohnstube verlöschen sah und der Knall eines Schusses an sein Ohr schlug. Gleichzeitig hörte er unmittelbar vor sich eine Kugel in den Stamm einer Ulme einschlagen. Erschrocken und neugierig lief er dem Eingang zu, eine Gestalt huschte an ihm vorbei, er achtete nicht darauf und riß die Stubentür auf.

Da scholl ihm Weinen und Jammern entgegen, erst jetzt hatte die Trauer die Herrschaft über den jähen Schreck errungen, der die Hausgenossen ob des eben Erlebten wie versteinernd überkommen.

Die Frau brachte Licht, und in dem Doppelschein der Flamme und des Mondstrahles sahen sie Marget, das eben noch sich seines Lebens freuende liebliche Wesen, regungslos auf dem Boden liegen! Ihr rotes Blut quoll aus Brust und Rücken. Sie war tot. Nicht weit von ihr lag das unheilvolle Gewehr am Boden. Aus der Mitte der Freundinnen war das schuldlose Opfer eines Rasenden ohne Schmerzenslaut von der Bank geglitten, als die mörderische

Kugel es durchbohrte, die noch durch das Fenster, wo die Unglückliche gesessen, und in die Ulme geschlagen hatte, in der sie später aufgefunden wurde. Der Schuß hatte das Licht verlöscht, der Mörder war sofort aus dem Hause entwichen.

Unter lautem Wehklagen umstehen Mann und Frau und die Töchter im Kreise die jäh aus dem Leben geschiedene Freundin.

Frieder wurde einige Tage später in seiner mütterlichen Wohnung verhaftet. Bis dahin hatte er sich fast ohne Nahrung in den dem Schauplatz seiner unseligen Tat naheliegenden Waldungen verborgen, um die ermordete Geliebte, die im Leben keine andere Hand berühren sollte, noch zu Grabe tragen zu sehen. Und es gelang ihm.

Auf dem Hügel oberhalb des Dorfes stand er im Fichtenschatten, als am dritten Tag nachmittags die Glocken des kleinen Kirchleins anschlugen und ihren zitternden, klagenden Ton heraufsandten, und er sah den in Kränzen halb verborgenen Sarg dahintragen und die gebeugten Eltern und Geschwister und eine Schar von Freundinnen weinend ihrem toten Liebling folgen.

Dann stürzte er, wie von Hunden gehetzt, den Abhang hinab.

Das Gericht verurteilte den jugendlichen Mörder mit Rücksicht auf seine schlechte Erziehung zu zwanzigjähriger Zuchthausstrafe. Diese Strafe wurde jedoch zur lebenslänglichen: Frieder starb nach wenigen Jahren im Gefängnis.

Worterklärungen

Bauer, Kinkerlitzla
Kinkerlitzla = unnötiger Kram
Voich = Tier, Vieh
haberas patscht = habe es ihr verraten
Buwitzer = Verschwender

Becker, Seine Gemeinde
Konventikel = (heimliche) Zusammenkunft
imaginär = nur in der Vorstellung vorhanden
Forum = Markt- und Versammlungsort; auch Zuhörerschaft
Auditorium = Zuhörerschaft
Parkett = Theaterplätze; hier Publikum
Mystik = Form der Religiosität, die Hingabe und Versenkung betont
Allegorie = Sinnbild
Äolus = Gott der Winde

Conrad, Geschichte in Szenen
Dekanat = Amtsstelle des den Kirchenbezirk leitenden Geistlichen
optime = bestens
Antipoden = die auf der gegenüberliegenden Seite der Welt Wohnenden; auch verallgemeinert Gegner
Tacitus = lat. Schriftsteller, wörtlich „Der Verschwiegene"
ipse fecit = von eigener Hand (wörtlich „Er hat es selbst gemacht", früher üblich zur Kennzeichnung von Bildern)
Malefiz = eigentlich Missetat, Verbrechen; als Fluch entsprechend „Verdammt!"
Mönchshabit = Mönchsgewand
Agitator = Wahlkämpfer, Wahlkampfleiter
Witzkappe = kleines rundes Käppchen, auf dem Hinterkopf getragen

Dauthendey, Jugend in Würzburg
Kollodiumlack = flüssige Lösung von Nitrozellulose in Alkohol oder Äther; früher aus Schießbaumwolle gewonnen
assyrischer Bau = Bau in der Art der Assyrer, eines der frühen vorderasiatischen Hochkultur-Völker

Lithographie = Steindruck
Gelatine = feiner, durchsichtiger Knochenleim

Dittmar, Mit dem Frachtwagen
Wöhrd = Insel
reuten = roden
Jungfrauenadler = Wappen-Adler mit nacktem weiblichem Menschenoberkörper
Fittich = Flügel
Bacchant = Anhänger des Bacchus, Zecher; hier verfälscht aus Vagant, umherschweifender „fahrender Schüler"
Schütze = jüngerer Begleiter, sozusagen „Lehrling" eines fahrenden Schülers, der Lebensmittel „schießen" mußte, was wir heute vielleicht mit „organisieren" bezeichnen würden
absolviert werden = losgesprochen werden
Placker = Plagegeist
Genannter = Mitglied des Großen Rates

Frank, Der Streber
Magistrat = Stadtverwaltung
Sweater = Pullover
Menuett = alter Tanz
Berliner Wintergarten = seinerzeit berühmtestes Varieté Deutschlands
Impresario = Leiter, Manager

Galster, Urgroßvater
Pfaiden = Bettbezüge
sinnierlich = nachdenklich, besinnlich
hantig = grantig, ärgerlich
Batzen = Geldstücke
Zwetschgen = Zwetschgenschnaps

Gemming, Probe
keinen guten rauchte = mit dem nicht gut Kirschen essen war
Epauletten = Schulterstücke der Uniform
Schneid = Mut
adjustiert = ausgerichtet
stereotyp = einförmig, immer gleich
hantieren = umgehen
Sohn des Mars = Soldat (Mars = Kriegsgott)
a tempo = blitzschnell

Goes, Torte von Eltmann
Deponentia, Semideponentia = lateinische Wortformen
„geschuftet" = verklagt, angeschwärzt
nationalliberal = damalige Parteirichtung
Fatalist = in sein Schicksal ergebener Mensch; jemand, der glaubt, man könne seinem Schicksal ohnehin nicht entgehen
Sommeschlacht = mörderische Schlacht des Ersten Weltkriegs in Frankreich
Dante = italienischer Dichter (1265-1321)

Graf, Soiree
Soiree = Abendgesellschaft, -einladung
emeritiert = außer Dienst, im Ruhestand
Tennen = Flur
Kompositeur = Komponist, Tondichter
Dramaturg = Regisseur
„Kapellmeister Kreisler" = berühmte Figur E.T.A. Hoffmanns mit vielen autobiographischen Zügen
Ehegespons = Ehegatte
Konsulin = Gattin des Konsuls
ma chère = meine Liebe
Monsieur = (Mein) Herr
Kanzonette = kleines Gesangs- oder Instrumentalstück
Madame = (Meine) Dame
Steuersupernumerar = außerplanmäßiger (wörtlich: überzähliger) Steuerbeamter
Bonsoir = Guten Abend
Medaillonreliefs = Wandplastiken in ovalem Rahmen
Amor und Psyche = Liebespaar der griechisch-lateinischen Sagenwelt
Kalmus = Schilfrohr und dessen Wurzel, daraus gewonnenes Mittel zu Würz- und Heilzwecken
Galoschen = Überschuhe
Appellationsgericht = Berufungsgericht
Generalkommissär = hoher Beamter, auch Geschäftsträger
Casino, Harmonie = gesellschaftliche, „Geselligkeits-" Vereine
Krepp = Gewebe mit welliger oder gekräuselter Oberfläche
Clavizimbel = Cembalo, Klaviervorgänger
Atlassenes = Kleid aus Atlas, Gewebe mit stark glänzender Oberfläche
Duettine = Kleinform des Duetts

parlieren = plaudern, reden
Berlocken = kleine Schmuckanhänger an der Uhrkette
Quintett = Stück für fünf Stimmen oder Instrumente
Spenzer = eng anliegendes, westenartiges Jäckchen
Tunika = Obergewand nach altgriechischer Art
Schnürleib = Korsett, Korsage
Schneppentaille = vorne spitz zulaufendes Leibchen
Bauschen = Wülste, Knäuel, hoch aufgeplusterte kurze Ärmel
Domestiken = Diener, Hausangestellte
Redoute = Maskenball
Demoiselle = Fräulein
Kantilene = gesangsartige Melodie
Rezension = Besprechung, Beurteilung
Kanapee = Sofa mit Rücken- und Seitenlehne
Journal = Zeitung
Frickenhäuser = Wein aus Frickenhausen/Ufr.
Bordeaux, Medoc, Chambertin = franz. Rotweine
Schwager = Postillion
Pianoforte = Klavier
Allegro moderato = mäßig schneller Satz
Adagio = langsamer Satz
Allegro = schneller Satz
Unikum = Einmaligkeit, Original
Poseur = Wichtigtuer, Angeber
skurril = verschroben, sonderbar
Olympier = am Olymp, dem Sitz der Götter wohnend; übertragen = erhabene Dichtergröße
A propos = da wir gerade davon sprechen; nebenbei; übrigens
Carmen = (Fest-, Gelegenheits-) Gedicht
Pagerie = Pagenbildungsanstalt
Engagez, messieurs = Bitte auffordern, meine Herren

Jean Paul, Testamentseröffnung
Krösus = sagenhaft reicher König der Antike; schwerreicher Mann
Schlagflüsse = Schlaganfälle
Magistrat = Stadtverwaltung
Depositionsschein = Hinterlegungschein
Präsumtiv-Erben = mutmaßliche Erben
insinuierte Charte = offiziell eingereichte Urkunde
Dominé = Landgeistlicher
Gemeinhut = Gemeindeweide

Revüe-Lager = Truppen-Lagerplatz
Trebellianica = Pflichtlegate in der Höhe eines Viertels der Erbmasse
Jagdtaufe = Nottaufe
Meibomische Drüsen = in den Augenlidknorpel sitzende Talgdrüsen, die zuerst 1666 von Dr. Heinrich Maibom beschrieben wurden
ductus nasalis = Nasenausgang
dephlegmiert = wasserlos
Akzessit = Nebenpreis, zweiter Preis
Heliaden = die nicht versiegenden Tränen der Töchter des Helios, die den Tod ihres vom Himmel gestürzten Bruders Phaëthon beweinten, wurden in Bernstein verwandelt

Panzer, Serpentina
Schock = 60 Stück
Schlagfluß = Schlaganfall
Felleisen = Ranzen, Rucksack, Tornister

Penzoldt, Väterliches Bildnis
diagnostizieren = ärztliche Beurteilung abgeben, feststellen
David Copperfield = berühmte Romanfigur von Charles Dickens
Rüböl = Öl aus Rapssamen, vor Einführung des Petroleums allgemein als Leuchtöl verwendet
Bertuchs Bilderbuch = „Bilderbuch für Kinder" von F.J. Bertuch, in 190 Heften erschienen 1790-1822, ungeheuer weit verbreitet
Fingalshöhle = berühmte Grotte an der Südwestküste der schottischen Insel Staffa
illuminieren = farbig ausmalen
Quinta = zweitunterste Klasse des Gymnasiums
Cochinchina = Indochina (Laos, Thailand, Vietnam, Kambodscha)
Physikum = ärztliches Vorexamen
Krinoline = Reifrock
Kabinettchen = Toilette, WC
Cholera = Seuchenkrankheit
Glockengießer von Breslau = berühmtes Gedicht von Wilhelm Müller
Apoll von Belvedere, Zeus von Otrikoli = berühmte antike Statuen in den Vatikanischen Museen
Kommilitonen = Mitstudenten
Hippokrates = berühmter Arzt der Antike

Michel de Montaigne = französischer Philosoph, 1533-1592
immatrikulieren = an der Universität einschreiben
Magnifizenz = Rektor der Universität

Pültz, Zwei Geschichten
Schultheiß = Bürgermeister
fatal = unangenehm, peinlich, schlimm
Protokoll = Niederschrift einer Verhandlung usw.
Fähnlein = kleinere Truppenabteilung, Vorläufer der Kompanie
respektabel = beachtlich

Raithel, Baumschule
Peunt = abgegrenztes, umzäuntes Stück Wiese, Feld
auf dem Werda stehen = wachsam, vorsichtig, zurückhaltend sein
Geweif = Gerede, Geschätz
Blüh = Blüte
angehen = anwachsen, gedeihen
pelzen = heranziehen, züchten
Blessierte = Verwundete, Verletzte
Hottentotten = Negervolk: hier abfällig im Sinne „unkultiviertes Pack"
aufleinen = tauen

Ruckert, Schnorrechristina
Wabersnikl = Webers-Nikolaus
Schnorre = Schnurr-, Schnauzbart
leini'a = leinene
ba'wölli'a = baumwollene
Hannlera = Händlerin
neulist = neulich, kürzlich
Vroala = Veronika
Däitlboch = Dettelbach
Neusi = Neuses
Huckapack = „Huckelkorb" auf dem Rücken mit Warenpack
Zitz = Kattun
Gedrückt's = bedruckter Kleiderstoff
Benn'l = Bänder
Stupflfald = Stoppelfeld
justament = eben, gerade
deunist = dennoch
alla Puf = in kurzen Abständen, „alle Naselang"

a-n-Äiln = eine Elle
es ower's anner = das eine oder andere
zo-ra = zu ihr
akrot = akkurat, genau
Schosseh = Chaussee, Fahrstraße
Dischkursch = Diskurs, Gespräch
wuasa undsa har it = woher sie ist
ees = eins
just = gerade
gsahn höm = gesehen haben
hest = hüben
gest = drüben
a Gollicht hat'n dammert = ein Licht ging ihm auf
awack = weg
odder = aber
Bratwörstbennel = Bratwurstbändel (gibt es nicht, denn die Bratwürste werden durch ein paar Drehungen im Darm verschlossen)
wädli gewormt = mächtig geärgert
s'Malsjohr = im nächsten Jahr

Rüttenauer, Schwedenspiel
Privilegiert = wer ein Vorrecht genießt
pyramidal = Pyramidenförmig
Standarte = Fahne
Zymbeln = Glöckchen zum Läuten während der Messe
Offertorium = Darbringung von Brot und Wein
Ecci panis (richtiger: „accepit panem") = bei der Wandlung
Tantum ergo = großer Lobgesang
Cherub = geflügelter Engel, himmlischer Wächter
deus ex machina – „Gott aus der Maschine", in frühen Theaterstücken Figur, die plötzlich auftaucht, um eine eigentlich unlösbare Situation zu lösen

Schnack, Sebastian
Gerberlohe = vorwiegend aus Holzspänen und Rinde bereitete, gerbsäurehaltige Brühe zum Gerben
Gummipicker = Arbeiter zur Rohgummigewinnung
Pampa = weites Grasland in Südamerika
Rentamt = regionales Steueramt, unterer Verwaltungssitz
Magistrat = Stadt-, Gemeindeverwaltung
Lohmühle = Mühle zum Zermahlen der Rinde für die Gerberlohe

Schoppen = Viertelliter Wein
Mosthecke = Heckenwirtschaft, Eigenausschank des Winzers oder Apfelmostbauern
Präparandenschule = Vorbereitungsschule

Skasa-Weiß, Rothenburger Katze
Ordinarius = hier im Sinne von Klassenleiter
Einjähriges = Schulabschluß, der die Berechtigung zum nur einjährigen Militärdienst (und zur Offizierslaufbahn) brachte
comme il faut = wie sich's gehört, musterhaft
Nusch = der durch seinen „Meistertrunk" berühmt gewordene Rothenburger Bürgermeister
Gartenlaube = langlebige, weitverbreitete Familienzeitschrift
Rodonkuchen = kranzförmiger Rührkuchen
Rangierer = Fahrer von Verschiebelokomotiven
Stentor = stimmgewaltiger trojanischer Held
Mister Pickwick = Romanfigur von Charles Dickens

Stöber, Frau Ring
Abimelech, Naemi, Mara = biblische Gestalten
Fechser = Ableger einer Pflanze
Zettel = hier Kette, Kettfäden
Bergleiten = Berghänge, Bergweiden
Barn = Raufe
Rechtskonsulentin = Gattin eines Rechtsberaters, Anwalts
Gefäß der Unehre = Nachttopf
Sonntag Palmarum = Palmsonntag
Wiedertäufer = hier wohl Baptist
Mahlschatz = Mitgift
Kastner = Verwalter
Mitze = Anteil, Art von Provision

Weismantel, Fürstbischof Hermanns Zug
Reverenz machen = Ehrerbietung bezeugen, Aufwartung machen
starzen = starr, steif sein

Zapf, Untreu
Mulzer = Mälzer

Zu den Autoren

Bauer, Franz
* Nürnberg 1901 † Nürnberg 1969
Aus dem umfangreichen Schaffen Bauers seien hier nur genannt „Helden, Gespenster und Schalksnarren" (1938) und das „Lachkabinettla" (1962), aus dem unsere kurze Geschichte stammt.

Becker, Julius Maria
* Aschaffenburg 1887 † Aschaffenburg 1948
Werke: u.a. Syrinx 1918; Das letzte Gericht (Drama, 1919); Nachtwächter Kronos (1923); Der Schächer zur Linken (Schauspiel, 1923).

Bröger, Karl
* Nürnberg 1886 † Erlangen 1944
Nach vorzeitigem Abgang vom Gymnasium in verschiedenen Arbeitsbereichen tätig. Veröffentlichte ab 1910 erste Gedichte; etwa gleichzeitig begann seine Laufbahn als Journalist und Redakteur. Engagierte sich in der politischen Jugendarbeit.
Werke: u.a. Gedichte (1912); Die singende Stadt (1913); Der Held im Schatten (1919); Flamme (1920); Die 14 Nothelfer (1920), Unsere Straßen klingen (1925); Das Buch vom Eppele (1926).

Conrad, Michael Georg
* Gnodstadt/Ufr.1846 † München 1927
Der Bauernsohn wurde nach Studien in Genf, Neapel und Paris und nach Tätigkeit als Lehrer in Genf und Neapel, als Journalist in Paris (1878) seit der Rückkehr nach München 1882 zum Wegbereiter des deutschen Naturalismus. Von 1893-98 war er auch Reichstagsabgeordneter.
Weitere Werke (neben seinem „Herrgott am Grenzstein", 1904, der als „moderner Heimatroman" ein ungeheurer

Erfolg wurde und aus dem wir den wichtigsten Handlungsstrang in Szenen herausfilterten): Lutetias Töchter (1883); Totentanz der Liebe (1885); Was die Isar rauscht (1888); Die Beichte des Narren (1893); In purpurner Finsternis (1895).

Dauthendey, Maximilian
* Würzburg 1867   † Malang/Java 1918
Arbeitete zunächst im väterlichen Photoatelier, bevor er 1891 nach Berlin als freier Schriftsteller ging. Danach unstetes Wanderleben durch Europa, Ägypten, Indien, China, Japan, Hawaii, Nord- und Südamerika.
Werke: u.a. Ultraviolett (1893); Die ewige Hochzeit (1905); Singsangbuch (1907); Die acht Gesichter am Biwasee (1911); Der Geist meines Vaters (1912); Gedankengut aus meinen Wanderjahren (1913).

Dittmar, Franz
* Schauenstein/Ofr. 1857   † Nürnberg 1915
Volksschullehrer in Haidengrün, Presseck, Bayreuth, seit 1883 in Nürnberg. Neben Volksschauspielen wie „Wallenstein in Altdorf", „Alt-Kulmbach", „Die Wallenrode von Berneck" schrieb er „Schulstaub und Sonnenschein", „Nürnberger Novellen" und „In Nürnbergs Mauern".

Frank, Leonhard
* Würzburg 1882   † München 1961
Übte verschiedene Tätigkeiten aus, bevor er 1904 in München ein Maler- und Graphikerstudium begann. Nach dem 1. Weltkrieg in Berlin bis 1933 als freier Schriftsteller. Flucht in die USA und 1950 Rückkehr nach München.
Werke: u.a. Die Räuberbande (1914); Der Mensch ist gut (1918); Karl und Anna (1927); Das Ochsenfurter Männerquartett (1927); Mathilde (1948); Die Jünger Jesu (1949); Links, wo das Herz ist (1952).

Galster, Gusti
Die aus Fürth stammende und dort ansässige Autorin schrieb in den zwanziger und dreißiger Jahren Erzählungen, die in

Zeitschriften, wie z.B. den „Fränkischen Monatsheften" erschienen; Buchveröffentlichungen und nähere Angaben waren nicht feststellbar.

Gemming, Gustav
* Schnaittach 1837 † München 1893
Der Sohn des letzten Festungskommandanten auf dem Rothenberg über Schnaittach wurde zunächst ebenfalls Offizier, mußte aber offenbar wegen verschiedener Streiche diese Laufbahn aufgeben; in München war er dann Mitarbeiter der „Fliegenden Blätter".

Gerstner, Hermann
* Würzburg 1903
Studium der Germanistik, Geschichte und Geographie in München; war mehrere Jahre Gymnasiallehrer und Theaterkritiker in Berlin. Dann im wissenschaftlichen Bibliotheksdienst.
Werke: u.a. Streifzug durch Alt-Würzburg (1933); Die Brüder Grimm (1952); Max Dauthendey und Franken (1958); Fränkische Dichter erzählen (1976); Die Mutigen. 16 europäische Biographien von Seneca bis Nansen (1978).

Goes, Gustav
* Bamberg 1884
Für ihn gilt Gleiches wie für Gusti Galster.

Graf, Alfred
* Partenstein bei Lohr/Ufr. 1883
Aufgewachsen im elterlichen Pfarrhause in einer Nürnberger Vorstadt; nach humanistischem Gymnasium Studium in Tübingen und München, dort dann Dr. phil. Assistent an der Münchner Staatsbibliothek, dann am Germanischen Nationalmuseum Nürnberg; Feuilleton-Redakteur am „Fränkischen Kurier" in Nürnberg, später Schriftleiter der „Fränkischen Heimat". Werke u.a.: „Sancte Laurenti", „Der Prophet".

Heeringen, Gustav von
* Mehlra 1800   † Coburg 1851
Studierte Jura und Kameralwissenschaften in Jena, wurde Kammerjunker, Bibliothekar, Regierungsrat und Kammerherr in Coburg. Reisen nach Portugal, England und in die Schweiz. Verfasser vieler historischer Novellen und Romane.
Werke: u.a. Fränkische Bilder aus dem 16. Jahrhundert (1835); Meine Reise nach Portugal im Frühjahr 1836 (1838); Reisebilder aus Süddeutschland und einem Teile der Schweiz (1839); Ein Ausflug nach England (1841); Mein Sommer (1844); Ges. Novellen (1845).

Jean Paul
* Wunsiedel 1763   † Bayreuth 1825
Sein Theologie- und Philosophiestudium in Leipzig mußte er 1784 vorzeitig abbrechen, war danach u.a. als Hauslehrer tätig und gründete 1790 in Schwarzenbach eine Elementarschule. Von 1796 bis 1804 wechselnde Aufenthaltsorte; wohnte von 1804 bis zu seinem Tod in Bayreuth.
Werke: u.a. Leben des vergnügten Schulmeisterlein Wuz (1790); Die unsichtbare Loge (1793); Hesperus (1795); Leben des Quintus Fixlein (1796); Titan (1800-03); Flegeljahre (1804f); Vorschule der Aesthetik (1804).

Panzer, Friedrich
* Eschenfelden/Opf. 1794   † München 1854
Trat in den höheren Staatsbaudienst ein, war Oberbaurat im Ministerium in München. Sammelte volkstümliche Überlieferungen und Sagen.
Werke: u.a. Bayerische Sagen und Bräuche. Ein Beitrag zur deutschen Mythologie (2 Bde., 1848/1854).

Penzoldt, Ernst
* Erlangen 1892   † München 1955
Studierte an den Kunstakademien von Weimar und Kassel, trat als Bildhauer, Graphiker und Illustrator hervor und lebte zuletzt als freier Schriftsteller und dramaturgischer Berater in München.

Werke: u.a. Der arme Chatterton (1928); Die Powenzbande (1930); Zwölf Gedichte (1937); Tröstung (1946); Zugänge (1947); Causerien (1949).

Pültz, Wilhelm
* Bayreuth 1901
Trat wiederholt als Verfasser fränkischer Geschichten in Zeitschriften und Sammelbänden hervor; im Schuldienst.

Raithel, Hans
* Benk bei Bayreuth 1864   † Benk 1938
Werke des bekannten oberfränkischen Heimatdichters: Herrle und Hannile (1896), Annamaig (1908), Der Schusterhans und seine drei Gesponsen (1915), Der Weg zum Himmelreich (1919), Die heilige Frucht des Feldes (1923).

Ruckert, Alois Josef
* Stellberg/Rhön 1846
Seinerzeit bekannter Autor von Geschichten in unterfränkischer Mundart, gesammelt u.a. in „Lustige Geschichten aus Franken" (1895)

Rückert, Friedrich
* Schweinfurt 1788   † Coburg 1866
Studierte Jura und Philologie in Würzburg und Heidelberg, 1811 Habilitation; 1815 Redakteur des „Morgenblattes" in Suttgart. Reisen nach Italien und Wien. Zog 1819 nach Coburg, war 1822-25 Redakteur des „Frauentaschenbuchs", wurde 1826 a.o. Professor der orientalischen Sprachen in Erlangen und 1841 o. Professor in Berlin. Ab 1848 Privatier. Werke: u.a. Deutsche Gedichte (1814); Die Makamen des Hairi (1826-37); Ges. Gedichte (1834-38); Die Weisheit des Brahmanen (1836-1839); Brahmanische Erzählungen (1839); Kindertotenlieder (1872).

Rüttenauer, Benno
* Oberwittstadt/Baden 1855   † München 1940
Nach Studium in Freiburg, Paris und Aix Gymnasiallehrer

in Freiburg und Mannheim, seit 1903 in München. — Seinem Heimatort setzte er literarische Denkmale unter dem Namen „Hinterwinkel".
Werke: u.a. Prinzessin Jungfrau (1910); Der Kardinal (1912); Graf Roger Rabutin (1912); Alexander Schmälzle — Lehrjahre eines Hinterwinklers (1913); Der nackte Kaiser (1927); Frau Saga (1930).

Schnack, Friedrich
* Rieneck 1888 † München 1977
Zunächst als Hauslehrer und Angestellter in der Elektroindustrie tätig. 1923-26 arbeitete er als Journalist in Dresden und Mannheim; danach als freier Schriftsteller.
Werke: u.a. Vogel Zeitvorbei (1922); Sebastian im Walde (1926); Beatus und Sabine (1927); Goldgräber in Franken (1930); Auf ferner Insel (1931); Sybille und die Feldblumen (1937); Cornelia und die Heilkräuter (1939); Clarissa mit dem Weidenkörbchen (1945).

Skasa-Weiß, Eugen
* Nürnberg 1905
Nach dem Studium von Germanistik und Theaterwissenschaft Redakteur in Köln, dann Journalist und freier Schriftsteller in Grafing/Obb.
Werke: u.a. Quartett in kurzen Hosen (1956); Die lausige Phantasie (1961); Graf Erlenbar (1962); Verliebt und heiter (1967); Zimmerherr mit schwarzer Katze (1969); Deutschland, deine Franken (1971).

Stöber, Karl
* Pappenheim 1796 † Pappenheim 1865
Der Heimatdichter des Altmühltals hat das heimatliche Pappenheim mit einer kurzen Ausnahme nie verlassen; alle seine über hundert Erzählungen (einige davon 1926 neu zusammengestellt unter dem Titel „Aus dem Altmühltal") spielen im dortigen Umkreis.

Tremel-Eggert, Kuni
* Burgkunstadt 1889   † München 1957
Mit „Die Rotmansteiner" trat die beliebte oberfränkische Heimatdichterin 1921 erstmals hervor; es folgten u.a. Sanna Spitzenpfeil, Fazer Rapps, Die Straße des Lebens (1928) u.v.a.

Weismantel, Leo
* Obersinn/Rhön 1888   † Rodalben bei Pirmasens 1964
Nach dem Studium 1915-19 Studienrat in Würzburg, dann Redakteur in München; 1924 für das Zentrum Landtagsabgeordneter; 1928 Begründung der „Schule der Volkschaft" in Marktbreit (ähnliche Zielsetzung wie Waldorf-Schulen), 1936 Zwangsschließung. Aktiv kath. Haltung, deshalb auch Gestapohaft.
Werke: u.a. Mari Madlen (1918); Das unheilige Haus (1922); Das alte Dorf (1928); Die Geschichte des Hauses Herkommer (1932); Dill Riemenschneider (1936); Gericht über Veit Stoß (1939); Mathis Nithart (1940-43); Albrecht Dürer (1950).

Zapf, Ludwig
* Münchberg 1829   † Münchberg 1904
Besuchte die lateinische Schule, trat in eine Kanzlei ein und redigierte das „Münchberger Wochenblatt". Stadtschreiber von Münchberg; betrieb literarische, kulturgeschichtliche und ethnographische Studien.
Werke: u.a. Im Fichtelgebirge (1874); Aus der Heimat. Vogtländische Geschichten (1875); Das Fichtelgebirge im Lichte der Poesie (1890); Fichtelgebirgs-Album (1892).

Für die freundliche Erteilung von Abdrucksgenehmigungen dürfen wir uns insbesondere bedanken beim Aufbau-Verlag, Berlin/Weimar (für L. Frank, Der Streber, aus „Gesammelte Werke"), beim Droste-Verlag, Düsseldorf (für E. Skasa-Weiß, Die Rothenburger Katze, aus „Die lausige Phantasie"), beim Verlag M. Edelmann, Nürnberg (für F. Bauer, Es Kinkerlitzla, aus „Lachkabinettla"), beim Jakob Hegner Verlag (für den Auszug aus Friedrich Schnack, „Sebastian im Wald"), beim Verlag Herder, Freiburg (für Leo Weismantel, Fürstbischof Hermanns Zug in die Rhön, aus „Musikanten und Wallfahrer"), beim Hohenloher Druck- und Verlagshaus, Gerabronn (für Hermann Gerstner, Die Meekuh, aus „Gondelfahrt"), beim Verlag Langen-Müller, München (für den Auszug aus Max Dauthendey, „Der Geist meines Vaters" und für den Auszug aus Benno Rüttenauer, „Alexander Schmälzle, Lehrjahre eines Hinterwinklers"), beim Verlag Lorenz Spindler, Nürnberg (für Hans Raithel, Die Baumschule, aus „Dorfgeschichten") und beim Suhrkamp-Verlag, Frankfurt (für Ernst Penzoldt, Väterliches Bildnis, aus „Gesammelte Schriften").

Soweit in Einzelfällen Rechteinhaber nicht ermittelt werden konnten, bitten wir um Verständnis und sichern bei entsprechender Nachricht an die Bücher-GmbH., Klinikumallee 11, 8580 Bayreuth, nachträgliche Honorierung zu den üblichen Sätzen zu.